Patch Words

Reloaded

Schreiben ist leicht –
Man muss nur die falschen Wörter weglassen.

Mark Twain

Britta Bendixen

PatchWords
reloaded

Kurzgeschichten

Bibliografische Information der Deutschen Nationalbibliothek:
Die Deutsche Nationalbibliothek verzeichnet diese Publikation in der Deutschen Nationalbibliografie; detaillierte bibliografische Daten sind im Internet über http://dnb.dnb.de abrufbar.
© 2016 Britta Bendixen www.brittabendixen.de
Illustration: VercoDesign
Herstellung und Verlag: BoD – Books on Demand, Norderstedt

ISBN: 978-3-7412-7516-6

Inhalt

Kurioses:	Seite
- Blütengeflüster	9
- Ein toller Job	17
- Tick-Tack	21

Kriminelles:
- Nur das Mondlicht war Zeuge — 35
- Der gekaufte Mord — 65
- Für immer — 88
- Besuch von Onkel Jim — 94

Herzliches:
- Im Zweifel für die Liebe — 111
- Die Kräuterfrau — 125
- Dinner für Daniel — 144
- Sonnenstern — 149

Übernatürliches:
- Der Teufel soll dich holen — 169
- Gipfeltreffen — 178
- Das Haus der Dämonen — 193
- Zwei Teufelskerle in Taiquania — 204

Dramatisches:
- Der erste Schritt — 233
- Das Tattoo — 240
- Die Sterne lügen nicht — 246
- Der Kampf des Tigers — 252

Amüsantes:
- Eine Minute zuviel — 259
- Wie du mir — 265
- Einfach kann doch jeder — 269
- Die Verhöhnung des Königs von Böhmen — 277

Danksagung und Anmerkungen — 283

Kurioses

Es gibt kein schöneres Vergnügen als einen Menschen dadurch zu überraschen, dass man ihm mehr gibt, als er erwartet hat.

Charles Baudelaire

Blütengeflüster

Die Tür des Restaurants gab ein leise quietschendes Geräusch von sich, als sie eintrat.
„Marie! Hier bin ich."
Marie wandte den Kopf und sah ihre beste Freundin winkend an einem Tisch am Fenster sitzen.
„Hier war ich noch nie", gestand sie, nachdem sie Eva begrüßt und sich hingesetzt hatte.
„Der Laden ist klasse", sagte Eva. „Ich war schon oft hier. Tolles Essen, netter Service."
Marie sah sich um. Das Restaurant war gemütlich eingerichtet und gut besucht.
Eva beugte sich vor. „Jetzt erzähl. Wie war der Mallorca-Urlaub?"
„Sehr schön, obwohl Daniel nicht mitfahren konnte. Aber vielleicht können wir die Flitterwochen dort verbringen."
Ein Kellner trat an ihren Tisch. Er hatte strohblonde, verwuschelte Haare und blitzende blaue Augen. „Hallo. Haben Sie sich schon entschieden?"
„Ich nehme den Blütensalat mit Putenbruststreifen", sagte Eva. „Und ein Mineralwasser."
„Blütensalat?", wunderte sich Marie und überflog die Speisekarte. „Was ist das denn?"
„Oh, der ist köstlich, du musst ihn unbedingt probieren. Essbare Blüten sind der letzte Schrei."
„Wenn du meinst .... Also gut, warum nicht." Marie klappte die Karte zu und wandte sich an den Kellner. „Das nehme ich auch."
„Gute Wahl", nickte er und lächelte ihr zu.

Zwanzig Minuten später wurde das Essen serviert. Nach einem prüfenden Blick auf den bunten Teller spießte Marie eine orangefarbene Blüte auf. „Sieh mal, Eva, so eine hast du gar nicht."
„Sicher schmeckt sie trotzdem", beruhigte ihre Freundin sie.
Gespannt schob sich Marie die Blüte in den Mund und begann vorsichtig zu kauen. Sie schmeckte wirklich gut.
Eva trank einen Schluck Mineralwasser. „Hat Daniel dich denn gestern angemessen empfangen?"
Marie nickte langsam. „Er schien sich zu freuen und hat Spaghetti für uns gekocht."
Eva hob verwundert eine ihrer perfekt geschwungenen Augenbrauen. „Er *schien* sich zu freuen?"
„Na ja, er war mit seinen Gedanken oft woanders. Bestimmt bei der Arbeit. Diese Kampagne hat es in sich, schließlich konnte er deswegen nicht mal seinen Urlaub antreten. Sicher gibt es Probleme, mit denen er mich nicht belasten will."
Eva senkte den Blick auf ihren Teller und stocherte im Salat herum. „Gut möglich." *Wie naiv sie doch ist. Was wird sie wohl sagen, wenn sie erfährt, dass Daniel, statt mit ihr nach Mallorca zu fliegen, mit mir nach Sylt gefahren ist?*
Verwirrt blinzelnd betrachtete Marie ihre Freundin. „Was hast du gesagt?"
Eva hob den Kopf. „Ich sagte: Gut möglich, dass er dich nicht mit seinen Problemen belasten will."
„Hast du nicht noch etwas mehr gesagt? Irgendwas mit Mallorca und ... Sylt?"
Eva schüttelte nachdenklich den Kopf. „Nein. Bestimmt nicht."
Hab ich etwa laut gedacht? Hoppla, ich muss besser aufpassen!
Marie starrte ihre Freundin mit offenem Mund an.
Eva legte ihre Gabel hin und ergriff die Hand ihrer Freundin. „Marie, Liebes, was ist denn auf einmal mit dir? Du bist ja ganz bleich." *Besonders braun ist sie im Urlaub sowieso nicht geworden. Hat sich wahrscheinlich nur im Schatten aufgehalten. Na ja, empfindlich war sie ja schon immer.*

Marie entzog Eva ihre Hand und stand auf. „Ich glaube, ich – muss mal zur Toilette."
„Tu das." Eva lehnte sich zurück. *Hoffentlich hat sie keinen Virus aus Spanien mitgebracht. Ich muss mir gleich mal die Hände waschen gehen.*
Marie sah die Frau auf der anderen Seite des Tisches an wie eine Fremde. „Entschuldige mich", murmelte sie und ging mit weichen Knien auf die Waschräume zu.
Sie schloss sich in eine der Kabinen ein, ließ sich auf den Toilettendeckel sinken und versuchte herauszufinden, was gerade geschehen war. War das ein kosmischer Scherz? Wieso konnte sie hören, was Eva dachte? Und was sollte der Unsinn, dass Daniel mit ihr auf Sylt gewesen sei? Er mochte sie nicht mal besonders und nannte sie immer nur ‚die zickige Eva'.
Marie massierte sich die Schläfen. Gedankenlesen! Das war doch verrückt. Hatte sie sich irgendwann den Kopf angeschlagen und diese akustischen Halluzinationen waren die Folge einer nicht auskurierten Gehirnerschütterung? Hoffentlich war es so. Die Dinge, die sie zu hören geglaubt hatte, waren erniedrigend und boshaft gewesen. Und Eva war doch schließlich seit langer Zeit ihre beste Freundin. Hatte sie sich all die Jahre in ihr getäuscht?
Das konnte nicht sein. Sicher war das eben nur Einbildung gewesen. Das war die einzige vernünftige Erklärung für dieses ... diesen ... was auch immer das war.
Sie wollte gerade aufstehen, als sich die Tür zu den Toiletten öffnete. Jemand näherte sich und verschwand in der Kabine neben Marie. Sie rührte sich nicht, ohne zu wissen, warum. Sie hörte, wie die Tür verriegelt wurde, dann das Rascheln von Kleidungsstücken und ein leises Seufzen.
Gleich werde ich es ihm sagen. Oh Gott, ich wünschte, ich wüsste, wie er reagiert. Wenn er mich zu einer Abtreibung überreden will, drehe ich ihm den Hals um.
Marie starrte mir aufgerissenen Augen an die Kabinenwand. Offenbar konnte sie doch Gedanken lesen, nicht nur Evas, sondern auch die von anderen.

Das war zuviel! Mit zitternden Fingern betätigte sie die Spülung und verließ eilig den Waschraum. Der blonde Kellner kam ihr entgegen. *Ah, da ist die hübsche Dunkle ja wieder. Aber warum sieht sie so verstört aus?*

„Geht es Ihnen gut?", fragte er besorgt. „Ist der Salat nicht in Ordnung?"

Marie starrte ihn an. „Doch, er ist ... danke. Alles gut", stammelte sie und ging weiter. Alles gut!? Nichts war gut, absolut gar nichts!

Eva sah ihr mitleidig entgegen. „Geht's dir besser?" *Was hat sie denn nur? Sie sieht ja furchtbar aus.*

„Danke", murmelte Marie verärgert und ließ sich auf ihren Stuhl sinken. „Mir ist wohl was auf den Magen geschlagen." *Vermutlich deine hinterhältige Verlogenheit!*

Sie widmete sich wieder ihrem Salat und beobachtete aus den Augenwinkeln ihre Freundin, die genüsslich ihren Salat verspeiste. Dabei hielt Marie die Ohren gespitzt. Sie brauchte nicht lange zu warten.

Hoffentlich sagt Daniel ihr bald die Wahrheit. Ich halte diese Heuchelei nicht mehr lange aus. Nach Feierabend werde ich ihn anrufen und ... ach, Mist, dann ist Marie ja zu Hause und wir können nicht reden. So geht es nicht weiter, ich ...

„Was hat sich denn bei dir in der letzten Woche so getan?", fragte Marie und rang sich ein Lächeln ab. Sie hatte Evas Gedanken einfach unterbrechen müssen. Noch eine Unverschämtheit mehr und sie wäre ihrer ‚besten Freundin' an die Kehle gesprungen!

„Oh, nicht viel. Alles wie immer." Eva sah auf ihre Armbanduhr, trank ihr Glas leer und tupfte sich den Mund mit einer Serviette ab. „Du, tut mir leid, aber ich muss los, meine Mittagspause ist gleich vorbei." Sie stand auf und gab Marie einen Kuss auf die Wange.

Genau wie Judas, dachte Marie angewidert.

Erst am späten Nachmittag kam sie zu Hause an. Sie war noch im Stadtpark spazieren gegangen, und wenn jemand an ihr vorbei gekommen war, hatte sie auch dessen Gedanken gehört. Wo kam diese plötzliche Fähigkeit her, zum Kuckuck?
Sie sah wieder den netten Kellner vor sich, hörte ihn fragen, ob der Salat nicht in Ordnung sei. Der Salat! Lag es daran, an diesen Blüten? Vielleicht an der einen, die Eva nicht gehabt hatte?
Sie hörte Daniels Schlüssel im Schloss. Langsam stand sie auf und ging ihm entgegen. Ihr Herz raste.
„Hi, Schatz", sagte er fröhlich, schloss die Tür und gab ihr einen Kuss.
Noch ein Judas, schoss es Marie durch den Kopf.
„Wie war dein letzter Urlaubstag?" *Sie sieht aus, als hätte sie schlechte Laune. Das kann ich jetzt echt nicht brauchen.*
„Sehr interessant", sagte Marie langsam. „Ich habe mit Eva zu Mittag gegessen."
Er legte seinen Schlüssel auf die Kommode und stellte seine Aktentasche daneben. „Wie geht's ihr?" *‚Interessant' hat sie gesagt. Das klingt nicht gut. Hat Eva etwa gebeichtet? Hoffentlich nicht!*
Marie verschränkte die Arme, um sich davon abzuhalten, auf ihn loszugehen. Es stimmte also. Ein kleiner Teil von ihr hatte noch immer gehofft, dass alles nur ein schrecklicher Irrtum war. Sie biss sich auf die Unterlippe, um nicht vor Wut und Enttäuschung aufzuschreien.
„Es geht ihr prima", brachte sie mühsam hervor. „Sie ist offensichtlich frisch verliebt."
„Aha. Soso." Daniel sah an ihr vorbei in die Küche und rieb sich die Hände. „Was gibt es zu essen?"
Marie hätte ihn am liebsten erwürgt. „Wie wäre es mit knusprigem Lumpbraten und zarten Beschissböhnchen?", grollte sie.
Irritiert drehte er sich um. „Wie bitte?"
Sie fixierte ihn kühl. „Was bist du nur für ein feiger Schuft. Ich weiß es, Daniel."

Ich hab's geahnt. Verdammt, Eva! Wir hatten doch abgemacht, dass ich mit Marie rede. Ich bin noch nicht soweit!
Unschuldig sah er sie an. „Wovon redest du, zum Teufel?"
„Das weißt du genau. Von dir und meiner besten Freundin."
„Du glaubst, dass Eva und ich …?" Daniel schnaubte entrüstet. „Wie kommst du nur auf so eine schwachsinnige Idee?"
Ein klein bisschen bewunderte Marie seine Schauspielkunst. Er war wirklich überzeugend. Unter anderen Umständen wäre sie ihm glatt auf den Leim gegangen.
„Ich weiß, dass ihr auf Sylt gewesen seid, während ich weg war."
Er tippte sich an die Stirn. „Das ist albern, Marie. Ich konnte nicht mit in den Urlaub, weil ich arbeiten musste. Das weißt du doch. Warum sollte ich also ausgerechnet mit Zicken-Eva nach Sylt fahren?" *Ach ja, Sylt. Evas nackter Körper im Meer, die heißen Nächte im Hotel …*
„Heiße Nächte im Hotel, ja?", fauchte Marie. „Du kotzt mich an, Daniel."
Er starrte sie an wie einen Geist. „Was hast du da gesagt?"
„Du hast mich schon verstanden." Sie musterte ihn voller Verachtung. „Ich muss hier raus. Wenn ich wiederkomme, bist du verschwunden. Für immer."

Es dämmerte bereits, als sie das Restaurant betrat. Der Kellner mit den blonden Wuschelhaaren saß am Tresen und trank ein Bier. Marie trat auf ihn zu. „Hallo. Schon Feierabend?"
„'Schon' ist gut." Er drehte sich um, erkannte sie und strahlte. „Oh, hallo! Haben Sie etwas vergessen heute Mittag?"
Sie schüttelte den Kopf. „Ich würde nur gern mehr über die Blüten erfahren, die in dem Salat waren."
Wenn ihre Bitte ihn verwunderte, so ließ er sich das zumindest nicht anmerken. „Verstehe", sagte er nur. „Warten Sie, ich hole den Koch." *Komischer Grund. Egal. Hauptsache, sie ist hier.*
Er rutschte vom Hocker und ging in die Küche.

Unwillkürlich musste Marie lächeln. Es war nett, dass er sich freute, sie zu sehen. Irgendwie tat ihr das gut. Sie wandte sich zum Barkeeper. Der trocknete ein Weinglas ab und sah dem Kellner hinterher. *Andys Hintern ist zum Anbeißen. Zu schade, dass er hetero ist.*
Marie hörte ihn seufzen. Dann stellte er das Glas ins Regal und fragte, ob sie etwas trinken wolle. *Ich wette sie trinkt Weinschorle.*
„Ich mag Weinschorle, doch im Moment ist mir nach etwas Stärkerem", sagte sie matt. „Einen doppelten Whisky bitte."
„Äh …" Der Barkeeper blinzelte. „Kommt sofort."
Als er ein Glas vor Marie abstellte, trat Andy trat mit einem schlecht gelaunt dreinblickenden Mann aus der Küche. „Sie wollten mich sprechen?", fragte er mürrisch.
„Ja." Sie trank einen Schluck und genoss das warme Gefühl, als der Whisky ihre Kehle hinunter rann. Aufatmend stellte sie das Glas zurück auf den Papieruntersetzer. Dann sah sie den Koch an. „Würden Sie mir bitte verraten, welche Blüten Sie für ihren Salat verwenden?"
„Das ist kein Geheimnis. Kornblumen, Kapuzinerkresse, Zitronenbaumblüten und Ringelblumen."
„Könnte da auch noch eine andere Blüte dabei gewesen sein, eine ähnliche?"
„Unwahrscheinlich."
„Aber möglich ist es?"
„Möglich ist alles."
„Was für eine Blüte könnte das gewesen sein? Wissen Sie das?"
Mann, die kann nerven! „Keine Ahnung, aber giftig war sie garantiert nicht. War das alles? Ich hab Steaks in der Pfanne."
„Ja, das war alles, danke."
Er brummte etwas und verschwand.
Andy setzte sich zu Marie. „Es geht mich ja nichts an, aber warum wollten Sie das wissen?"

„Das ist eine lange und verrückte Geschichte." Sie trank noch einen Schluck. „Ich hatte einen grässlichen Tag und vielleicht hatten die Blüten damit etwas zu tun."
„Sie sind Ihnen nicht bekommen? Das tut mir leid."
„Nein, das ist es nicht. Körperlich geht es mir gut."
Sie ... ein wenig durcheinander ... sein. Und ... sieht ... aus.
Marie sah ihn prüfend an. Andys Gedanken klangen wie eine gestörte Telefonverbindung. Ließ die Wirkung der Blüten nach? Marie verspürte kein Bedauern bei dem Gedanken. Für einen Tag hatte sie wahrlich genug gehört.
„Kann ich Ihnen helfen?", erkundigte er sich.
„Kaum" seufzte sie und drehte das Glas in den Händen. „Mein Verlobter schläft mit meiner Freundin."
Er schnalzte mit der Zunge. „Ach herrje! Das tut mir leid."
„Danke. Und wie sieht nun Ihre Hilfe aus?"
„Wir könnten uns unterhalten." Er beugte sich vor und lächelte charmant. „Ich kann gut zuhören."
Sie musste lächeln. „Tatsächlich?"
„Oh ja. Ich studiere nämlich Psychologie. Hier arbeite ich nur nebenbei. Also, wie wäre es? Lust auf Herz ausschütten? Wie wäre es beim Chinesen?"
„Sie können wohl Gedanken lesen", schmunzelte sie. „Ich liebe chinesisches Essen."

****

Ein toller Job

Während ich mit dem Kopf unter der Spüle eine Schraube festdrehe, geraten zwei lange, schlanke, caramelfarbene Beine in mein Blickfeld. Sie stecken in hochhackigen Pumps und enden am Saum eines verdammt knappen Kleides.
„Brauchen Sie etwas?", fragt die Besitzerin dieser hinreißenden Gliedmaßen. Ihr Lächeln und die Art, wie sie das ‚R' rollt, sind so sinnlich wie verheißungsvoll.
Wenig später folge ich ihrem lockenden Hinterteil eine Treppe hinauf. Oben angekommen fällt mein Blick auf einige Fotos an der Wand. Darauf ist ein Kerl zu sehen mit kantigem Schädel, der Figur eines Kleiderschranks und einem Blick, so finster wie das Mittelalter. Ich zeige auf ein gerahmtes Foto, auf dem er ernst und angsteinflößend neben einem schmierigen Typ im Anzug steht. „Wer ist das?"
„Dwayne, mein Mann. Er ist Bodyguard, seit er aus dem Polizeidienst ausgeschieden ist."
Ich schlucke. „Oh."
Sie lächelt beruhigend und nimmt meine Hand. „Keine Sorge, Querido, er ist heute den ganzen Tag in New Jersey."
Zehn Minuten später liegt mein grauer Overall auf dem Boden ihres Schlafzimmers und ich selbst zwischen diesen göttlichen Beinen. Mein Blick saugt sich auf der glänzenden Caramelhaut dieser Schönheit fest, während ich ihrem Stöhnen lausche und sie nach allen Regeln der Kunst vernasche.
Manchmal liebe ich meinen Job.
„Lucia? Wo bist du?", ruft plötzlich eine Stimme, so tief wie der Marianengraben.
Schwer atmend halte ich inne. „Wer …?"

„Mierda!" Meine Gespielin schiebt mich von sich und springt aus dem Bett.
Ich starre zur Tür. „Ist das etwa ...?"
Sie nickt und hüllt ihren herrlichen Körper in einen seidenen Morgenmantel. „Si, das ist Dwayne. Du musst verschwinden. Rápido!"
Mir bricht der Schweiß aus. „Aber ... du hast gesagt, er wäre ..."
„Darling, bist du oben?" Dwaynes schwere Schritte bringen die Treppe zum Ächzen.
Lucia greift nach meinem Overall und wirft ihn mir zu. „Beeil dich!", zischt sie, läuft zum Fenster und öffnet es. „Hier raus. Na los doch!"
Stolpernd versuche ich, meine Beine in die richtigen Löcher zu bugsieren. Kaum habe ich es geschafft, da knallt die Tür auf.
Dwayne!
Ich stürze zum Fenster und klettere so schnell ich kann nach draußen. Panik schnürt mir die Luft ab und lässt mein Herz rasen.
Dwayne stößt einen Wutschrei aus, bei dem mir das Blut in den Adern gefriert. Meine Füße suchen schlotternd Halt auf dem schmalen Vorsprung neben dem Fenster, während ich meine bebenden Arme in den Overall zwänge. Etwa dreieinhalb Meter unter mir wartet eine gepflegte Rasenfläche.
Dwayne beugt sich aus dem Fenster. Sein zornig schnaubender Atem erinnert mich an einen gereizten Stier. Ich sehe gerade noch, wie sich die Sonne auf seiner glänzenden Glatze spiegelt, dann springe ich todesmutig in die Tiefe. Ah, verdammt, mein Knöchel! Mit schmerzverzerrtem Gesicht rappele ich mich auf. Wieder springt eine Tür fast aus den Angeln. Diesmal die Haustür.
„Ich bringe dich um, du dreckiges Arschloch!", brüllt der Ex-Cop.

Ich renne los. Ich renne, wie ich noch nie in meinem Leben gerannt bin. Das Stechen in meinem Knöchel spüre ich kaum, das in meinen Seiten jedoch ist fast unerträglich. Schweißüberströmt jage ich die Straße hinab, hinter mir die hastigen Schritte von Lucias aufgebrachtem Ehemann.
Ein Schuss fällt, pfeift mir regelrecht um die Ohren. Ich ducke mich und laufe weiter. Die Kugel schlägt in einen Briefkasten ein, nur wenige Meter von mir entfernt. Keuchend erreiche ich eine stark befahrene Kreuzung.
Dwaynes Gebrüll hinter mir macht mir klar, dass ich nicht stehenbleiben darf, wenn ich an meinem Leben hänge. Also renne ich auf die Straße. Bremsen quietschen, Hupen dröhnen. Berstendes Blech und wütende Rufe vermischen sich mit spitzen Schreien und weiteren Schüssen. Lucias Gatte entpuppt sich als adrenalingedopter Scharfschütze. Und ich bin seine Zielscheibe!
Mit letzter Kraft erreiche ich die andere Straßenseite und werfe einen schnellen Blick zurück. Hinter mir ist das totale Chaos ausgebrochen. Ich sehe, dass Dwayne mit erhobener Waffe vergeblich nach mir Ausschau hält. Verbeulte Autos und panisch herumirrende Passanten nehmen ihm die Sicht. Ich nutze die Gelegenheit, schlüpfe durch den Eingang des nächsten Ladens und donnere die Tür hinter mir zu.
Völlig ausgepumpt lehne ich mich von innen dagegen und sehe mich um. Ich stehe in einem kleinen, düsteren Geschäft, vollgestopft mit Antiquitäten. Zierliche Lampen, kunstvolle Möbel, Gemälde, Bücher. Das leise Klingeln und beruhigende Tick-Tack von mehreren Uhren erfüllt den Raum und verdrängt den Lärm, der auf der Straße tobt.
Hinter einem Kassentresen sitzt ein Mann und sieht mir über den Rand seiner Brille entgegen.
„Entschuldigen Sie, ... aber ich werde ... von einem eifersüchtigen Ehemann ... verfolgt", keuche ich. „Der Kerl ist ... verrückt."

Der Mann kommt zu mir herüber und sieht aus dem Schaufenster. „Der Typ mit der Knarre?"
„Genau der", japse ich und sehe mich um. „Gibt es hier eine Hintertür?"
„Tut mir leid, nein." Der Brillenträger schiebt mich von der Tür weg und öffnet sie.
Was soll das? Ist er verrückt geworden?
„Tür zu!", brülle ich und renne zum Tresen. Ich will mich dahinter verstecken, doch plötzlich bleibe ich wie angewurzelt stehen. Neben der Kasse hängt ein Bild. Darauf sind zwei Cops, die sich angrinsen.
Der eine ist der Brillentyp, der andere ist - Dwayne!
„He, Kumpel!", höre ich den Ladenbesitzer rufen. „Das Schwein, das du suchst, ist hier!"

*****

Tick-Tack

Die Titelmelodie erklang. Katy war nervös, spürte Nick. Er zwinkerte ihr zu. „Wir schaffen das schon."
Diese Spielshow war ganz neu. Sie waren die allerersten Kandidaten und hatten nur eine vage Ahnung von dem, was auf sie zukam.
Nick musterte das blonde Paar neben ihnen – ihre Gegner. Eine zierliche Frau und ein großer Mann mit breitem Kreuz, der seine Finger verschränkte und sie genüsslich knacken ließ.
Auf dem Monitor vor ihnen begrüßte Moderator Kai Zwetschge das Publikum und kündigte die beiden Teams an.
„Begrüßen Sie zunächst mit einem donnernden Applaus – Monika und Ben!"
„Viel Glü-hück!", flötete Monika Nick und Katy zu. Begleitet von der Showmelodie und dem Applaus der Zuschauer lief das Pärchen winkend ins Studio.
Nick und Katy beobachteten, wie der Moderator die beiden begrüßte und sie fragte, welchen Wunsch sie sich im Falle ihres Sieges erfüllen würden.
Monika erzählte, dass sie sich seit langem ein Kind wünschten. Drei erfolglose Versuche mit künstlicher Befruchtung hätten sie schon hinter sich. Für weitere Behandlungen fehle ihnen das Geld, deshalb wollten sie unbedingt die Show gewinnen.
„Wir schlagen die mit links", flüsterte Nick Katy zu. „Die beiden sind dumm wie Kauknochen. Das spüre ich."
„Ich stelle euch jetzt eure Gegner vor", kündigte Kai Zwetschge an. „Applaus für - Katy und Nick!"
Hand in Hand liefen sie die Studiotreppe hinunter. Kai Zwetschge begrüßte sie herzlich.

„Welchen Wunsch erfüllt ihr euch, solltet ihr heute Abend gewinnen?"

„Wir möchten bauen", sagte Nick. „Dafür bräuchten wir das Geld. Zurzeit leben wir in einer viel zu kleinen Mietwohnung."

„Dann wünsche ich euch viel Erfolg und erkläre jetzt die Regeln", sagte Zwetschge und sah auf die Karte in seiner Hand.

„Es muss ein Lösungswort gefunden werden, das aus drei Wörtern besteht, also zum Beispiel: Ochsen-Schwanz-Suppe."

Er wies ans andere Ende des Studios. „Hinter diesen drei Türen sind Kapseln mit Hinweisen versteckt, für jedes Team eine. Pro Raum habt ihr zehn Minuten."

Nick sah auf die große Studiouhr, die fast drohend über ihnen hing.

„Hat ein Team alle Hinweise gefunden und das Lösungswort kombiniert, drückt es diesen Buzzer. Ist die Antwort falsch, hat das andere Team die Chance, mit der richtigen Lösung zu gewinnen. Alles klar?"

Sie nickten.

„Jede Runde beginnen wir an dieser Startlinie mit einem Wettrennen." Kai Zwetschge strahlte in die Kamera. „Doch bevor es losgeht, haben wir noch eine Überraschung für euch. Wir wollen es ja nicht zu einfach machen."

Nick grinste gequält. Worauf hatten sie sich bloß eingelassen?

„Begrüßen Sie nun meine reizende Assistentin Chantal!", rief Zwetschge. Eine Frau in einem ausgeschnittenen Glitzerkleid kam winkend näher. Nick bemerkte, dass Ben ihr wie hypnotisiert auf den üppigen Busen starrte.

Chantal hielt den Kandidaten ein Tablett entgegen, auf dem vier zusammengefaltete Papiere lagen.

„Nehmt euch bitte einen Zettel", sagte Kai Zwetschge.

Chantal wartete, bis sich alle bedient hatten, strahlte noch einmal ins Publikum und ging dann Hüfte schwingend davon.

„Ben, was steht bei dir?", fragte der Moderator gespannt.

Ben, der Chantal hinterher geglotzt hatte, sah auf und blinzelte. Dann entfaltete er den Zettel. „Frosch", las er.
Kai Zwetschge lächelte geheimnisvoll. „Monika?"
„Bär."
„Katy?"
„Hase."
„Und Nick?"
„Giraffe."
Der Moderator wandte sich ans Publikum. „Was das zu bedeuten hat, sehen Sie nach einer kurzen Pause. Bleiben Sie dran!"

Nick hatte sich noch nie so gedemütigt gefühlt. Man hatte ihn in ein Giraffenkostüm gesteckt und er sah fast so albern aus wie Ben als Laubfrosch.
„Zwanzig Meter können lang sein, wenn man sie mit einem Handicap bewältigen muss", freute sich Zwetschge. „Ben bekommt nicht nur Schwimmflossen, er muss natürlich springen wie ein Frosch. Bär Monika bekommt zwei Kilo schwere Klumpfüße, der rosa Hase Katy hoppelt auf allen Vieren und muss an jeder Markierung ein Männchen machen, und unsere Giraffe Nick legt die Strecke auf Stelzen zurück. Macht euch bereit!"
Nick sah, dass Katy am liebsten heulen würde. Mit so etwas hatten sie beide nicht gerechnet.
„Du siehst süß aus als Hase", flüsterte er ihr tröstend zu.
Sie sah ihn mit großen Augen an und schob ein Stück des rosa Fells von ihrem Ohr. „Was?"
„Nick, nimm dir bitte deine Stelzen", bat Zwetschge. „Bist du schon einmal auf so etwas gelaufen?"
„Nein, noch nie."
„Keine Angst, wir haben Sanitäter hinter der Bühne", witzelte der Moderator. „Die Zeit läuft ab - jetzt!"
Nick kämpfte verbissen mit den Stelzen, während Ben Probleme hatte, mit den Flossen zu hüpfen.

Bärin Monika stieß als Erste die Tür auf und zerrte sich die Gewichte von den Füßen. Katy hoppelte mit wippendem Bommelschwanz hinter ihr her. Das Publikum tobte.

Endlich hatte auch Nick die Tür erreicht und fand sich in einer Scheune wieder. Strohballen, mit Werkzeug gefüllte Schubkarren und ein Misthaufen erwarteten ihn.

„Los, such mit!", rief Katy, die einen Ballen nach dem anderen umwarf. Nick stürzte sich auf die Schubkarren und wühlte wie Monika zwischen Hämmern, Sägen und Zangen.

Nach ein paar Minuten jubelte Monika. „Ich hab's gefunden!"

Das Publikum klatschte.

Kai Zwetschge wandte sich an Katy und Nick. „Dort ist die zweite Kapsel versteckt." Er zwinkerte und wies auf den stinkenden Misthaufen. Nick seufzte und nahm eins der bereitliegenden Handschuhpaare.

„Durch den Mund atmen", riet Katy.

„Ihr habt drei Minuten!", verkündete Zwetschge. „Los!"

Nick kämpfte sich neben Katy verbissen durch das stinkende Stroh. Die Studiouhr tickte und fraß hungrig die Sekunden.

„Noch eine Minute."

„Scheiße!", fluchte Nick.

„Ich hab sie!" Glücklich hielt ihm Katy die verdreckte Kapsel entgegen. Während sie sie öffnete und gemeinsam mit Nick den Hinweis las, sah ihnen eine Kamera über die Schulter.

Hinweise zum 1. Teil des gesuchten Wortes:

1. Der Anfangsbuchstabe steht an der 8. Primzahlstelle des Alphabets (die 1 wird nicht mitgezählt).

2. Im Wort ‚Jagdrevierbegrenzung' ist die Anzahl der Buchstaben versteckt.

3. Es hat drei Konsonanten.

4. Es handelt sich um einen Gegenstand, den man an vielen Orten der Welt finden kann, vor allem in Meeresnähe.

„Auf geht's zu Runde zwei!", riss Zwetschge sie aus ihren Überlegungen. „An die Startlinie!"
Wieder quälte sich Nick auf seine Stelzen und bemühte sich, vor dem Laubfrosch am Ziel anzukommen.
Er schaffte es nicht. Weil er einmal runterfiel, konnte der Frosch ihn überholen. Doch zumindest hoppelte Katy an Klumpfuß-Monika vorbei.
Der nächste Raum sah aus wie eine Schwimmhalle. Katy stürzte sich auf einen Haufen mit Schwimmringen, Poolnudeln und Badetieren. Nick und Monika folgten ihr. Noch bevor Ben ankam, hatte Katy die Kapsel entdeckt. Das bedeutete, dass Frosch und Bär ins Schwimmbecken mussten, das mit einer Art dunkelblauem Wackelpudding gefüllt war. Ben zögerte nicht, doch Monika ließ sich nur widerstrebend in das Becken gleiten.
Nick und Katy amüsierten sich köstlich. Eine Minute vor Ablauf der Zeit krabbelten ihre Gegner mit Glibber verziert aus dem Becken, die Kapsel in der Hand. Das Publikum lachte und Moderator Kai kündigte die nächste Werbepause an.

Der Hinweis für den zweiten Teil des Lösungswortes lautet:
1. *Der Anfangsbuchstabe steht an fünfter Primzahlstelle des Alphabets.*
2. *Ein anderes Wort für Koitus sagt euch die Anzahl der Buchstaben.*
3. *Das Wort hat zwei Silben und doppelt so viele Konsonanten.*
4. *Es ist ein Gegenstand, in dem sich sowohl Pflaster als auch Ohrringe befinden können.*

Katy sah Nick ratlos an.
„Was ist denn ein Keutus?", fragte Ben.
Nick grinste und Monika flüsterte ihrem Mann etwas ins Ohr, woraufhin der rot anlief.
Die letzte Runde. Seufzend griff Nick nach den Stelzen. Inzwischen fühlte er sich etwas sicherer, doch ihm war klar, dass er oben bleiben musste, um eine Chance zu haben. Das Signal ertönte. Frosch und Hase hoppelten los, Glibber-Bär Monika setzte

schwerfällig einen Fuß vor den anderen und Nick überholte erst sie, dann den Frosch und schließlich sogar Katy. Erleichtert warf er die Stelzen von sich, stürzte durch die Tür – und blieb abrupt stehen. Hier war es stockdunkel.

Assistentin Chantal reichte ihm eine Taschenlampe.

„Viel S-paß in der Sreckenskammer", lispelte sie.

Nick richtete den Strahl in das Zimmer und schrak zurück, als das Licht auf eine Monsterfratze fiel. Er sah sich weiter um und fand einen Vampir im Sarg. Mit jagendem Puls überprüfte Nick das Innere des Sargs, als etwas seinen Kopf streifte. Schreiend sprang er auf, stolperte und landete in den Armen eines Zombies. Zitternd rappelte er sich auf.

Ein Lichtkegel nach dem anderen drang in den Raum. Katy, die Horrorfilme liebte, war offensichtlich in ihrem Element. Furchtlos filzte sie die Monster und ließ sich auch durch baumelnde Fledermäuse und Spinnen nicht stören. Vermutlich hatte eine dieser Spinnen Nick kurz zuvor erschreckt. Er schüttelte sich, denn nichts ekelte ihn mehr als Spinnen.

„Noch acht Minuten", rief Kai in das Ticken der Uhr.

Deckel quietschten, Ketten rasselten. Nick erkannte, dass Katys Hand in einer Wanne mit künstlichem Blut nach der Kapsel forschte.

Igitt, wie widerlich, dachte er und sah in eine mit Spinnweben verzierte Standuhr.

Tick-Tack.

„Noch vier Minuten!"

Nick wurde panisch. Wo war die verfluchte Kapsel? Endlich hörte er einen hellen Jubelschrei. Zu seiner Enttäuschung kam er nicht von Katy, sondern von Monika.

Das Licht ging an. Was er nun sehen konnte, ließ Nick das Blut in den Adern gefrieren. Links von ihm war ein großes Spinnennetz. Dahinter lag ein Haufen Knochen. Und in dem Netz tummelten sich neben künstliche Tierchen auch viele echte Spinnen!

„Ihr ahnt es sicher schon", sagte Kai Zwetschge, ohne sich zu bemühen, seine Schadenfreude zu verbergen. „Die letzte Kapsel findet ihr in dem Knochenberg. Ihr habt noch zwei Minuten und zwölf Sekunden übrig."
Chantal überreichte ihnen Schutzbrillen.
„Seid ihr bereit?", fragte Kai.
Katy nickte, doch Nick starrte auf das Netz, spürte eine Gänsehaut am ganzen Körper und wünschte sich weit weg.
„Die Zeit läuft ... *jetzt*!"
Beherzt zerriss Katy das Netz und kämpfte sich nach vorn. Es schien sie gar nicht zu stören, dass unzählige Spinnen über ihren Kopf, ihre Arme und ihren Hasenrücken krabbelten. Nick war stolz auf ihren Mut – und selbst voller Panik. Zu ihm hätte das Hasenkostüm in diesem Moment besser gepasst. Immer wieder zuckte er zusammen und wischte Spinnen von seinem Kostüm.
„Noch eine Minute", rief Kai.
Sie hatten den Knochenhaufen erreicht. Hektisch wühlte Katy sich durch die künstlichen menschlichen Überreste. Nick bemühte sich, die Spinnen aus seinen Gedanken zu verdrängen, und half tatkräftig mit. Doch seine Hände zitterten.
„Noch zwanzig Sekunden!"
Tick-Tack.
Verzweifelt kämpfte Nick sich durch den Knochenberg. Katy keuchte.
„Noch zehn!"
Panik überrollte Nick. Das Ticken machte ihn aggressiv. Wütend stieß seine Hand durch die Knochen.
„Noch fünf!"
Er bekam etwas Glattes, Rundes zu fassen. Wie in Zeitlupe zog er die Hand hervor, reckte sie mit der Kapsel in die Höhe, als hielte er einen Pokal.
Katy fiel ihm um den Hals. Es schepperte und klapperte, als sie in die Plastikknochen fielen. Übersät mit Spinnenweben beugten sie sich nach einer weiteren Werbepause über den neuen Hinweis.

Der letzte Teil des Lösungswortes
1. beginnt mit dem Buchstaben, der auf den Anfangsbuchstaben des zweiten Wortes folgt;
2. hat nur 2 Konsonanten
3. macht manchmal blind

„Ihr habt nun alle Hinweise zusammen", sagte Zwetschge, „und fünf Minuten Zeit, um die Hinweise zum eigentlichen Lösungswort zusammenzufügen. Während dieser Zeit geht ihr die Treppe hinauf und wieder hinunter. Sobald ihr das Wort gefunden habt, kommt ihr her und drückt den Buzzer."
Nick tauschte einen Blick mit Katy. Jetzt kam es drauf an.
„Seit ihr bereit? Wunderbar. Die Zeit läuft ab JETZT!"
Eine muntere Melodie erklang und sie rannten auf die Treppe zu. Was für ein Bild, dachte Nick. Ein Frosch, ein Hase, ein Bär und eine Giraffe rennen eine Treppe auf und ab und diskutieren zum Tick-Tack dieser bescheuerten Uhr.
„Der erste Buchstabe ist ein S", sagte Katy gerade, „das hab ich schon herausgefunden. Vier Buchstaben, das war leicht, und man findet den Gegenstand am Meer. Ich tippe auf Sand, das hat drei Konsonanten. Was meinst du?"
Er nickte erfreut. „Klingt gut."
Sie hatten das Ende der Treppe erreicht und drehten sich um. Das Publikum klatschte im Takt des Sekundenzeigers mit, was Nick wahnsinnig machte.
„Okay, der Anfangsbuchstabe des nächsten Wortes ist ...", er murmelte vor sich hin und nahm die Finger zu Hilfe, „... ein K. Was ist mit dem Pflaster und dem Ohrring gemeint?"
„Ohrringe gehören ins Schmuckkästchen."
„Und ein Pflaster in den Erste-Hilfe-Kasten! Kasten ist das Wort!"
„Also haben wir schon den Sandkasten!", freute sich Katy.

Nick warf einen Blick auf ihre Gegner. Monika sah ebenso zufrieden aus wie Katy. Waren sie schon weiter als sie selbst?
„Noch eine Minute!", rief Zwetschge.
„Wir müssen uns beeilen", stieß Nick hervor. „Was ist mit dem letzten Wort?"
„Auf K wie Kasten folgt ein L", bemerkte Katy. „Aber was macht manchmal blind? Ich habe gerade echt ein Brett vor dem Kopf."
Nick schlug sich vor die Stirn und lachte erleichtert auf. „Ist doch logisch!"
In diesem Moment rannte Ben wie von Sinnen die Treppe hinunter, raste auf den Buzzer zu und knallte die Handfläche darauf.
Tröööööt!
„Scheiße!", fluchte Nick.
Atemlose Stille im Saal. Monika stand wie angewurzelt.
„Ihr habt zehn Sekunden, um das Lösungswort zu nennen", sagte Kai zu Ben. „Ab jetzt."
Tick-Tack.
„Monika sagte, sie wüsste es", sagte Ben stockend. „Da bin ich losgelaufen."
Alle wandten den Kopf zur Treppe. Der Zeiger zuckte weiter. Nur noch vier Sekunden. Monika erwachte aus ihrer Starre und rannte die Treppe hinunter. „Ich weiß es!", rief sie. „Die Lösung ist ... Aaaaahhh!!"
Ein schockiertes Raunen ging durch den Saal, denn Monika purzelte in ihrem Bärenkostüm kreischend die Stufen hinunter. Am Fuße der Treppe blieb sie reglos liegen.
„Neiiiin!" Ben flitzte zu ihr und sank neben ihr auf die Knie. „Moni, Liebling, sag doch was!"
Sanitäter erschienen und legten die junge Frau behutsam auf eine Trage. Alle Augen waren auf die dramatische Szene gerichtet.
Nur Nicks Blick glitt zum Buzzer. War der Sturz von Monika ein Wink des Schicksals?

„Wir gehen ein letztes Mal in die Werbung und sehen uns gleich wieder", sagte Zwetschge verstört blinzelnd in die Kamera.
„Ok, wir sind raus!", rief jemand aus dem Hintergrund.
Das warme Lächeln des Moderators verschwand wie auf Knopfdruck. Er ging auf Ben zu. „Es ist bestimmt nichts Ernstes", versuchte er ihn zu beruhigen. „Sobald die Ärzte wissen, was ihr fehlt, werden wir unverzüglich infor..."
Tröööt! Alle sahen zum Buzzer – und zu Nick, dessen Hand darauf lag. „Wenn er die Lösung nicht weiß ...", er wies mit dem Kinn zu Ben", ... dann bin ich jetzt dran, oder?"
„Nun, ich weiß nicht, wie wir in diesem Fall ...", stotterte der blass gewordene Moderator und sah sich hilflos um. „Ich meine, ob wir – Regie!!"
Nick sah aus dem Augenwinkel, dass Ben ihn fassungslos anstarrte. So ganz wohl fühlte er sich auch nicht in seiner Haut. Doch hier ging es um viel. Ben wusste die Lösung nicht, er schon. Diese Chance musste er einfach nutzen.
Zwetschge lauschte den Anweisungen der Stimme in seinem Ohr und nickte dann. „Ben, ich habe eine gute Nachricht für dich. Monika ist wieder bei Bewusstsein. Sie hat eine leichte Gehirnerschütterung und ein paar Prellungen. Noch ist sie etwas benommen, doch es geht ihr bald wieder gut."
Ben schien erleichtert. In seinen Augen glitzerten Tränen und seine Mundwinkel zuckten.
„Die schlechte Nachricht ist", fuhr Zwetschge fort, „du musst uns nach der Werbepause binnen zehn Sekunden die Lösung nennen. Weißt du die Antwort nicht, ist das andere Team am Zug."
Bens Miene erstarrte, er wurde bleich. Die Erkennungsmelodie setzte ein – das Zeichen, dass die Werbung vorbei war und sie wieder auf Sendung gingen.
Kai Zwetschge begrüßte mit freundlichem Lächeln die Zuschauer, informierte sie mit wenigen Worten darüber, dass es Monika wieder besser ging und wiederholte die Worte, die er kurz

zuvor zu Ben gesagt hatte. Dann sah er ihn an. „Bist du bereit, Ben? Zehn Sekunden - ab jetzt."
Die Stirn des Mannes im Froschkostüm glänzte vor Schweiß, während der Zeiger vorrückte. Nick betete stumm. Noch acht Sekunden. Tick-Tack.
„Sandkasten...", nuschelte Ben. „Sandkasten..."
„Noch fünf Sekunden! Vier, drei ..."
Ben hatte die Augen geschlossen, schien sich zu konzentrieren. Nick hielt den Atem an.
„Zwei, eins ..."
Plötzlich leuchteten Bens Augen auf. „Sandkastenliebe!", rief er und sah Zwetschge gespannt an.
Das Ticken verstummte, die Zeit war um. Im Saal war es so ruhig, dass Nick hören konnte, wie Katy mit den Zähnen knirschte.
„Das ist ... richtig!", rief Zwetschge und Ben sank auf die Knie, das Gesicht in den Händen vergraben. Er wirkte völlig erschöpft.
Das Publikum applaudierte begeistert. „Verdammter Mist", murmelte Nick enttäuscht und sah zu Katy. „Ich hab es auch gewusst."
„Ich weiß." Sie lächelte. „Ist doch egal. Aber wir haben bewiesen, dass wir ein tolles Team sind. Das ist mir viel wichtiger."
Er gab ihr einen Kuss. „Mir auch. Ehrlich gesagt, ich freue mich für die beiden. Lass uns gratulieren." Nick beschloss, sich bei Ben zu entschuldigen. Wenn er mit seiner Masche durchgekommen wäre, hätte ihm sein schlechtes Gewissen ohnehin jede Freude am Gewinn genommen.
Nach der Show verabschiedeten sie sich von Ben.
„Sag Monika gute Besserung von uns", bat Nick. „Und wenn es klappt mit dem Kind, dann sorg bitte dafür, dass es nie bei einer Spielshow mitmacht."
Ben grinste. „Darauf kannst du wetten."

*****

Kriminelles

Gleich wie Feuer nicht Feuer löscht, so kann Böses nicht Böses ersticken. Nur das Gute, wenn es auf das Böse stößt, und von diesem nicht angesteckt wird, besiegt das Böse.

Leo Tolstoi

Nur das Mondlicht war Zeuge

„ *Der Mond ist aufgegangen, die gold'nen Sternlein prangen, am Himmel hell und klar.*"
Mit weicher, gedämpfter Stimme sang die Frau und sah dabei hinab auf das unbewegte Gesicht. Ihre Hand führte die Wiege, die sanft hin und her schaukelte.
„Der Wald steht schwarz und schweiget, und aus den Wiesen steiget der weiße Nebel wunderbar."
Ihre Augen wandten sich zum Fenster. Dahinter war nur tiefe Dunkelheit. Weit entfernt konnte sie mit Mühe die Kontur des beginnenden Waldes erahnen. Nur wenige Sterne und der blasse, kühle Vollmond schauten zurück.
Die Frau wandte den Blick vom Fenster ab und stand auf. Ihre nackten Füße auf dem Teppichboden verursachten nicht den kleinsten Laut. Als sie die Tür öffnete, erfüllte ein knarrendes Geräusch den Raum. Eigentlich leise, doch in dieser Stille beinahe unerträglich laut. Die Frau hielt inne und lauschte ihrem Herzklopfen.
Sonst war nichts zu hören. Auch in der Wiege blieb es ruhig. Sie trat auf den düsteren Flur hinaus. Bis hierher reichte das Licht des Mondes nicht. Nur wenige Schritte später wurde sie von der Schwärze der Nacht verschluckt.

Freitag
„Warum heißt er eigentlich Hagrid?", fragte Jannis.
„Na, weil er so groß ist, lange dunkle Haare hat und ich die Harry-Potter-Filme so gern mochte, als wir ihn bekommen haben", antwortete Mika.
„Magst du die jetzt nicht mehr?"

Mika zuckte mit den Achseln. „Doch, schon. Aber nicht mehr so wie damals."

Ein paar Meter schwiegen sie, in Gedanken bei Harry Potter und seinen Abenteuern.

Jannis atmete tief durch die Nase ein. Er mochte die würzige Waldluft so gern.

„Darf ich ihn auch mal halten?" Bittend sah er zu seinem Kumpel und streckte vorsorglich schon mal die offene Hand aus. Mika zögerte, doch dann legte er die Leine in Jannis' Hand, die sich sogleich zur Faust schloss.

„Aber pass auf", mahnte Mika, „er ist stark. Auf jeden Fall stärker als du. Du darfst die Leine auf keinen Fall loslassen."

„Schon klar." Die Augen des blondgelockten Jungen strahlten. Zufrieden sah er dem Mischling dabei zu, wie er an einem Baum das Bein hob.

„Komm, Hagrid!", rief er, sobald das Bein den Boden wieder berührte. Dann lieferte er sich mit dem Hund ein Rennen.

Mika sah ihnen nach. Als der große Hagrid den kleinen Jannis vom Waldweg ins Unterholz zog, umwölkte sich seine Stirn. Er ging schneller und hob dabei seine Hände trichterförmig zum Mund.

„Kommt zurück!", rief er.

Jannis und er waren zwar beide in der dritten Klasse, doch Jannis war kleiner und ein halbes Jahr jünger. Er würde Hagrid nicht halten können, wenn der etwas witterte.

„Hagrid zieht so doll!", rief Jannis zurück. Leichte Verzweiflung klang in seiner Stimme durch. „Mika, hilf mir!"

„So ein Mist!" Mika begann zu rennen. Jannis' rote Jacke blitzte zwischen den Bäumen auf, verharrte schließlich an einem Fleck. Keuchend kam Mika neben seinem Freund zum Stehen.

Hagrid war nur wenige Schritte entfernt, das andere Ende der Leine lag nach wie vor in Jannis Hand. Die Schnauze des Hundes wühlte sich durch den lockeren Waldboden, dann bellte Hagrid kurz und begann zu buddeln.

„Vielleicht hat er einen Schatz gefunden", wisperte Jannis. Seine Wangen glühten.
„Quatsch", Mika winkte ab. „Lass uns abhauen. Ich will nach Hause."
„Ja, gleich!" Gebannt beobachtete Jannis den Hund, der aufgeregt bellte, während er grub.
„Ruhig, Hagrid!" Mika nahm seinem Freund die Leine ab und zog den Hund von dem Loch weg. Hagrid winselte enttäuscht.
Jannis trat näher. „Da ist etwas", rief er und fiel auf die Knie.
Mika band die Leine an einem Ast fest, trat zu seinem Freund und ließ sich ebenfalls auf die Knie nieder. Gemeinsam schaufelten sie die Erde von dem hellen Etwas, das dort vergraben war.
„Nur eine gammelige Plastiktüte", erkannte Mika und stand auf. „Da hat jemand Müll vergraben, weiter nichts."
„Oder jemand hat eine Bank ausgeraubt und die Beute hier versteckt." Jannis Augen leuchteten.
„Pah, das glaube ich nicht."
Jannis überhörte die Zweifel und zog die Tüte hervor. Sie war mit einem Stück Schnur zugebunden. Er entfernte die Erde von dem Knoten und knubbelte ihn mühsam auf. Seine Zungenspitze arbeitete mit. Als die Schnur endlich zu Boden fiel, öffnete er gespannt die knisternde Tüte. Ein abscheulicher Gestank schlug ihm entgegen.
„Äh!", entfuhr es ihm. „Ist ja eklig!"
Mika sah seinem Freund über die Schulter. Als er erkannte, was die Tüte enthielt, wurde er kreidebleich. Seine Augen weiteten sich vor Entsetzen.
Jannis ließ die Tüte fallen und sprang auf. Rasch lief er ein paar Schritte, stützte sich an einem Baum ab und übergab sich.
Hagrids Bellen hallte gespenstisch durch den Wald.

Eine Stunde später wimmelte es im Wald von Leuten. Polizisten sperrten das Gelände ab und passten auf, dass kein Unbefugter den Fundort betrat. Andreas Beier, Mikas Vater, hatte seine Arme um die Schultern der beiden Jungs gelegt. Gemeinsam beobachteten sie vom Waldweg aus, wie in Weiß gekleidete Männer den Ort auf Spuren überprüften. Hin und wieder flammten Blitzlichter auf.

„Wahnsinn!", hauchte Jannis. „Wenn wir das in der Schule erzählen." Er war zwar noch blass um die Nase, doch sein Abenteuergeist hatte ihn nicht verlassen.

Mika schwieg und schmiegte sich an seinen Vater.

„Was macht ihr denn hier?", fragte auf einmal eine tiefe Stimme hinter ihnen.

Sie drehten sich um. Ein großer, durchtrainierter Mann musterte sie mit finsterer Miene. Die Hände hatte er in den Taschen seiner blau-weißen Steppjacke vergraben. Hinter ihm stand eine junge Frau mit kurzem dunklem Haar und einem Piercing in der Nase.

„Andreas Beier", stellte sich Mikas Vater vor. „Die Jungs haben die ... Tüte gefunden. Beziehungsweise unser Hund."

„Sind Sie ein Kommissar?", fragte Jannis mit großen Augen.

„Allerdings", bestätigte der Mann und lächelte. Nun sah er viel freundlicher aus.

„Mathias Langdorf ist mein Name. Das ist meine Kollegin Amelie Hansen." Er wies auf die Frau mit dem Nasenpiercing.

Die nickte Mikas Vater zu und schenkte den beiden Jungen ein mitfühlendes Lächeln.

Langdorf sah Andreas Beier an. „Dürfen wir Sie allein sprechen?"

„Natürlich." Mikas Vater wandte sich an die Jungen. „Bleibt hier, hört ihr? Rührt euch nicht vom Fleck. Ich bin gleich wieder da."

Kommissar Langdorf, Amelie und Andreas Beier gingen ein paar Schritte weiter.

„Es handelt sich um den Leichnam eines Neugeborenen", begann der Kommissar mit gedämpfter Stimme. „Wissen Sie, ob es vor einiger Zeit in dieser Gegend eine Frau gab, die schwanger war und die es jetzt nicht mehr ist?"

„Mehrere", bestätigte Mikas Vater. „Gleich da vorn ist ein Neubaugebiet mit vielen jungen Familien. Wir wohnen auch dort."

„Ist Ihnen bei einer dieser Frauen etwas aufgefallen?"
Andreas Beier runzelte die Stirn. „Was zum Beispiel?"
„Ist vielleicht eins dieser Kinder früh verstorben? Oder war eine Mutter darunter, die versucht hat, die Schwangerschaft zu verbergen? Gab es Hausgeburten? So etwas."
Andreas dachte nach, doch dann schüttelte er den Kopf. „Nein, nicht dass ich wüsste. Aber meine Frau weiß bestimmt mehr als ich."
Kommissar Langdorf nickte. „Danke. Geben Sie mir bitte Ihre Adresse, wir kommen dann später bei Ihnen vorbei."
Andreas Beier zog seine Brieftasche aus der Jacke und reichte Langdorf eine Visitenkarte.
„Meine Privatadresse steht auf der Rückseite."

„Der Leichnam ist männlich und wurde nur wenige Tage alt", sagte Vanessa Kähler vom gerichtsmedizinischen Institut.
Ihr blondes Haar hatte sie wie üblich zu einem festen Knoten zusammengebunden, der sie streng und unnahbar wirken ließ. Ihr geschäftsmäßiges Gebaren unterstrich diesen Eindruck noch.
Mathias Langdorf fröstelte meist in ihrer Nähe, und das nicht nur deshalb, weil ihr Arbeitsplatz mäßig temperiert war.
„Der Tod ist vor drei bis vier Monaten eingetreten", berichtete Vanessa weiter. „Vermutlich wurde das Kind erstickt, zumindest gibt es keine äußeren Spuren von Gewalteinwirkung oder Verletzungen. Interessant ist aber, dass die Spusi nicht weit entfernt einen weiteren Säugling gefunden hat. Ebenfalls keine offensichtlichen Merkmale eines gewaltsamen Todes, doch dieses Neugeborene lag bereits länger dort. Mindestens zwei Jahre."
„Also eine Art Baby-Friedhof." Amelie Hansen zog unbehaglich die Schultern hoch.
„Sind beide von derselben Mutter?", fragte Langdorf.
„Das muss ich erst noch überprüfen. Ich schicke Ihnen meinen Bericht hoch, sobald er fertig ist. Vermutlich schaffe ich es bis Dienstag."

„Geht das nicht ein bisschen schneller?"
Vanessa Kähler zog eine Augenbraue hoch. „Sie werden sich wohl etwas gedulden müssen. Es ist Freitagnachmittag, ich habe viel zu tun und nebenbei auch ein Privatleben."
Was Sie nicht sagen, dachte Langdorf und fragte sich, wie das wohl aussah.
Die Ärztin sah demonstrativ auf die Uhr. „Gibt es noch Fragen?"
„Im Augenblick nicht, danke." Er nickte ihr zu und war froh, diesem kalten Ort den Rücken kehren zu können.

„Hier bei uns in der Gegend? Das kann ich mir nicht vorstellen." Sabrina Beier, Mikas Mutter, war entsetzt. „Hier leben ganz normale Familien. Ich kenne alle zumindest vom Sehen, die meisten näher, aus der Schule, der Nachbarsschaft oder vom Sportverein."
„Und weiter entfernt?", hakte Amelie nach. „Im älteren Teil des Ortes?"
Sabrina Beier hob die Schultern. „Dort gibt es ein paar Bauernhöfe und ältere Einfamilienhäuser. Ich glaube, da wohnen hauptsächlich Rentner."
Langdorf sah sich im Beierschen Wohnzimmer um. Schlicht, gemütlich, mit modernen Elementen und mehreren Grünpflanzen. Das Ecksofa sah neu aus, der Flachbildfernseher war deutlich größer als seiner.
„Wie geht es Mika?", erkundigte er sich. „Hat er die Aufregung gut überstanden?"
Sabrina nickte zögernd. „Ich denke schon, ja. Aber er hat noch nicht viel gesagt."
„Wenn Sie glauben, dass er eine psychologische Betreuung braucht, dann sagen Sie Bescheid", sagte Amelie. „Haben Sie von Jannis gehört? Wie geht es ihm?"
Sabrina lächelte vage. „Besser als Mika, glaube ich. Er findet das alles sehr aufregend."

Langdorf erhob sich. „Erst einmal vielen Dank, Frau Beier. Wenn Ihnen noch etwas einfällt, rufen Sie uns an."
„Das mache ich." Sabrina stand ebenfalls auf. „Der Gedanke, dass hier ein Kindermörder lebt, ist grässlich. Hoffentlich finden Sie ihn bald."

Sie konnte nicht anders. Einem inneren Drang folgend schlüpfte sie aus dem Bett, öffnete ihre Zimmertür und trat auf den Flur hinaus. Nach fünf Schritten war sie am Ziel.
Das leise Quietschen der Tür wurde laut durch die Stille der Nacht. Rasch huschte sie in den Raum, schloss die Tür und näherte sich der Wiege. Der Mond leuchtete durch das Fenster direkt auf das entspannte Babygesicht.
Ihre Hand gab der Wiege ein wenig Schwung. Sie begann leise das Schlaflied zu summen. *Der Mond ist aufgegangen, die gold'nen Sternlein …*
Sie zuckte zusammen, als die Tür aufgestoßen wurde. Elektrisches Licht verdrängte das schimmernde Weiß des Mondes.
„Was tust du schon wieder hier?", herrschte eine wütende Stimme. „Marsch, geh zurück in dein Bett! Sofort!"
„Ich wollte nur nachsehen, ob er schläft."
„Geh in dein Zimmer!"
Traurig wandte sich die Frau von der Wiege ab und verließ den Raum.
Das Licht verlosch und die Tür schloss sich mit einem endgültigen Geräusch.
Als sie wieder in ihrem Bett lag, spürte sie dieses Kribbeln, das ihr so bekannt war. Diese gewisse Unruhe, die ihr sagte, dass sie nicht würde schlafen können.
Das Gefühl breitete sich über ihren Körper aus und konzentrierte sich dann auf ihren Unterleib. Ihre rechte Hand suchte sich ihren Weg unter das Nachthemd, drückte fest gegen ihre Scham. Ihr Atem wurde schwer, ihr Herz klopfte schneller. Sie zog die Hand zurück und starrte einige Wimpernschläge lang in die Finsternis.

Es war noch nicht lange so dunkel. Sie wusste, dass um diese Zeit noch viele Menschen wach waren. Dennoch musste sie sich beeilen, wenn sie das bekommen wollte, wonach sie sich so sehnte.
Sie stieg erneut aus dem Bett. Hoffentlich verriet das leise Knarren sie nicht. Diesmal wollte sie nicht erwischt werden. Sie zog ihr Nachthemd aus, schlüpfte in Rock und Bluse und bürstete sich das blonde Haar, so dass es locker auf die Schultern fiel. Lautlos verließ sie ihr Zimmer, huschte die Treppe hinunter und schnappte sich ihre Jacke. Dann schlich sie durch das Wohnzimmer zur Terrassentür. Von hier aus konnte sie später ohne Schwierigkeiten wieder ins Haus zurück gelangen. Die hübschen Sandalen zog sie erst draußen an. Dann umrundete sie im Dunkeln das Haus und eilte Sekunden später die vom Mondlicht beleuchtete Straße entlang.

Montag
Jannis und Mika waren die Helden des Tages. Auf dem Schulhof waren sie von einer Schülertraube umring und mussten immer wieder erzählen, was sie entdeckt hatten.
„Wie sah das Baby aus?"
„Waren viele Polizisten da?"
„Zeigt ihr mir, wo ihr es gefunden habt?"
Fragen über Fragen prasselten auf sie ein. Mika antwortete einsilbig und mürrisch, doch Jannis genoss die Aufmerksamkeit und schmückte die Geschichte jedes Mal ein bisschen mehr aus. Nur dass er sich erbrochen hatte, hielt er für ein unwesentliches Detail, das man getrost vernachlässigen konnte.
Auf dem Nachhauseweg stieß er seinem Freund seinen Ellenbogen in die Seite. „Guck mal, ist das nicht der Kommissar?"
Mathias Langdorf verabschiedete sich gerade von Frau König, der Inhaberin des Friseurladens. Jannis steuerte auf ihn zu.
„Wo willst du denn hin?", fragte Mika.
„Na, den Kommissar begrüßen. Vielleicht hat er schon was herausgefunden."

„Und wenn schon."
„Du musst ja nicht mitkommen." Jannis ließ sich nicht beirren und eilte auf Mathias Langdorf zu. Mika schlenderte missmutig hinterher.
„Hallo, Herr Kommissar!", rief Jannis.
Langdorf entdeckte die Jungen und ging auf sie zu. „Hallo, Jungs."
„Wissen Sie schon, wer das Baby vergraben hat?", fragte Jannis neugierig.
„Nein, leider noch nicht." Langdorf sah zu Mika, der die Hände in den Hosentaschen vergraben hatte und auf den Boden sah.
„He, ist alles in Ordnung?", fragte er behutsam.
Mika brummte etwas.
Langdorf beugte sich zu ihm hinab. „Ich weiß, dass das ein schrecklicher Anblick war. Nicht jeder kann das leicht wegstecken. Das ist völlig in Ordnung. Und wenn du mal darüber reden möchtest …" Er zog eine Visitenkarte hervor und reichte sie dem Jungen, „… dann darfst du mich gern anrufen. Okay?"
Mika antwortete nicht, aber er nahm die Karte und steckte sie in seine Hosentasche.

Die Befragung der Anwohner hatte nichts ergeben. Dass zwei Kinder im Abstand von mehreren Jahren am selben Ort vergraben worden waren, war für Langdorf allerdings ein klares Indiz dafür, dass der Täter oder die Täterin aus der Umgebung stammen musste.
In der Nähe der Neubausiedlung lebten – wie Frau Beier gesagt hatte – hauptsächlich Rentner. Eine etwas jüngere Frau – so um die vierzig – wohnte dort ebenfalls. Sie war nie verheiratet gewesen und machte auf die Nachbarn den Eindruck, als würde sie nur dann das Haus verlassen, wenn es unumgänglich war. Elisabeth Krömer galt allgemein als kaltherzig, missmutig und unbeliebt.

„Die kümmert sich nur um ihre behinderte Schwester", hatte die Friseurin erzählt. „Ich glaube, sie gibt ihr die Schuld dafür, dass sie selbst kein Leben hat. Eine sehr unsympathische Person. Trinkgeld gibt sie auch nicht."
Langdorf wollte sich selbst einen Eindruck verschaffen und stand daher am späten Nachmittag mit Amelie Hansen vor dem kleinen Haus an, in dem Elisabeth Krömer und ihre Schwester lebten. Es war mindestens fünfzig Jahre alt und wirkte renovierungsbedürftig.
Amelie hob die Schultern zu den Ohren und Langdorf zog den Reißverschluss seiner Jacke zu. Nach der letzten klaren Nacht hatte sich der Himmel zugezogen. Es war windig und zu kühl für April. Die Luft roch nach Regen.
Er drückte auf die Klingel, die im Inneren ein leises Scheppern hören ließ. Es dauerte eine Weile, bis er Schritte hörte, die sich näherten. Wenig später blickten zwei finstere Augen durch den Türspalt.
„Ja?"
Sie zückten ihre Ausweise. „Hauptkommissar Langdorf, meine Kollegin, Kriminalkommissarin Hansen. Sind Sie Elisabeth Krömer?"
„Ja."
„Dürfen wir reinkommen? Es dauert nicht lange."
Sie zögerte, doch dann öffnete sie widerstrebend die Tür.
Der Flur wirkte durch das Holz an Wänden und Decke düster und beengt. Frau Krömer ging voraus in die Küche.
„Ich weiß nicht, ob Sie schon davon gehört haben", begann Langdorf, „aber ganz in der Nähe wurden zwei Babyleichen gefunden. Wir suchen nach der Mutter."
Elisabeth Krömer stand hinter einem Stuhl, die Hände auf die Rückenlehne gestützt. „Und was hat das mit mir zu tun?"
„Ich hoffte, Sie könnten uns weiterhelfen. Haben sie eine Ahnung, wer die Mutter sein könnte?"
„Nein."

„Ist Ihnen etwas aufgefallen? Vielleicht eine Frau, die ihre Schwangerschaft geheim halten wollte? Irgendwann im letzten Winter?"
„Nein. Tut mir leid."
„Wie lange leben Sie schon hier im Ort?"
„Mein ganzes Leben. Ich habe immer in diesem Haus gewohnt. Nach dem Tod meiner Eltern habe ich es geerbt."
„Sie sind nicht verheiratet?"
„Nein."
„Ich hörte, Sie leben hier mit Ihrer Schwester. Dürfte ich …"
„Meine Schwester ist behindert", unterbrach sie ihn kalt. „Sie ist geistig auf dem Stand einer Fünfjährigen und ich erlaube nicht, dass Sie sie mit Fragen über tote Babys behelligen."
Die Finger von Frau Krömer packten die Lehne des Stuhls nun fester. Ihre Knöchel traten weiß hervor.
Amelie trat einen Schritt näher. „Ihre Schwester bedeutet Ihnen offenbar sehr viel", sagte sie mitfühlend.
„Sie ist alles was ich habe. Ich will nicht, dass Sie sie mit Horrorgeschichten verängstigen. Das ist ja wohl verständlich."
„Natürlich."
Amelie tauschte einen kurzen Blick mit Langdorf. Er nickte ihr unmerklich zu.
„Tja, das war's schon", sagte er an Frau Krömer gewandt. „Vielen Dank."
Sie begleitete die beiden Beamten bis zur Haustür und öffnete sie weit. Langdorf und Amelie traten über die Schwelle.
„Wo ist Ihre Schwester eigentlich?", fragte er.
„Sie schläft."
Er sah auf die Uhr. Es war später Nachmittag. „Um diese Zeit?"
„Sie war müde."
„Ich würde mich wirklich gern einmal mit ihr unterhalten. Wann, meinen Sie, wäre das möglich?"
„Wozu soll das gut sein? Sie kann Ihnen nicht weiterhelfen. Sie würde nicht einmal begreifen, worum es überhaupt geht."

„Davon würde ich mir gern selbst einen Eindruck verschaffen."
„Das können Sie sich sparen!" Frau Krömer schlug ihm die Tür vor der Nase zu.
„Eine reizende Dame", bemerkte Amelie sarkastisch.
Langdorf wies auf eine kleine Wirtschaft. „Ich habe Hunger. Wollen Sie mitkommen? Vielleicht erfahren wir dort etwas."
Sie sah auf die Uhr. „Ich möchte lieber nach Hause, wenn das okay ist."
Er nickte. „Dann sehen wir uns morgen."
Sie verabschiedeten sich. Amelie ging zur Bushaltestelle und Langdorf näherte sich seinem Feierabendbier.
„Wer war das, Lissi?"
Elisabeth fuhr herum. „Ich dachte, du schläfst."
„Nein. Ich bin wach. Wer war das?"
„Das geht dich nichts an."
„Oh bitte, sag es mir doch. Er sah so nett aus."
„Er ist aber nicht nett. Geh raus in den Garten und nimm die Wäsche von der Leine. Ich mache inzwischen Abendbrot."
„Ich gehe gleich, bestimmt. Aber vorher muss ich noch mein Baby wickeln. Es hat A-a gemacht."
Elisabeth machte zwei große Schritte auf ihre Schwester zu und packte ihren Arm.
„Du tust, was ich sage! Und jetzt geh, bevor ich die Geduld verliere!!"
Ihre Schwester verzog das Gesicht zu einer weinerlichen Grimasse und sah auf die Hand, die ihren Unterarm festhielt. „Das tut weh! Böse Lissi!"
Elisabeth ließ den Arm los. „Geh endlich!"
Dicke Tränen kullerten über die rosigen Wangen. „Du bist so gemein!"
Erschöpft und mit einem ungutem Gefühl in der Magengegend sah Elisabeth ihrer Schwester nach, die schniefend die Hintertür ansteuerte.

Abgestandene Luft und ein Schlager von Roland Kaiser empfingen Langdorf. Er setzte sich an den rustikalen Tresen und studierte die dürftige Speisekarte. Frikadellen mit Bratkartoffeln, Würstchen mit Kartoffelsalat und hausgemachte Erbsensuppe standen zur Auswahl.

Er bestellte die Suppe und ein großes Bier.

Während er wartete, sah er sich um. Es war nicht viel los. Vier ältere Männer spielten in einer Ecke Skat und am anderen Ende der Theke saßen zwei weitere Männer schweigend vor ihrem Bier.

Der Wirt, ein großer Mann mit imposantem Bauch und schütterem Haar, reichte Langdorf sein Bier.

„Danke. Das nenne ich mal eine vernünftige Schaumkrone."

Die Mundwinkel des Wirts hoben sich bei dem Lob fast unmerklich. Routiniert spülte er ein paar schmutzige Gläser.

Langdorf hob das Glas an die Lippen und nahm einen kräftigen Zug. Anschließend wischte er sich zufrieden den Schaum vom Mund. „Sagen Sie, wohnen Sie hier im Ort?"

Der Wirt brummte etwas Unverständliches. Langdorf runzelte die Stirn. „Wie bitte?"

„Nachbardorf."

„Aha. Aber Sie kennen doch bestimmt alle Leute hier, oder?"

Der Wirt musterte ihn misstrauisch. „Wieso woll'nse 'n das wissen?"

Er warf einen kurzen Blick auf den Ausweis, den Langdorf ihm hinhielt.

„Ich hab nicht viele Stammkunden", gab er unwillig Auskunft. „Die meisten Gäste sind Lkw-Fahrer auf der Durchreise."

„Kommen auch Frauen her?"

„Kaum."

Eine Klappe hinter dem Wirt öffnete sich. Der drehte sich um, nahm den Teller mit der dampfenden Erbsensuppe entgegen und stellte ihn vor Langdorf ab.

„N' Guten."

„Danke."

„Was suchen Sie eigentlich hier?", erkundigte sich der Kneipier. „Hat einer was angestellt?"
„Schon möglich."
Schweigen. Langdorf löffelte mit Behagen. Schließlich hielt der Wirt es nicht mehr aus.
„Wenn hier ein Mörder oder so rumläuft, dann würde ich das schon gerne wissen", raunte er, nahm ein Geschirrtuch von einem Haken und begann, die sauberen Gläser zu polieren.
„Machen Sie sich keine Sorgen", beruhigte ihn Langdorf. „Was für Frauen kommen denn so her?"
„He, Olli! Schick mal noch 'ne Runde rüber!", dröhnte es vom Skattisch.
„Kommt sofort!"
Der mit „Olli" betitelte Wirt schmiss das Tuch auf die Spüle und begann zu zapfen.
„Was für Frauen herkommen, wollen Sie wissen? Da gibt es keine Stammkundschaft. Manchmal kommen Paare her, um 'ne Kleinigkeit zu essen. Ab und zu lässt sich die wilde Hilde hier blicken und flirtet mit den Lkw-Fahrern."
Langdorf grinste. „Die wilde Hilde? Ist das eine Prostituierte?"
„Das glaube ich kaum. Sie ist ungefähr Ende Zwanzig und ein bisschen – wie soll ich sagen? – einfach gestrickt. Sie wissen schon ..." Olli wedelte mit der flachen Hand vor seinem Gesicht herum.
„Verstehe", schmunzelte Langdorf. „Ist sie denn hübsch?"
„Geht so. Aber sie hat Holz vor der Hütte. Mehr wollen die Kerle ja nicht, die mit ihr anbandeln. Alles andere ist denen wurscht."
„Olli, wo bleibt das Bier? Wir verdursten!"
„Immer mit der Ruhe, Jungs. Bin schon unterwegs."
Olli stellte vier schaumkronengeschmückte Gläser auf ein Tablett und trug es hinüber zu den durstigen Skatbrüdern.
Langdorf hatte die Suppe ausgelöffelt, schob den Teller zur Seite und unterdrückte ein Aufstoßen.

Als der Wirt zurückkam, nahm er den leeren Teller an sich. „Hat's geschmeckt?"
„Wie bei Muttern. Ich würde gern zahlen."
„Neunvierzig."
Langdorf gab ihm einen Zehner. „Stimmt so. Ach, diese Hilde … Wissen Sie, wo die wohnt? Und vielleicht auch ihren Nachnamen oder ob sie verheiratet ist?"
Olli zuckte mit den Achseln. „Wo die wohnt? Keine Ahnung. Verheiratet ist sie bestimmt nicht. Dann müsste sie ja nicht hier ihren Traummann suchen, oder?"
„Das stimmt natürlich. Ach, tun Sie mir einen Gefallen?"
„Was denn?"
„Wenn diese wilde Hilde wieder auftaucht, rufen Sie mich dann an? Ich würde mich gern mal mit ihr unterhalten."
„Stehen Sie auch auf einen ordentlichen Vorbau?" Olli deutete grinsend einen gewaltigen Busen an.
Langdorf zwinkerte ihm zu. „Sie haben mich durchschaut", lachte er und hob verabschiedend die Hand.

Dienstag
Am nächsten Morgen erreichte ihn ein Anruf von Mikas Mutter.
„Mir ist noch etwas eingefallen, Herr Kommissar. Die Carola Neuhaus hat mir letzten Sommer anvertraut, dass sie schwanger sei. Sie hatte aber Angst, es ihrem Mann zu sagen. Der wollte nämlich kein Kind mehr. Wissen Sie, zu der Zeit hatten sie schon drei und das Geld war sowieso knapp bei denen."
„Und? Hat sie das Kind bekommen?", fragte Langdorf.
„Das weiß ich nicht, sie sind im Herbst weggezogen. Zu dem Zeitpunkt konnte man noch nichts von der Schwangerschaft sehen. Carola ist eher der füllige Typ, da merkt man das ja nicht so schnell. Seitdem habe ich sie jedenfalls nicht mehr gesehen."
„Sie haben nicht zufällig ihre neue Adresse?"
„Nein, tut mir leid. Das ging ganz schnell mit dem Umzug. Allzu oft haben wir nicht geredet, sie ist ein ziemlich verschlossener

Typ. Es war schon ein kleines Wunder, dass sie mir von der Schwangerschaft erzählt hat. Vermutlich hatte sie sonst niemanden, dem sie das anvertrauen konnte."

Carola Neuhaus wohnte mit ihrer Familie nun in einem Reihenhaus mit kleinem Garten in einer ruhigen, etwas abseits gelegenen Gegend.
Sie war eine schwerfällige Frau, blass und erschöpft wirkend, doch sie bat Langdorf und Amelie Hansen freundlich herein.
Sie bahnten sich einen Weg durch den Flur, stiegen über Stofftiere und Legosteine. Carola räumte in der Küche bunte Kinderbilder von zwei Stühlen.
„Setzen Sie sich doch."
Langdorf sah sich um. Die Küche war ähnlich unordentlich wie der Flur. Auf der Arbeitsplatte türmte sich schmutziges Geschirr.
„Sie sind wirklich von der Mordkommission? Worum geht es denn? Möchten Sie einen Kaffee?"
„Nein, vielen Dank", sagte Langdorf. Amelie schüttelte den Kopf.
„Wir haben nur ein paar Fragen", begann er. „Frau Beier, eine frühere Nachbarin von Ihnen, hat mir berichtet, dass Sie ihr im letzten Sommer anvertraut haben, Sie wären schwanger. Stimmt das?"
Carola Neuhaus fuhr herum. „Das hat Sabrina Ihnen gesagt? Wie kommt sie dazu?"
„Waren Sie denn schwanger, Frau Neuhaus?"
Sie ließ sich auf einem weiteren Stuhl nieder, ohne den Pullover, der auf der Sitzfläche lag, wegzuräumen.
„Ja", sagte sie tonlos. „Ich hatte es wenige Tage, bevor ich es Sabrina anvertraut hab, erfahren."
„Wie hat Ihr Mann auf die Nachricht reagiert?", fragte Amelie.
Carolas Doppelkinn zitterte. „Er weiß es nicht."
Langdorf runzelte die Stirn. „Wie meinen Sie das?"

Sie atmete tief durch, ihre Augen füllten sich mit Tränen. „Ich habe das Kind verloren. In der neunten Woche."
Amelie beugte sich vor. „Das tut mir sehr leid."
„Danke." Carola rang sich ein tapferes Lächeln ab. „Eigentlich war es gut so. Volker wollte ohnehin kein Kind mehr."
„Die arme Frau", sagte Amelie auf der Rückfahrt ins Präsidium. „Ich glaube, sie leidet noch immer sehr unter der Fehlgeburt."
„Wirklich? Den Eindruck hatte ich gar nicht. Ich bin nicht mal sicher, dass es eine Fehlgeburt gab."
Amelie sah ihren Kollegen an. „Sie meinen …"
„Sie hat keinen Arzt aufgesucht, nachdem sie das Kind verloren hat", erinnerte Langdorf sie. „Aber sie hatte große Angst vor der Reaktion ihres Mannes. Vielleicht hat sie das Kind gleich nach der Geburt getötet. So etwas kommt vor."
„Aber ihr Mann hätte doch bemerkt, dass sie schwanger ist."
„Sind Sie ganz sicher? Frau Neuhaus ist stark übergewichtig. Es gab schon häufiger Frauen, die eine Schwangerschaft bis zum Schluss erfolgreich verborgen haben."
„Schwer vorstellbar."
„Ist aber so." Langdorf ließ Amelie vor dem Präsidium aussteigen. „Ich fahre noch einmal zu den Krömers. Mal sehen, ob ich heute mit der Schwester sprechen kann."
Amelie nickte. „Bis später."

Nicht weit entfernt vom Krömerschen Haus sah Langdorf einen der beiden Jungen, die die Tüte gefunden hatten. Er saß auf einer hüfthohen Mauer in der Sonne. Mika hieß er, erinnerte sich Langdorf. Er parkte den Wagen am Straßenrand und stieg aus. Die Wolken vom Vortag hatten sich verzogen und gaben den Blick auf einen blauen Frühlingshimmel frei. Der April machte seinem Ruf derzeit wirklich alle Ehre.
Neben Mika hockte eine rot-weiß getigerte Katze, die es augenscheinlich sehr genoss, ausgiebig gestreichelt zu werden.
Langdorf trat auf die beiden zu. „Hallo, Mika."

Der Junge sah hoch. „Oh. Hallo."
Langdorf setzte sich neben ihn. „Wie geht es dir?"
Mika hob gleichmütig die Schultern. Eine Weile war nur das Schnurren der Katze zu hören.
„Was ist los mit dir?", fragte Langdorf. „Beschäftigt dich noch immer euer Fund im Wald? Oder gibt es da etwas anderes?"
Mika schwieg. Dann flüsterte er: „Was meinen Sie, wann wurde das Baby im Wald vergraben?"
„Soviel ich weiß im Winter. Im Januar, möglicherweise etwas später. Warum fragst du?"
„Na ja. Ich gehe oft mit Hagrid im Wald spazieren."
Der Junge sah Langdorfs irritierten Blick und fügte erklärend hinzu: „Das ist unser Hund. Sie haben ihn doch gesehen."
Langdorf nickte. „Ja, stimmt. Entschuldige, sprich weiter."
„Irgendwann im Winter habe ich da jemanden gesehen. Mit einer Tüte und einer Schaufel. Ungefähr da, wo ... Sie wissen schon. Es war ein bisschen dunkel und ich war noch ziemlich weit weg. Hagrid hat gebellt und wie verrückt an der Leine gezogen."
Mika verstummte. Nur seine kraulende Hand bewegte sich.
„Und dann?"
„Der Mann hat zu mir rüber geguckt. Und der Blick war irgendwie ... wütend und ... gefährlich. Ich hatte Angst."
„Hast du deshalb bisher nichts davon erzählt?"
Mika nickte.
„Bist du sicher, dass es ein Mann war?"
Der Junge überlegte. „Ich dachte, es wär einer. Er hatte eine dicke, dunkle Jacke an und eine Mütze. Mehr weiß ich nicht."
„Konntest du noch mehr erkennen? Trug er einen Bart oder eine Brille? War er groß, klein, dick oder eher dünn?"
„Mittelgroß, glaube ich. Und dünn. Jedenfalls dünner als mein Vater." Er musterte Langdorf. „Und auch dünner als Sie."
„Trotz der dicken Jacke?"
Mika nickte. „Sah jedenfalls so aus. Die Beine waren dünn."
„Was ist mit Bart und Brille?"

„Konnte ich nicht erkennen. Mir ist jedenfalls nichts aufgefallen."
„Und die Mütze? Was war das für eine?"
Mika überlegte. „Die Farbe konnte ich nicht genau erkennen, aber sie war heller als die Jacke. Keine Pudelmütze oder sowas. Sie machte den Kopf ein bisschen dicker."
„Du meinst, sie lag nicht eng am Kopf an?"
Mika nickte. „Ja, genau. Ein bisschen wir ein Helm."
Langdorf klopfte dem Jungen auf die Schulter. „Vielen Dank, Mika. Das war eine wichtige Aussage. Die hilft mir sicher weiter."
In den Augen des Jungen glomm Stolz auf und er zeigte endlich ein kleines Lächeln.

„Sie schon wieder."
„Guten Tag, Frau Krömer. Ich hab doch gesagt, ich würde nochmal vorbei kommen. Darf ich eintreten?"
„Was wollen Sie?"
„Ich möchte mich nur kurz mit Ihrer Schwester unterhalten. Oder schläft sie wieder?"
Frau Krömer verdrehte die Augen. „Lassen Sie uns in Ruhe! Wir können Ihnen nicht helfen, also verschwinden Sie!"
Mit einem lauten Krachen fiel die Tür zu.
Langdorf drehte sich um und ging ein paar Schritte den Gartenweg entlang. Der Vorgarten bestand aus einer geteilten Rasenfläche, an deren Rändern hellgelbe Narzissen blühten.
Er wandte sich noch einmal dem Haus zu und sah zu den Fenstern hinauf. Dort war nichts zu sehen. Auch im Erdgeschoss bewegte sich nichts.
Aber was war das? Langdorf legte den Kopf schräg. Sang da jemand? Es klang, als käme es aus dem Garten hinter dem Haus.
„… am Himmel hell und klar. Der Wald steht still und schweiget, und aus den Wiesen steiget der weiße Nebel wunderbar."
Langdorf ging um die Hausecke, an einem Komposthaufen vorbei und gelangte auf eine kleine, mit Unkraut bewachsene Terras-

se. Auf einer verblichenen Hollywood-Schaukel saß eine junge Frau. Sie hielt ein Baby im Arm und wiegte es sacht hin und her.
„Der Mond ist aufgegangen, die gold'nen Sternlein prangen ..."
„Hallo", sagte er verblüfft.
Sie verstummte und hob den Kopf. Dann legte sie ihren Zeigefinger auf die Lippen. „Pssst, leise. Er ist gerade eingeschlafen."
Langdorf nickte und trat vorsichtig näher. Die Frau legte das Baby liebevoll auf der Hollywood-Schaukel ab und deckte sie mit einer kleinen Wolldecke zu. Dann stand sie vorsichtig auf und ging Langdorf entgegen, dem erst jetzt aufging, dass es kein echtes Baby war. Es war eine Puppe.
„Komm", wisperte sie. „Gehen wir auf den Rasen, ja?"
Er folgte ihr die paar Meter zu der kleinen Grünfläche vor der Terrasse.
„Lissi hat gesagt, du bist nicht nett. Aber ich finde dich nett", begann sie die Unterhaltung. „Wie heißt du?"
„Mathias. Und du?"
„Hilde. Ich bin schon achtundzwanzig. Bist du auch schon achtundzwanzig?"
Sein Herz schlug schneller. War das etwa die Hilde, die in der Kneipe Lkw-Fahrer aufriss? Es war kaum vorstellbar. Sie wirkte trotz des sehr fraulichen Körpers wie ein kleines Mädchen, naiv und unbedarft.
„Ich bin sogar noch älter", antwortete er lächelnd. „Aber nicht viel."
Sie nahm seine Hand. „Willst du wieder Lissi besuchen?"
„Eigentlich wollte ich dich besuchen."
„Oh, das ist schön. Komm, wir setzen uns ins Gras, ja?" Sie ließ sich auf den Rasen nieder und zog ihn mit sich hinunter.
„Ein süßes Baby hast du da", begann er vorsichtig. „Hast du es schon lange?"
„Ja, ganz lange. Er heißt Jasper. Mein anderes Baby hieß Lasse."
Sein Puls begann zu rasen. „Dein anderes Baby?"

Sie nickte und sah auf einmal traurig aus. „Ja. Aber er hat den plötzlichen Babytod gehabt. Genau wie -."
„Hilde! Komm sofort her!"
Ihre beiden Köpfe fuhren herum. Auf der Terrasse stand mit wutverzerrtem Gesicht Elisabeth Krömer, die Arme vor der flachen Brust verschränkt.
Hilde stand auf und lief zu ihrer Schwester. „Sei doch leise, Lissi. Jasper ist gerade eingeschlafen."
Elisabeth packte ihre Schwester am Handgelenk und zog sie zum Haus. Dabei warf sie Langdorf einen giftigen Blick zu. „Sie! Verschwinden Sie von meinem Grundstück!"
Er stand auf und klopfte sich das Gras von der Jeans. „Ich erwarte Sie beide morgen früh um neun Uhr im Präsidium", gab er zurück.

Sein nächster Gang führte ihn zum Nachbarhaus. Das Rentnerehepaar, das dort lebte, verbrachte viel Zeit im Garten und hatte einen guten Blick hinüber zum Krömer-Grundstück.
„Was können Sie mir über Ihre Nachbarinnen sagen?", fragte Mathias Langdorf, nachdem er ins Wohnzimmer gebeten worden war.
Walter Hegert, ein vierschrötiger Mann um die Siebzig mit einem mächtigen Schnauzer, überlegte. „Nur, dass man die Alte sehr viel öfter sieht als die Junge", sagte er mit mühsam verborgenem Bedauern. „Elisabeth kümmert sich um den Garten. Hilde kommt selten raus."
„Hatten Sie je den Eindruck, dass Hilde schwanger sein könnte?"
Frau Hegert, eine zierliche Frau mit erstaunlich wenig Falten für ihr Alter, nickte.
„Ja, einmal. Das muss ungefähr zwei - nein drei Jahre her sein. Sie war im Garten und trug ein ziemlich enges Kleid, unter dem sich ein deutlicher Bauch abzeichnete. Elisabeth hat sie aber schon wenig später schimpfend wieder ins Haus geschickt. Es kann natürlich auch sein, dass Hilde sich nur ein Kissen unter das

Kleid gesteckt hat. Sie ist geistig ein Kind, und Kinder machen sowas ja hin und wieder, das kenne ich von unseren Enkeln."
Langdorf notierte sich diese Information und wandte sich dann wieder an Herrn Hegert.
„Gehen Sie manchmal in die örtliche Kneipe?"
Der Rentner zwirbelte seinen Schnurrbart und warf einen kurzen Blick zu seiner Frau. Offensichtlich war das Thema im Hause Hegert nicht sehr beliebt.
„Nur selten. Einmal im Monat treffe ich mich dort mit ein paar Jagdfreunden."
„Haben Sie Hilde dort schon einmal gesehen?"
Walter Hegert ließ seinen Bart los und setzte sich aufrecht hin.
„Ja, das stimmt! Einmal. Sie unterhielt sich mit einem Mann am Tresen. Ich hatte den Eindruck, dass sie ein bisschen zu viel getrunken hat."
„Hat sie die Kneipe allein verlassen? Oder mit diesem Unbekannten?"
„Das weiß ich nicht. Irgendwann waren beide weg. Aber ob sie allein gegangen ist oder nicht, habe ich nicht mitbekommen."
„Das wundert mich nicht", bemerkte seine Angetraute bissig.
Er schoss einen verärgerten Blick in ihre Richtung. „Himmelherrgott! Einmal im Monat gönne ich mir ein paar Bier und du machst eine Staatsaktion daraus!"
„Pah! Ein paar Bier, dass ich nicht lache! Du bist jedes Mal …"
„Ich muss dann jetzt gehen", warf Langdorf eilig ein. „Vielen Dank. Ich finde allein raus. Einen schönen Tag noch."

Als Mika auf dem Weg nach Hause bei den Krömer-Schwestern vorbeikam, stellte die ältere der beiden gerade einen Karton vor die Tür. Als sie sich aufrichtete, stöhnte sie und hielt sich das Kreuz. Dabei fiel ihr Blick auf ihn. „He, du. Komm mal her."
Mika blieb stehen. „Wieso?"
„Wenn du die Sachen für mich zum Altkleidercontainer bringst, gebe ich dir zwei Euro."

Er zögerte. Zwar konnte er diese streng dreinblickende Frau nicht leiden, doch das leicht verdiente Geld lockte ihn, denn der nächste Container war nicht weit entfernt. Langsam kam er näher und blieb vor Elisabeth Krömer stehen.
Sie musterte ihn. „Du bist also einverstanden?"
Er nickte.
„Gut. Warte einen Moment, ich hole das Geld." Die Hand noch immer am Rücken ging sie zurück ins Haus.
Mika sah in den offenen Karton. Darin lagen aussortierte Wintersachen. Die Farben waren ausgeblichen, Schals und Mützen wirkten schäbig. Eine dunkle Steppjacke fiel ihm ins Auge und darunter blitzte etwas Helles hervor. Er zog daran und hielt plötzliche eine Mütze in der Hand.
Seine Augen weiteten sich und sein Herz begann, schneller gegen seinen Brustkorb zu schlagen. Diese Jacke, die Mütze … War es möglich, dass …
Er hörte Schritte und hob den Kopf. Frau Krömer starrte auf die Mütze in seiner Hand. Dann schaute sie ihn an. So, als könne sie seine Gedanken lesen. Ihm wurde flau im Magen.
Ihre Lippen waren nur noch ein dünner Strich.
„Leg die Mütze wieder weg", zischte sie und funkelte ihn wütend an.
Diesen Blick hatte er schon einmal gesehen.
„Sie waren es", brachte er krächzend hervor. „Sie … die Tüte …"
Sie sah sich kurz um, packte dann seinen Arm und zog ihn zur Haustür. Die Mütze fiel zu Boden.
„Lassen Sie mich los!" Er sträubte sich, versuchte, ihre krallenartigen Finger von seiner Jacke wegzuziehen.
Sie legte den freien Arm um seinen Hals, eine knochige Hand presste sich auf seinen Mund. Dann schob sie ihn eilig über die Schwelle und schloss mit dem Fuß die Haustür.
„Noch ein Mucks und ich drehe dir den Hals um! Du warst damals im Wald der Bengel mit dem kläffenden Köter, nicht wahr?"
Mika sagte nichts.

Elisabeth öffnete die Kellertür, mit der anderen Hand hielt sie noch immer Mikas Arm gepackt. „Los, da runter. Dalli!" Sie zog ihn zur Treppe.
Mika begann zu weinen. Er hatte Angst im Dunkeln und da unten sah es stockfinster aus.
Sie schaltete das Licht ein. „Nun geh schon! Oder soll ich dich runter stoßen?"
Zitternd ging er die ersten beiden Stufen hinunter, mit der rechten Hand hielt er sich am Geländer fest. Die Tränen nahmen ihm die Sicht. Sein Weinen wurde zu einem angsterfüllten Schluchzen.
„Sei gefälligst leise!", herrschte Elisabeth ihn an und stieß ihm in den Rücken. Mika schrie auf und klammerte sich noch fester ans Geländer.
„Lissi, was machst du da? Wer ist der Junge?"
Mika hörte, dass Frau Krömer entnervt aufstöhnte und wandte den Kopf. An der Kellertür stand die verrückte Schwester von der alten Krömer.
„Hilde, geh nach oben", befahl Elisabeth. „Ich erzähle es dir später."
Hilde verschränkte beleidigt die Arme vor der Brust. „Ich will es aber jetzt wissen!"
„Sie will mich im Keller einsperren!", rief Mika mit tränenerstickter Stimme.
Hildes Augen weiteten sich. „Aber Lissi! Warum tust du das?"
„Das verstehst du nicht. Verschwinde jetzt, oder ..."
„Oder was? Du darfst ihn nicht einsperren. Das ist verboten."
Mika schöpfte leise Hoffnung und versuchte, an Frau Krömer vorbei wieder nach oben zu gelangen, doch sie packte erneut seinen Arm.
„Du bleibst hier, Bürschchen!"
„Hilde, hilf mir!", rief er flehend und streckte ihr seinen anderen Arm entgegen. Sie ergriff seine Hand und zog. „Lass ihn los, Lissi!"

Elisabeth umfasste mit beiden Händen seinen Unterarm. „Ich denke gar nicht daran. Lass du los!"
Mika kam sich vor wie ein Seil beim Tauziehen. Unsicher balancierte er auf den Treppenstufen, wurde mal nach unten, mal nach oben gezerrt. Hilde biss sich auf die Unterlippe. Elisabeth keuchte vor Anstrengung.
Mika packte die rettende Hand fester. Denn wenn Hilde losließ, dann würde er gemeinsam mit Frau Krömer die Steintreppe hinunterstürzen.

Der Obduktionsbericht ließ noch immer auf sich warten. Ob es etwas nützte, wenn er Vanessa Kähler, die Gerichtsmedizinerin, mal anrief?
Mathias Langdorf öffnete die oberste Schublade seines Schreibtischs und zog die knisternde Tüte hervor, die dort lag. Er legte sie auf seine Schreibunterlage und fischte eines der schwarzglänzenden runden Teile heraus. Fast feierlich löste er das Ende und zog daran, bis die Lakritzschnecke keine Schnecke mehr war, sondern ein langes, köstliches Band. Genüsslich begann er, ein kleines Stück nach dem anderen abzubeißen. Er liebte Lakritz, und Lakritzschnecken ganz besonders. Ihr Geschmack hatte etwas Beruhigendes für ihn.
Das Telefon klingelte. Er schluckte das Stückchen herunter und angelte nach dem Hörer. „Langdorf."
Es war Walter Hegert, der Nachbar der Krömers. Mathias lauschte schweigend.
„Ich bin schon unterwegs", sagte er schließlich und knallte den Hörer auf die Gabel. Mit dem Lakritzband zwischen den Zähnen ergriff er seine Jacke und eilte aus dem Präsidium.
Auf dem Parkplatz erblickte er Vanessa Kähler, die gerade in ihren kleinen Honda steigen wollte.
„Sie sind doch Ärztin", rief er ihr zu. „Kommen Sie, es kann sein, dass ich Ihre Hilfe brauche."

Sie erwiderte nichts, knallte nur ihre Autotür von außen zu und beeilte sich, ihm zu seinem Wagen zu folgen.

Während der Fahrt zur Stadtgrenze fragte sie: „Ihnen ist schon klar, dass meine Patienten im Normalfall nicht mehr leben?"

„Hoffen wir, dass es diesmal anders ist", erwiderte er, drückte aufs Gas und schoss auf eine gelb leuchtende Ampel zu.

Hildes Kraft ließ nach, ihr Griff wurde lockerer. Mika spürte das und packte ihre rechte Hand fester. Ihre Linke hielt seinen Unterarm.

Oh, bitte, halt durch, dachte er verzweifelt. Er wünschte sich so sehr nach Hause, sehnte sich nach der tröstenden Umarmung seiner Mutter.

„Verdammt noch mal, lass endlich los!" Elisabeth Krömer klang atemlos.

Hilde antwortete nicht. Verbissen zerrte sie an Mikas Arm, doch immer wieder lösten sich ihre kraftlosen Finger vom Stoff seiner Jacke.

Mikas Fuß glitt von der Stufe. Er wimmerte vor Angst, fürchtete, nun doch die Treppe hinabzustürzen, aber Hildes Griff hielt ihn oben. Noch.

„Lissi!", rief Hilde plötzlich mit angsterfüllter Stimme. „Da! Eine Ratte!"

Elisabeth erstarrte und sah furchtsam nach unten. Diesen Moment nutzten Hilde und Mika aus. Mit einem Ruck befreiten sie seinen Arm aus Elisabeths Griff.

Er stolperte, und während er sich aufrappelte, verlor Elisabeth das Gleichgewicht.

Ein gellender Schrei erklang, gefolgt von einem dumpfen Poltern. Schwer atmend saßen Hilde und Mika am Boden und sahen hinunter auf den leblosen Körper.

„War da wirklich eine Ratte?"

„Nein. Aber Lissi hat Angst vor Ratten."

Eine Faust bollerte gegen die Haustür. „Aufmachen! Polizei!"

Als Mathias Langdorf ins Krankenhaus kam, erblickte er auf einem Stuhl im Gang Vanessa Kähler. Als sie ihn sah, erhob sie sich und ging ihm entgegen. Aus ihrem Haarknoten hatten sich ein paar Strähnen gelöst und umrahmten ihr Gesicht. Auf einmal wirkte sie gar nicht mehr so kühl und unnahbar.
„Wie geht es ihr?", fragte er.
„Sie schläft. Aber ich glaube, nicht mehr lange. Haben Sie den Jungen gut zu Hause abgeliefert?"
Mathias nickte. „Seine Eltern waren heilfroh. Sie hatten sich schon Sorgen gemacht."
„Meinen Sie, er wird darüber hinweg kommen?", fragte Vanessa besorgt.
„Ich denke schon. Er ist jung, wenn auch sensibler als manch anderer Junge in dem Alter. Ich habe den Eltern für alle Fälle die Adresse eines Kinderpsychologen gegeben. Außerdem habe ich Mika klar gemacht, dass er sich wie ein Held verhalten hat und sicher ein guter Polizist wird, wenn er groß ist. Da konnte er schon wieder lächeln."
„Gut gemacht", lobte Vanessa und sah auf die Uhr. „Tja, ich gehe dann jetzt."
„Vielen Dank für Ihre Hilfe." Mathias hielt ihr die Hand hin.
Sie schlug ein. „Gern. Aber viel musste ich ja nicht machen."
„Manchmal ist auch wenig viel. Ohne Sie wäre es sicher nicht so glimpflich ausgegangen."
Ihre Hände lösten sich zögernd voneinander. Unschlüssig sahen sie sich an.
„Soll ich Sie über die Vernehmung informieren?", fragte Mathias.
„Vielleicht bei einem Glas Wein?"
„Oder bei einem Mondscheinspaziergang." Sie zeigte aus dem Fenster. Der Mond schien hell herein, wenn er auch nicht mehr ganz rund war.
„Warum verbinden wir beides nicht einfach?"

Sie lächelte und reichte ihm eine Visitenkarte. „Einverstanden. Bis später."
„Ja. Bis später."
Er sah ihr lächelnd nach, bis sie in den Fahrstuhl gestiegen war, dann betrat er das Krankenzimmer.

Ein leichtes Blinzeln verriet ihm, dass Elisabeth Krömer aus ihrer Bewusstlosigkeit erwachte. Es dauerte nicht lange, bis ihr benommener und verwirrter Blick auf ihn fiel. „Wo ... wo bin ich?"
„Im Krankenhaus. Aber machen Sie sich keine Sorgen, Sie haben noch Glück gehabt. Ein glatter Knöchelbruch, ein paar Prellungen und eine leichte Gehirnerschütterung."
Ihre Augen wandten sich zur weißen Zimmerdecke.
„Glück", wiederholte sie spöttisch. „Es wäre ein Glück für mich gewesen, wenn ich mir den Hals gebrochen hätte und nie mehr aufgewacht wäre."
Er sagte nichts.
„Wo ist Hilde?"
„Ihre Nachbarn, die Hegerts, haben sie vorerst bei sich aufgenommen."
„Meine kleine Schwester ist bei diesem brummigen Alten und seiner Xanthippe von einer Ehefrau?", vergewisserte sie sich empört.
„Es sind reizende Leute", sagte Mathias leicht verstimmt. „Sie sind sehr nett zu Hilde und kümmern sich gut um sie."
Elisabeth schnaubte.
„Mika sagte mir, Sie hätten die Tüte im Wald vergraben. Warum haben Sie das getan? Wieso haben sie die Babys ihrer Schwester umgebracht?"
Elisabeth seufzte leise und wandte ihm den Kopf zu. Ihre Augen sahen müde aus.
„Wissen Sie, wie es ist, sich um eine erwachsene Frau mit dem Verstand eines Kleinkindes zu kümmern? Aufzupassen, dass sie nicht versehentlich das Haus abbrennt und ähnliches? Ich habe es

ja nicht einmal geschafft, sie nachts im Haus zu halten. Vermutlich hätte ich sie anbinden müssen."

Langdorf erwiderte nichts.

„Hilde hat zwar den Verstand eines kleinen Mädchens", fuhr Elisabeth fort, „aber auch den Körper und die Bedürfnisse einer erwachsenen Frau. Ihre schamlose Lust trieb sie immer wieder in die Kneipe und zu fremden Männern, die ihre Naivität ausnutzten."

Elisabeths Miene drückte Missbilligung und tiefe Abscheu aus. Sie holte tief Luft und seufzte. „Als ich merkte, dass sie schwanger war, war es für eine Abtreibung zu spät. Der Gedanke, mich auch noch um ein Baby kümmern zu müssen, war mir unerträglich. Also habe ich Hilde im Haus gehalten und das Kind allein auf die Welt geholt, als es soweit war."

„Sie hatten also von Anfang an den Plan, das Baby zu töten?", vergewisserte sich Mathias.

„Sagen wir mal, ich hatte es im Hinterkopf", gab sie zögernd zu. „Nach den ersten Tagen mit dem schreienden Balg wurde mir endgültig klar, dass ich dieser Aufgabe nicht gewachsen war. Also habe ich mich nachts an die Wiege geschlichen und das Kind mit einem Kissen erstickt. Hilde habe ich am nächsten Morgen gesagt, dass manche Babys eben im Schlaf sterben. Dann habe ich es im Wald beerdigt."

„Das war das erste Kind, nicht wahr?"

Elisabeth nickte. „Ein Mädchen. Ich hab Hilde daraufhin natürlich verboten, sich nachts wegzuschleichen, doch im letzten Sommer war sie erneut schwanger."

„Und Sie haben es wieder zu spät bemerkt."

„Leider. Ich hab sie angeschrien, sie in meiner Wut sogar geschlagen. Ich hab sie gezwungen, heiße Bäder zu nehmen und schwere Kisten und Möbel zu tragen, damit sie das Kind verliert, doch all das hat nicht funktioniert."

„Also bekam sie auch dieses Kind. Den kleinen Lasse. Und auch ihn haben Sie erstickt."

Sie wandte den Kopf ab. „Es war besser so. Für Hilde, für das Kind und auch für mich. Am nächsten Tag brachte ich ihn in den Wald. Zu seiner Schwester."
„Und da hat Mika sie gesehen."
Sie nickte. „Als der Hund von dem Jungen bellte und ich merkte, dass er mich entdeckt hatte, hab ich schon befürchtet, dass mein Geheimnis irgendwann ans Licht kommt."
„Hilde hat Ihnen abgekauft, dass auch ihr zweites Baby dem plötzlichen Kindstod zum Opfer gefallen ist?"
„Ja. Ich kaufte ihr zum Trost die Puppe. Als Ersatz sozusagen. Und brachte ihr ein Lied bei. ‚Der Mond ist aufgegangen'."
„Wie fürsorglich von Ihnen", sagte Mathias angewidert.
Dann stand er auf und ging, ohne sich noch einmal umzusehen. Noch auf der Fahrt nach Hause, während er sich auf den Abend mit Vanessa Kähler freute, klang die Melodie in seinem Kopf, ließ ihn nicht mehr los.
„Der Mond ist aufgegangen ..."

*****

Der gekaufte Mord

Das Erste, was er wahrnahm, war ein gemeiner, stechender Kopfschmerz. Er war so heftig, dass Maik reflexartig das Gesicht verzog und die Augen fest zusammen kniff. Bald sah er viele grelle, purpurne Flecken, so als hätte er versehentlich direkt in die Sonne gestarrt.
Seine Lider flatterten, als er den Druck langsam verringerte. Ein paar Herzschläge später öffnete er blinzelnd die Augen. Es war dämmrig im Raum, doch hell genug, so dass er seine Umgebung ohne Schwierigkeiten erkennen konnte.
Er lag in einem breiten, protzigen Bett mit psychedelisch gemusterter Bettwäsche.
Allein.
Eine grün-braun gestreifte Tapete registrierte er, und Vorhänge in den gleichen Farben, die das Sonnenlicht aussperrten.
Wo war er, zum Teufel? Und wie war er hierher gekommen?
Vorsichtig, um seinen schmerzenden Kopf zu schonen, richtete er sich halb auf. Sein Blick fiel auf den großen Kleiderschrank ihm gegenüber. Er hatte leicht fleckige Spiegeltüren und in der linken Ecke klebte eine dieser beliebten Pril-Blumen. Diese hier war orange und grün.
Kritisch betrachtete Maik sein Spiegelbild. Das schwarze, lockige Haar klebte an der Stirn, er sah verschwitzt und trotz des Dämmerlichts irgendwie elend aus. Und er war vollständig angezogen. Diese Tatsache war erleichternd - oder aber enttäuschend. Das hing ganz davon ab, mit wem er die vergangene Nacht verbracht hatte.
Die letzten Stunden waren in seinem Kopf schlicht nicht vorhanden. Sie waren weggewischt, wie Kreideschrift an einer Schultafel.

Er quälte sich in eine sitzende Position und schob langsam die Beine aus dem Bett. Seine nackten Füße landeten auf einem weichen, cremefarbenen Flokati. Unsicher stand er auf, wankte die wenigen Schritte zum Fenster hinüber und öffnete die Vorhänge einen Spaltbreit. Ein niederträchtiger Stich, der von seiner empfindlichen Netzhaut direkt in seinen Kopf schoss, ließ ihn leise aufstöhnen. Schützend legte er eine Hand vor seine Augen.
Als er sich an die Helligkeit gewöhnt hatte, sah er auf die Straße hinunter. Die Autos und Menschen wirkten fast winzig, er musste sich in einem Hochhaus befinden, mindestens im zehnten Stock. Nichts in der näheren Umgebung kam ihm bekannt vor.
Andererseits war er auch ziemlich lange fort gewesen – kein Wunder, dass er sich nicht mehr auskannte.
Eine dicke Fliege suchte verzweifelt den Weg nach draußen und flog stur immer wieder gegen die Scheibe.
Die ist genauso orientierungslos wie ich, dachte Maik, als eine freundliche Stimme hinter ihm das verzweifelte Brummen der Fliege übertönte.
„Guten Morgen! Bist du endlich wach geworden, du Schlafmütze. Es ist bereits Nachmittag."
Ruckartig drehte er sich um. Ein unmittelbar darauf folgendes brutales Hämmern hinter seiner Stirn lehrte ihn, sich in der nächsten Zeit lieber langsamer zu bewegen.
Die Frau, die gerade das Zimmer betreten hatte, war ihm völlig unbekannt. Sie trug ein Minikleid in Lila mit grauen Kreisen in verschiedenen Größen, dazu Plateauschuhe, die sie größer und ihre ohnehin umwerfenden Beine noch länger aussehen ließen. Die kurzen blonden Haare lagen eng an ihren Kopf geschmiegt und an ihren Ohren baumelten bunte, große Ohrringe.
Er ging die wenigen Schritte zum Bett zurück und ließ sich darauf nieder.
„Wer sind Sie? Und wo bin ich?"

Seine Stimme klang rau, er verspürte ein Kratzen im Hals. Offenbar hatte er nicht nur zu viel getrunken, sondern auch zu viel geraucht.

„Ich bin Susann und du bist in der Wohnung meines Freundes."

Prüfend sah er sie an, den Kopf leicht zur Seite geneigt. „Sagen Sie, kennen wir uns?"

Sie lachte hell auf, was ihm schmerzhaft durch und durch ging.

„Aber natürlich! Möchtest du einen Kaffee?"

Die Aussicht auf einen starken Kaffee hob seine nicht allzu gute Laune deutlich an.

„Sehr gern. Schwarz, bitte. Und eine Zigarette, wenn du eine hast." Der Kaffee würde ihn endgültig aufwecken und die Zigarette hätte vielleicht eine beruhigende Wirkung. Das konnte wahrlich nicht schaden.

„Kommt sofort." Sie lächelte, verließ das Schlafzimmer wieder und schloss sorgfältig die Tür hinter sich.

Maik lehnte sich mit geschlossenen Augen an das Kopfende des Bettes und grub angestrengt in seinem Gedächtnis nach einer jungen hübschen Frau namens Susann.

Doch das Nachdenken blieb erfolglos. Weder sie noch die Erinnerungen an die vergangenen Stunden konnte er finden. Sein Kopf hatte an diesem Morgen verdammte Ähnlichkeit mit dem Bermuda-Dreieck.

Als die Frau zurückkam war sie nicht allein. Ein Mann folgte ihr. Maik schätzte ihn auf Anfang Dreißig. Die haselnussbraunen Haare trug er fast schulterlang, seine Oberlippe zierte ein gepflegter Schnauzbart.

Die Frau, die sich Susann nannte, reichte Maik eine geblümte Tasse, aus der Dampf und ein köstlicher Duft aufstiegen.

„Danke." Er hob die Tasse an den Mund und nippte vorsichtig an der dunklen Flüssigkeit. Der Kaffee war heiß, stark und belebend.

Susann legte wortlos eine Schachtel HB und ein Feuerzeug auf den Nachttisch. Maik fischte eine Zigarette aus der Packung und zündete sie an. Mit geschlossenen Augen inhalierte er genüsslich den Rauch und stieß ihn dann mit einem langen Seufzer aus.

Obwohl sich an seiner Situation im Grunde nichts geändert hatte, fühlte er sich ein kleines bisschen besser.

Der Mann saß inzwischen auf einem runden, grellorangen Drehsessel, der neben dem Fenster stand. Die Finger seiner rechten Hand spielten mit einem kleinen goldenen Kreuz, das er an einer Kette um den Hals trug. Sein Hemd war so weit aufgeknöpft, dass die dunkle Brustbehaarung zu sehen war.

„Hallo Maik, ich bin Jürgen. Wie geht's dir?"

„Miserabel wäre die Untertreibung des Jahres. Aber der Kaffee und die Zigarette verbessern meinen Zustand ein wenig."

Interessiert fügte er hinzu: „Dürfte ich vielleicht erfahren, wer ihr seid? Und wie ich hergekommen bin?"

Jürgen ließ die Kette los und drehte nun an einem dicken Siegelring, der seinen rechten Ringfinger schmückte. Er lächelte amüsiert.

„Du warst gestern Abend in einer Bar?"

Maik runzelte nachdenklich die Stirn. „Schon möglich. Ich bin nicht sicher."

„Glaub mir, du warst in einer Bar. Dort hast du eine reizende junge Dame getroffen. Ihr habt ein paarmal miteinander getanzt, euch unterhalten und zusammen etwas getrunken."

Maik sah zu Susann, die sich auf die andere Seite des Bettes gesetzt hatte. Sie lächelte ihm kokett zu.

Dieses Lächeln – er sah es nicht zum ersten Mal.

Er sah wieder zu Jürgen. „Und weiter?"

Susann antwortete. „Wir sind mit einem Taxi hierher gefahren und du bist eingeschlafen, bevor dein Kopf das Kissen berührt hat."

„Das tut mir leid", sagte er ehrlich. Sein Blick glitt langsam von ihrem hübschen Gesicht über ihre straffen Brüste bis hin zu den langen Beinen. Für einen Augenblick stellte er sich vor, wie diese

Beine ihn umschlangen und sich ihre Brüste ihm vorwitzig entgegenstreckten...
Er räusperte sich.
„Diese Unhöflichkeit bedauere ich mehr, als du dir vorstellen kannst."
Susann verkniff sich ein Grinsen. „Schon gut. Ich vergebe dir."
Die Tasse klirrte leise, als Maik sie auf dem Nachttisch abstellte. Er drückte die Zigarette in dem Aschenbecher aus, der daneben stand, und erhob sich. „Ich danke euch sehr für die Gastfreundschaft, doch jetzt würde ich gern gehen."
Susann stand rasch auf, schloss die Tür und drehte den Schlüssel herum. Dann warf sie ihn Jürgen zu. Der steckte ihn in eine kleine Tasche seiner Jeansweste.
„Nicht so eilig, mein Freund. Wir haben einiges zu besprechen."
„Ich wüsste nicht, was."
„Ist dir der Name Karl Schwarz bekannt?"
Maik stutzte. „Du meinst den Schwarzen Kalle? Leider ja. Warum willst du das wissen?"
„Er ist ein alter Bekannter von mir und schuldete mir einen Gefallen. Er hat mir allerhand über dich erzählt, als ich ihn vor ein paar Wochen im Gefängnis besucht habe."
Argwöhnisch setzte Maik sich wieder auf die Bettkante. „Nämlich?"
„Dass du verdammt clever bist, zum Beispiel. Und skrupellos."
„Letzteres passt eher zu Kalle, dem alten Ganoven. Aber ich verstehe nicht, was das ..."
„Hör mir zu, dann begreifst du schon, worauf ich hinaus will. Hast du schon mal von Richard Roth gehört?"
„Richard Roth, der reiche Reeder? Klar, wer kennt den nicht?"
Susann trat einen Schritt nach vorn. „Er ist mein Mann."
Maik beugte sich vor und massierte mit den Zeigefingern seine Schläfen. Er war noch nicht in der Verfassung, dieser Unterhaltung konzentriert folgen zu können.
„Ich kapiere immer noch nicht, was ihr von mir wollt."

„So clever scheinst du doch nicht zu sein", seufzte Jürgen. „Kalle hat dich sozusagen empfohlen. Er meinte, für einen kniffligen Job wärst du genau der Richtige. Also sind wir dir, nachdem du gestern entlassen wurdest, auf den Fersen geblieben, bis du in der Bar eingekehrt bist. Susann hat sich mit dir bekannt gemacht und dir später was in dein Getränk getan."

Maiks Augen wurden schmal. „Ihr habt mich betäubt? Wie überaus freundlich von euch. Das erklärt jedenfalls die Presslufthammer hinter meiner Stirn."

Jürgen winkte ab. „Die verschwinden auch wieder, keine Sorge. Pass auf, die Sache ist die: Susann und ich sind ein Paar und ihr Mann steht unserem Glück im Wege."

Maik wollte etwas erwidern, doch Jürgen sprach weiter, ohne ihn zu Wort kommen zu lassen.

„Ich weiß, was du sagen willst. Natürlich könnte sie sich von ihm scheiden lassen, doch das wäre, sagen wir mal, finanziell unklug."

Maik nickte verstehend. „Ehevertrag?"

„Leider ja. Viel sinnvoller wäre es also, wenn der liebe Richard das Zeitliche segnet und Susann ihn beerbt. Kannst du mir folgen?"

„Bis vor die Tür. Aber was habe ich damit zu tun?"

„Nun, wir haben uns das so vorgestellt: Du sorgst dafür, dass Richard seinem Schöpfer gegenübertritt, bekommst dafür ein hübsches Sümmchen, und alle sind zufrieden. Alle außer Richard, natürlich."

„Warum machst du das nicht selbst? Wäre billiger."

„Ich bin der Personalchef in seiner Firma, gehöre also zu seinem unmittelbaren Umfeld. Es muss jemand sein, der Richard nicht kennt und nicht das Geringste mit ihm zu tun hat. Jemand, zu dem er keinerlei Verbindung hat."

„Ich danke euch wirklich für das zweifelhafte Jobangebot als Profikiller, doch das ist bedauerlicherweise nicht mein Metier", stellte Maik klar. „Und darum lautet meine Antwort: Nein."

„Überleg es dir noch mal", riet Jürgen mit einem freundlichen Lächeln. Er streckte die langen Beine von sich und verschränkte locker die Hände im Schoß. „Wie lange warst du im Knast? Acht Jahre, oder?"
„Woher ...? Ach, schon klar! Der Schwarze Kalle, diese verräterische Ratte!"
„Richtig. Und die Ratte hat mir auch von deiner Frau erzählt. Entschuldige: Exfrau. Wie lange hast du sie nicht mehr gesehen?"
Maik setzte sich mit einem Ruck auf. „Was weißt du von Marion?"
„Oh, einiges. Kalle sagt, du willst sie zurück. Sie hat sich von dir scheiden lassen, als du hops genommen wurdest. Und das, obwohl sie schwanger war." Jürgen schnalzte mit der Zunge. „Hast du deinen Sohn je gesehen? Ist ein hübsches Kerlchen geworden. Er sieht dir wirklich ähnlich und geht schon zur Schule. Im Fußballverein ist er auch."
Maik starrte ihn sprachlos an. Dieser Fremde wusste mehr über seinen Sohn als er. Das war so ungeheuerlich, dass ihm übel wurde.
Jürgen zog ein leicht überbelichtetes Polaroid-Foto aus der Innentasche seiner Weste und schnippte es zu Maik hinüber. Der fing es auf und betrachtete es schweigend.
Es zeigte einen kleinen, etwa siebenjährigen Jungen mit schwarzen Haaren und leuchtenden Augen.
So ähnlich hatte er selbst in dem Alter ausgesehen. Nur nicht so fröhlich. Dafür hatte es keinen Grund gegeben. Es sah so aus, als hätte sein Sohn eine schönere Kindheit als er selbst. Auch ohne seinen Vater.
Jürgen unterbrach schließlich die Stille. „Du willst doch sicher, dass es ihm weiterhin gutgeht?"
Bebend vor Wut sprang Maik auf, ignorierte seinen Brummschädel und beugte sich drohend über Jürgen. „Was, zum Teufel, habt ihr mit meiner Familie gemacht!?"

Jürgen lehnte sich abwehrend zurück und hob beschwichtigend beide Hände. „He, reg dich ab! Den beiden geht es gut."
Maik richtete sich langsam wieder auf, ging rückwärts zum Bett zurück und ließ sich darauf nieder.
Jürgen sprach weiter. „Jedenfalls noch. Und wenn du brav bist, wird das auch so bleiben. Sie müssen nie etwas von unserer kleinen Vereinbarung erfahren."
Maik sah noch einmal auf das Polaroidfoto und biss sich auf die Unterlippe.
„Wir wollen deiner Familie nichts tun", versicherte Susann ihm und fügte kühl hinzu. „Es sei denn, du lässt uns keine Wahl. Du tötest Richard, oder wir töten deine Frau und deinen Sohn. Fest steht: Irgendjemand wird mit Sicherheit sterben. Es liegt allein an dir, wer es sein wird."
Maik warf ihr einen angewiderten Blick zu. „Ihr seid ein mieses, hinterhältiges und feiges Pack."
„Schmeicheleien helfen dir jetzt wenig", erwiderte Susann und verschränkte die Arme vor der kleinen festen Brust. „Was ist? Sind wir im Geschäft?"
„Wo ist das Bad?", fragte Maik, „ich muss aufs Klo."
Jürgen warf Susann den Schlüssel zu und sie öffnete die Tür.
„Gegenüber von der Küche, die zweite Tür rechts."

Mit weichen Knien ging Maik den schmalen Flur entlang. Die einzigen Möbel hier waren eine Garderobe, an der zwei Jacken hingen, und eine Kommode mit einem grünen Telefon. Daneben lagen ein Block und ein Kuli. Maiks Blick wanderte zur Haustür. Sie war mit zwei Metallriegeln gesichert. Er warf einen kurzen Blick zurück zum Schlafzimmer. Susann sah ihm aufmerksam nach. Sie und auch ihr Liebhaber wären bei ihm, bevor er auch nur einen Riegel geöffnet hätte. Flucht war also sinnlos. Und obendrein würde er damit vermutlich seine Familie in Gefahr bringen.
Er ging ins Bad und knallte wütend die Tür hinter sich zu.

Fünf Minuten später war er zurück. „Also gut, ich mache mit", verkündete er mit verschlossener Miene.
„Wunderbar!" Jürgen klang ehrlich erfreut. Er stand auf und rieb sich unternehmungslustig die Hände. „Dann kommen wir jetzt zu den Details. Das Wichtigste: Du wirst zu deiner kleinen Familie keinerlei Kontakt aufnehmen, bis die Sache über die Bühne gegangen ist. Einer von uns wird immer in deiner Nähe bleiben und aufpassen, dass du keine Dummheiten machst."
Er sah, dass Maik aufbegehren wollte und hob beschwichtigend eine Hand. „Keine Angst, es wird nicht lange dauern, denn dein Teil der Abmachung muss schon heute Abend zwischen viertel vor acht und acht erledigt werden."
Maik ging an ihm vorbei zum Bett und setzte sich wieder hin, dicht neben Susann. Seine Augen wanderten ihre Beine hoch. „Warum gerade dann?"
„Weil Susann mit einer Freundin zum Essen verabredet ist und ich wie jede Woche bis halb acht mit Richard Tennis spiele. Wir brauchen schließlich ein Alibi."
Ohne Vorwarnung trat Jürgen Maik vors Schienbein. „Hier bin ich! Es gefällt mir nicht, wie du meine Freundin anglotzt. Hör mir gefälligst zu und schau mich an!"
„Mir gefällt hier auch so einiges nicht, also gönn mir das Vergnügen", schnauzte Maik zurück.
Ohne ein Wort stand Susann auf und verließ den Raum. Jürgen sah triumphierend zu Maik und fuhr fort, ihm seinen Plan zu erläutern.
„Ich werde nach dem Training noch etwas trinken, so dass Richard allein herauskommt. Er trinkt nach dem Training nie etwas, fahrt immer direkt nach Hause. Seinen Wagen parkt er jedes Mal am äußersten Ende des Parkplatzes, weil dort selten jemand steht und damit die Wahrscheinlichkeit geringer ist, dass jemand versehentlich eine Autotür in seinen heiligen Jaguar rammt."
„Wie vorausschauend von ihm", warf Maik ein.

Jürgen ignorierte die Bemerkung. „Ich werde in der Gaststätte des Tennisclubs sitzen. Von dort kann ich den Parkplatz einsehen und genau verfolgen, was geschieht. Also mach keine Dummheiten, sonst geht es deiner Marion und dem Kleinen an den Kragen."

Maiks Mundwinkel zuckten. „Was ist, wenn ich gefasst werde?", verlangte er zu wissen. „Ich gehe nicht wieder in den Bau. Auf keinen Fall."

„Wenn du dich geschickt anstellst, wird das nicht passieren. Der Parkplatz grenzt dort an ein Wäldchen, in dem du verschwinden kannst, sobald du Richard – äh, sobald du mit ihm fertig bist. Hinterher treffen wir uns wieder hier und du bekommst die Kohle."

„Von wie viel reden wir da eigentlich?"

„Von zehn Riesen."

Maik schnaubte. „Das soll ja wohl ein Scherz sein! Richard Roth ist ein paar Millionen schwer. Ich verlange fünfzigtausend Mark und keinen Pfennig weniger."

Wie aufs Stichwort erschien Susann in der Tür. Offenbar hatte sie gelauscht. Sie atmete tief durch. „Also gut", nickte sie. „Einverstanden."

Kurz darauf fuhr sie nach Hause. Jürgen verriegelte die Wohnungstür wieder sorgfältig, bevor er zurück ins Schlafzimmer ging. Dort stand Maik am Fenster sah hinaus.

„Bis das Tennistraining beginnt, bleiben wir am besten hier", bestimmte Jürgen und zündete sich eine Zigarette an.

„Kommt gar nicht in Frage." Maik drehte sich um, lehnte sich an die Fensterbank und verschränkte die Arme. „Ich muss Vorbereitungen treffen, ein paar Dinge besorgen. Schließlich darf ich nichts dem Zufall überlassen. Außerdem will ich einen Vorschuss. Und ich brauche ein scharfes Messer."

Widerstrebend gab Jürgen nach und zog dreihundert Mark aus seinem Portemonnaie. „Mehr hab ich im Moment nicht", brummte er. Dabei wackelte die Zigarette zwischen seinen Lippen wie der Schwanz eines fröhlichen Dackels.

„Das wird sich ja voraussichtlich bald ändern", tröstete ihn Maik mit einem ironischen Unterton und stopfte die Scheine in eine Tasche seiner Jeans. „Wo sind eigentlich meine Schuhe?"

„Vielleicht unter dem Bett."

Maik kniete nieder und entdeckte tatsächlich seine Schuhe zwischen mehreren Wollmäusen. Er zog sie hervor.

Jürgen holte währenddessen ein Messer mit einer schmalen, scharf wirkenden Klinge aus der Küche und wischte den Griff mit seinem Hemd sorgfältig ab, bevor er es vorsichtig an Maik weiterreichte.

„Hast du einen Lappen?", wollte der wissen. „Ich möchte es ungern einfach so einstecken. Könnte wehtun."

Nach kurzem Suchen fand Jürgen ein Staubtuch und gab es an Maik weiter. Dann packte er seine Sporttasche und gemeinsam verließen sie die Wohnung.

„Ich bin immer in deiner Nähe, vergiss das nicht", warnte Jürgen leise, als er die Tür abschloss.

„Ich hab's kapiert!"

Sie fuhren mit einem roten Scirocco in die Innenstadt. In einem Kaufhaus besorgte Maik sich einen Rucksack und eine dunkel eingefasste Hornbrille mit Fensterglas. Dann ging er weiter zu den Scherzartikeln.

Jürgen war stets nur ein paar Schritte von ihm entfernt. Wie ein bedrohlicher Schatten folgte er ihm überallhin. Zum Schluss kaufte Maik noch eine braune Trainingsjacke, die er zu den anderen Sachen in den Rucksack stopfte.

Es war ein warmer, leicht bewölkter Augusttag. Die Innenstadt war gut besucht. Maik setzte sich in ein Straßencafè und bestellte eine Cola und eine Currywurst mit Pommes Frites. Jürgen nahm am Nebentisch Platz, nippte an einem Kaffee und ließ ihn – wie er es versprochen hatte – nicht aus den Augen.

Maik, von der Gefängnisküche nicht eben verwöhnt, genoss jeden Bissen der würzigen Mahlzeit. Zum Dessert bestellte er sich einen großen Eisbecher mit Sahne.

Jürgen warf ihm einen verärgerten Blick zu und tippte unauffällig auf seine Armbanduhr, doch Maik aß ruhig weiter. Er genoss es, seinen Peiniger wenigstens auf diese Art ein wenig ärgern zu können.

Um zwanzig vor sechs näherten sie sich dem Tennisclub. Er befand sich in einer ruhigen Wohngegend mit wenig Verkehr.

Eine Straßenecke vorher hielt Jürgen an.

„Steig aus. Ich möchte nicht, dass uns jemand zusammen sieht. Und mach keinen Mist. Du weißt ja, was dann passiert."

„Ich kann mir jetzt hier also zwei Stunden lang die Beine in den Bauch stehen, ja?"

„Vielleicht findest du ja eine Sitzgelegenheit", sagte Jürgen mit einem merkwürdigen Unterton. Maik sah misstrauisch zu ihm hinüber, doch dann kletterte er mit seinem Rucksack aus dem Wagen.

Als er den Club erreichte, sah er Jürgen gerade durch die Eingangstür gehen. Jetzt wäre die Gelegenheit, zu verschwinden, sich Marion und den Jungen zu schnappen und mit den beiden das Weite zu suchen. Zögernd ging er ein paar Schritte weiter, an einem hellblauen VW Käfer vorbei, und überlegte, was er tun sollte.

„Hallo, Maik."

Abrupt blieb er stehen und sah in den Wagen. Susann saß am Steuer und sah kühl zu ihm hoch. Sie hatte das Fenster heruntergekurbelt und rauchte. Ihr Lippenstift bildete einen kleinen roten Ring um den Filter.

Maik hätte am liebsten laut geflucht, doch er beherrschte sich. Offenbar hatte er die beiden unterschätzt.

„Ich dachte, du hast eine Verabredung."

„Bis dahin ist noch etwas Zeit." Sie lächelte. „Wir wollen doch nicht, dass du es dir womöglich in letzter Sekunde anders überlegst. Steig ein."

Er nickte knapp und öffnete die Beifahrertür. Jetzt war ihm klar, was Jürgen mit seiner Bemerkung gemeint hatte.

„Hast du keine Angst, dass dein Richard dich hier sieht?", erkundigte Maik sich neugierig. „Noch dazu mit einem anderen Mann."

Susann startete wortlos den Motor, fuhr an und schnippte die Zigarette auf den Gehweg. An der nächsten Ecke wendete sie. Dann parkte sie auf der dem Club gegenüber liegenden Straßenseite zwischen einem anderen Käfer und einem Opel. „So. Wenn er kommt, gehe ich auf Tauchstation. Autos dieser Art gibt es wie Sand am Meer, ihm wird nichts auffallen."

„Wenn du meinst ..."

„Ich kenne Richard", sagte sie nur.

Kurze Zeit später tauchte der silberfarbene Jaguar von Richard Roth auf. Susann duckte sich und legte ihren Kopf auf Maiks Oberschenkel. Der grinste anzüglich und legte eine Hand auf ihren blonden Schopf. „Das gefällt mir. In dieser Stellung darfst du gern noch etwas länger bleiben."

„Halt die Klappe und nimm deine dreckigen Finger da weg!"

Er ließ seine Hand wo sie war, und beobachtete, dass Richard Roth in der Tat keine Notiz von ihnen nahm und auf den Parkplatz abbog.

„Komm schon, Susann, du kannst mir den Auftrag ruhig ein wenig versüßen", flüsterte er und fuhr mit dem Zeigefinger ihren schmalen Hals entlang. „Ich bin acht Jahre enthaltsam gewesen. Fühl mal, wie dringend ich es wieder mal bräuchte." Er wölbte ihr seinen Unterleib entgegen.

Sie schlug seine Hand weg und hob den Kopf ein wenig an. „Du bist widerlich. Hör auf mit dem Scheiß!"

„Letzte Nacht wolltest du es doch auch, oder etwa nicht?"

Sie schnaubte und stützte sich auf seinem Bein ab. „Das hättest du wohl gern."

„Die Vorstellung hat was für sich", gab er zu. „Schieb die Hand noch etwas höher. Ehrlich, Süße, ich bin scharf auf dich und wir haben noch genug Zeit. Was sagst du?"
Sie lächelte wieder dieses Lächeln, das sie ihm am Vorabend schon geschenkt hatte und ließ ihren Kopf langsam wieder nach unten sinken.
„Na also", seufzte Maik zufrieden, schloss zufrieden die Augen und wartete darauf, dass Susann seine Jeans öffnete.
Im nächsten Moment durchfuhr ihn ein heftiger Schmerz.
„Autsch! Verflucht, was soll der Scheiß!?" Er zog scharf die Luft ein.
„Ich dachte, das gefällt dir", sagte sie unschuldig.
„Du Miststück hast mich ins Bein gebissen."
„Und ich tu es nochmal, wenn du nicht aufhörst mit deinen widerlichen Sprühen. Halt einfach die Klappe und sag mir, wenn er reingegangen ist."
„Das kann ich nicht."
„*Was* kannst du nicht?", zischte sie gereizt.
„Dir etwas sagen und gleichzeitig die Klappe halten. Wie soll das gehen?"
Sie stöhnte entnervt auf. „Was ist auf einmal mit dir los, hm? Kannst du jetzt bitte mal ernst sein?"
Er zuckte mit den Achseln. „Also schön, du kannst wieder hochkommen. Er ist längst reingegangen."
Vorsichtig hob sie den Kopf und sah zum Tennisclub hinüber. Von Richard war nichts zu sehen. Sie richtete sich auf, schaltete das Radio ein und zündete sich eine weitere Zigarette an.
Eine Weile sah Maik schweigend zu, wie sie den Rauch ausstieß. Schließlich räusperte er sich. „Gibst du mir auch eine?"
„Lässt du in Zukunft deine blöden Anmachsprüche?"
Er verdrehte die Augen. „Schön, einverstanden."
Wortlos hielt sie ihm die Schachtel hin und gab ihm Feuer. Genüsslich zog er und ließ den Rauch aus seinem Mund wabern.

„Und? Was habt ihr vor, wenn du deinen Mann los bist?", fragte er, während er das Fenster auf seiner Seite herunter drehte.
„Das geht dich gar nichts an."
„Ja ja, schon gut. Ich bin doch nur neugierig. Willst du die Firma verkaufen und dir mit deinem Goldkettchen-Freund ein schönes Leben machen?"
„Schon möglich."
Eine Weile rauchten sie schweigend und lauschten passenderweise dem Abba-Song „*Money Money Money*".
Als beide Kippen auf der Straße gelandet waren, sagte Maik: „Eins würde mich interessieren: Hättet ihr Marion und meinem Sohn wirklich etwas angetan, wenn ich nicht auf euren ... Vorschlag eingegangen wäre?"
Sie drehte den Kopf und sah ihn mit ihren dunkel umrahmten, riesig wirkenden blauen Augen an. „Natürlich."
Sie sagte dieses kalte Wort ernst und ohne mit einer der langen Wimpern zu zucken. Er schwieg nachdenklich, und auch Susann sagte nichts mehr. Nur das Radio durchbrach die Stille. Sweet, Smokie und die Bay City Rollers präsentierten ihre neuesten Hits. Irgendwann bot sie ihm noch eine Zigarette an.
Gegen halb acht sah sie auf die Uhr. „Ich muss los. Steig aus. Richard wird bald kommen."
„Einen Augenblick noch." Maik wühlte in seinem Rucksack, fummelte sich in die Trainingsjacke, klebte sich einen künstlichen Schnauzbart an und setzte die Brille auf. Susann betrachtete ihn anerkennend.
„Sehr gut, du bist kaum noch zu erkennen."
„Das ist der Sinn der Sache." Er öffnete die Beifahrertür, nahm den Rucksack und stieg aus. „Bis später. Und vergiss die Kohle nicht."

Im Hintergrund war das fast schüchterne Ploppen der Filzbälle zu hören, die auf dem Hallenboden aufschlugen, als Jürgen und Richard Roth aus dem Umkleideraum kamen.

„An deiner Rückhand musst du noch arbeiten, Jürgen. Du schienst mir heute sowieso sehr unkonzentriert. Ist alles in Ordnung?"

„Alles bestens, Richard. Was ist, willst du gleich nach Hause?"

„Und ob! Das war ein harter Tag, ich bin froh, wenn ich mich ausstrecken kann. Susann ist heute Abend nicht da, also werde ich ein bisschen lesen oder fernsehen. Was ist mit dir?"

„Ich denke, ich werde noch ein Bierchen trinken. Im Gegensatz zu dir schätze ich die Ruhe in meiner Wohnung und das Alleinsein nicht besonders."

„Hast du immer noch nicht die Richtige gefunden?"

Richard schnalzte mit der Zunge und schüttelte den Kopf. „Vielleicht hat Susann ja eine Freundin, die zu dir passt. Ich werde sie fragen."

„Oh, bitte nicht, Richard, das wäre mir unangenehm. Außerdem geht es mir gut. Wirklich."

„Wenn du meinst. Aber ..."

„Da gibt es kein Aber." Jürgen blieb vor der kleinen Gaststätte stehen und hob verabschiedend eine Hand. „Wir sehen uns morgen."

„Also gut, bis morgen." Richard schulterte seine Tasche und steuerte den Ausgang an.

Jürgen sah ihm noch einen Moment hinterher, dann betrat er die Gaststätte und setzte sich an den kleinen Tisch am Fenster. Von dort konnte er Richards Jaguar sehen, der einsam unter einer Eiche stand. An den Baumstamm gelehnt stand ein Mann mit Brille und Schnauzbart. Jürgen musste schon sehr genau hinsehen, um Maik in seiner Verkleidung zu erkennen. Er sah auf einen ausgebreiteten Stadtplan in seinen Händen und machte ein ratloses Gesicht.

Jürgen musste grinsen. Was für eine raffinierte Idee, den ahnungslosen Fremden zu spielen, um an Richard heranzukommen. Der Schwarze Kalle hatte mit seiner Einschätzung ganz offensichtlich doch Recht gehabt.

„Was darf es denn sein?"

Jürgen wandte den Kopf. Die Serviererin stand neben seinem Tisch, einen kleinen Block und einen Bleistift in der Hand. Eine fein gezupfte Augenbraue hatte sich abwartend gehoben.

„Ein kleines Bier."

„Auch was zu essen?"

„Nein, nein. Nur ein Bier." Er klang schroff, wollte sie rasch wieder loswerden. Als er ihren konsternierten Blick bemerkte, rang er sich ein Lächeln ab. „Bitte."

Sie nickte mit verkniffener Miene und verschwand. Sofort wandte er sich wieder dem Fenster zu. Er löste den kleinen Haken und schob es ein Stück weit auf. Maik sah hoch, entdeckte ihn und nickte unmerklich.

Richard erschien in Jürgens Blickfeld. Er ging auf seinen Wagen zu, warf dem Mann in der braunen Jacke nur einen kurzen, desinteressierten Blick zu und verstaute seine Tasche im Kofferraum.

Jetzt! dachte Jürgen. *Tu es jetzt!*

Unwillkürlich hatten sich seine Hände zu Fäusten geballt. Sein Puls raste vor Anspannung.

„Entschuldigen Sie bitte.", hörte er Maik rufen.

Richard wandte den Kopf. „Ja?"

„Ich muss zum Bahnhof und weiß nicht, wie ich am schnellsten da hinkomme. Könnten Sie mir wohl eben helfen?" Mit einer hilflosen Geste hob Maik den Stadtplan an.

Richard zögerte und trat dann auf ihn zu.

Nun sah Jürgen nur noch Richards Rücken, Maik verschwand fast hinter der kräftigen Gestalt des Reeders. Einzig das Braun der Jacke blitzte manchmal an der linken Seite auf.

Beide beugten sich über den Stadtplan.

Dann zuckte Richard plötzlich, sackte lautlos zusammen und fiel wie in Zeitlupe auf den asphaltierten Boden. Er schauderte noch einmal kurz, dann blieb er auf der Seite liegen und rührte sich nicht mehr.

Jürgen stockte der Atem. Was für ein merkwürdiges Gefühl, einen Mord zu beobachten!
Maiks Blick glitt zum Fenster, er nickte Jürgen knapp zu. Dann verschwand er hinter der Eiche und eilte in das dahinter liegende kleine Waldstück. Die braune Jacke verschmolz mit Ästen und Laub. Nur vereinzeltes Vogelgezwitscher und das leichte Knacken von zerbrechenden Zeigen war aus der Ferne noch zu hören, ansonsten herrschte fast gespenstische Stille.
Jürgen atmete tief durch, den Blick auf den leblos daliegenden Richard gerichtet.
Die Serviererin stellte ein Bier vor ihm ab. „Bitte sehr."

Zehn Minuten später war das Glas leer und Richard lag noch immer auf dem dunklen Asphalt. Tot. Mausetot. Und bisher unentdeckt.
Dieser Teil ihres Plans war der kniffligste. Damit sein Alibi funktionierte, durfte Jürgen auf keinen Fall die Gaststätte verlassen, bevor Richard entdeckt wurde. Sonst bestand die Gefahr, dass er selbst in Verdacht geriet.
Wenn aber niemand kam, blieb ihm nur die Möglichkeit, derjenige zu sein, der den Toten auf dem Parkplatz bemerkte. Dann aber würde er bleiben müssen, bis die Polizei kam, müsste aussagen und Fassungslosigkeit und Entsetzen heucheln. Das wollte er nicht. Er wollte hier weg, sonst nichts.
Jürgen seufzte und sah auf die Uhr. Maik würde bald bei ihm vor der Tür stehen und sein Geld verlangen. Natürlich würden sie auf Susann warten müssen, doch Jürgen war nicht wohl bei dem Gedanken, dass Maik längere Zeit vor dem Haus herumlungerte.
Es blieb ihm nichts anderes übrig – er musste die Serviererin auf den leblosen Richard aufmerksam machen und sie bitten, die Polizei und einen Krankenwagen zu rufen, während er – möglichst mit einem weiteren Zeugen – nach draußen rennen würde, um festzustellen, dass Richard bedauerlicherweise nicht mehr zu helfen war.

Er wollte gerade die Hand heben, als ein Pärchen aus dem Waldstück trat. Rasch ließ er die Hand wieder sinken und starrte hinaus.

Der junge Mann sah Richard zuerst. Er blieb wie angewurzelt stehen und murmelte etwas. Dann sah seine Freundin ebenfalls in die Richtung und schlug erschrocken beide Hände vor den Mund.

Gemeinsam gingen sie näher an Richard heran. Vorsichtig, als wäre er kein hilflos daliegender Mann, sondern ein gefährliches, lauerndes Raubtier.

Sie sagte etwas, doch sie sprach zu leise, als dass Jürgen es hätte verstehen können. Der junge Mann nickte, worauf sie eilig auf das Gebäude zuging, während er zögernd neben Richard niederkniete.

Jürgen trat an den Tresen, zahlte und gab ein großzügiges Trinkgeld, an das die Serviererin sich gewiss erinnern würde. Mit seiner Trainingstasche und der Gewissheit, dass sie aussagen würde, er hätte zum Zeitpunkt des Mordes in der Gaststätte ein Bier getrunken, verließ er die Gaststube. Er war erleichtert, dass der Plan bis hierher aufgegangen war, dennoch schlug ihm das Herz bis zum Hals, als er zum Ausgang ging.

Die junge Frau vom Parkplatz stand am Eingang vor dem Tresen und bat aufgeregt um ein Telefon.

Jürgen ging an ihr vorbei, hörte gerade noch, wie sie entsetzt hauchte: „Da liegt ein Mann auf dem Parkplatz. Ich glaube, der ist tot!" Dann verließ er mit einem gleichmütigen Gesichtsausdruck den Tennisclub und ging so gelassen wie möglich auf seinen Wagen zu, der dicht beim Eingang stand.

Mit einer Mischung aus Euphorie und Anspannung in den Adern fuhr er nach Hause. Weder Maik noch Susann waren dort. Er ließ sich auf die braune Cordcouch fallen und fuhr sich mit zitternden Fingern durch die Haare, während er den Fernseher einschaltete, um die Stille zu vertreiben.

‚Dalli Dalli' lief. Hans Rosenthal hüpfte fröhlich lachend in die Höhe und gefror für ein paar Sekunden. Jürgen sah zwar zum Bildschirm, doch seine Gedanken waren woanders. Bei Richard, seinem Chef, Tennispartner und Freund, dem er einen Mörder auf den Hals gehetzt hatte, um an seine Frau und sein Geld zu kommen.

Mit fahrigen Bewegungen zündete Jürgen sich eine Zigarette an und sog den Rauch tief in seine Lunge.

Als er gegen halb zehn Susanns Schlüssel im Schloss hörte, schaltete er den Fernseher aus und ging ihr entgegen.

Eilig ließ sie die Tür hinter sich ins Schloss fallen und stürzte in seine Arme. Sie tauschten einen flüchtigen, leidenschaftlichen Kuss, dann fragte sie leicht außer Atem: „Und? Ist er hier?"

„Noch nicht. Aber er hat es getan, ich habe es gesehen."

Sie lächelte. „Also ist Richard tot?"

„Ja."

„Gut." Sie atmete tief ein und wirkte unendlich erleichtert.

„Maik hat seine Sache gut gemacht", berichtete Jürgen zufrieden. „Hast du das Geld für ihn dabei?"

Sie hob ihre große Umhängetasche ein Stück hoch und im selben Moment klingelte es.

Jürgen drückte den Knopf der Gegensprechanlage. „Ja?"

„Ich bin's", erklang die leicht verzerrt klingende Stimme von Maik.

Jürgen betätigte den Türöffner. Als es zwei Minuten später an der Tür klopfte, ließ er Maik herein und schloss die Tür sofort wieder.

„Gute Arbeit, Kumpel."

„Nenn mich nicht Kumpel und gib mir mein Geld", verlangte Maik kühl. Ich will mit euch und der ganzen Scheiße nichts mehr zu tun haben."

„Ist ja schon gut." Jürgen nickte Susann zu, die eine braune Papiertüte aus ihrer Tasche zog und zögernd an Maik weiterreichte.

Der griff danach, öffnete sie und warf einen prüfenden Blick hinein.

„Scheint hinzukommen. Ich wünsche euch noch ein schönes Leben."

Er drückte die Türklinke nach unten und verschwand im Hausflur.

Susann sah Jürgen an. „Ich gehe jetzt auch. Sicher wird sich wegen Richard bald die Polizei mit mir in Verbindung setzen, da ist es wohl besser, wenn ich zu Hause bin."

„Du hast zwar recht, aber schade ist es schon." Jürgens Hand fuhr über ihre Brust und er lächelte sie verführerisch an. „Ich würde jetzt so gern mit dir feiern."

„Das klingt zwar reizvoll, aber vielleicht verschieben wir ..."

Sie konnte den Satz nicht beenden, denn ein Klopfen an der Tür unterbrach sie.

Ratlos sahen sie sich an. Susanns Augen wirkten noch größer als sonst.

„Wer kann das sein?", wisperte sie ängstlich.

„Wahrscheinlich Maik."

„Das glaube ich nicht. Er konnte es doch gar nicht erwarten, von hier wegzukommen."

Jürgen legte einen Zeigefinger auf ihre Lippen und fragte: „Wer ist da?"

„Ich bin es nochmal, Maik."

Jürgen sah Susann an mit einem Ich-habs-dir-doch-gesagt-Blick und öffnete die Tür.

„Hast du was verges..."

Die Tür krachte auf. Jürgen wich erschrocken zurück und stieß gegen die Wand.

Susann schrie. Uniformierte Beamte stürmten herein, ergriffen sie und Jürgen und verschränkten ihre Arme auf dem Rücken.

Ein Kommissar trat dazu. „Herr Martens, Frau Roth, Sie sind vorläufig festgenommen."

Maik trat ein, und hinter ihm erschien Richard Roth.

„Richard?!" Susann starrte ihren Mann entgeistert an. „Was ...? Wieso ...?"

Richard lächelte frostig. „Ich bin von den Toten auferstanden, meine Liebe."

Jürgen blinzelte, als traue er seinen Augen nicht. „Was soll das? Ich hab dich doch da liegen sehen! Maik hat dich erstochen, ich war praktisch dabei!"

Richard zog einen Zettel hervor und hielt ihn Susann vors Gesicht. Sie erkannte das Papier. Es stammte von dem Block, der neben dem Telefon im Flur lag.

Ihr Blick wanderte zu Maik. „Wann hast du ...?"

„Du hättest die Badezimmertür nicht aus den Augen lassen sollen", erwiderte Maik freundlich.

„Ich verabscheue dich, du widerlicher Mistkerl!"

„Schmeicheleien helfen dir jetzt auch nicht, Süße."

Susann schnaubte und las die eilig hin gekritzelte Nachricht.

‚Ihre Frau hat mich angeheuert, um Sie umzubringen.
Ich werde gleich so tun, als würde ich Sie erstechen.
Spielen Sie mit und bleiben Sie ganz still liegen, bis ich zurückkomme.'

Susann hob den Kopf und warf Maik einen hasserfüllten Blick zu, bevor sie sich an Jürgen wandte. „Hast du dich denn nicht davon überzeugt, dass er tot ist, du Idiot? Ich hab dir doch gesagt, Knastbrüdern kann man nicht trauen!"

Jürgens Mundwinkel zuckten. „Es sah so echt aus. Ein Pärchen hat ihn dann gefunden. Ich musste verschwinden, bevor die Bullen auftauchten, sonst hätten die mich doch in die Mangel genommen!" Wütend funkelte er Maik an. „Ich hab dir geglaubt, du elender Hurensohn."

„Tja, das war ein Fehler." Maik lächelte freundlich. „Knastbrüdern kann man nun mal nicht trauen. Du hättest auf deine Freundin hören sollen."

Die Beamten bugsierten Jürgen und Susann in den Hausflur. Richard Roth und Maik sahen ihnen nach.

„Ich ahnte seit einiger Zeit, dass sie mich betrügt", sagte Richard kopfschüttelnd. „Doch das hätte ich ihr ehrlich nicht zugetraut."

„Tut mir leid, Herr Roth."

Sie sahen schweigend zu, wie Susann und Jürgen in den Fahrstuhl geführt wurden.

„Ich muss sagen, Sie haben die Leiche sehr überzeugend gespielt", grinste Maik.

„Oh, das fiel mir nicht schwer. Früher wollte ich Schauspieler werden. Viele Jahre habe ich eine Theatergruppe geleitet. Allerdings hätte ich nicht gedacht, dass ich diese Fähigkeiten eines Tages brauchen würde, um meine eigene Frau zu überführen."

Er legte Maik eine Hand auf die Schulter. „Danke, dass Sie für mich so viel riskiert haben. Das war sehr anständig. Das Geld dürfen Sie im Übrigen gern behalten. Sie haben es sich verdient."

„Nett von Ihnen. Noch dringender bräuchte ich aber einen Job, um meine Familie zu ernähren."

Richard führte Maik aus der Wohnung und schloss die Tür. „Ich bin sicher, da finden wir etwas. Auf meiner Gehaltsliste ist gerade ein Platz frei geworden ..."

*****

Für immer

Wenn Veronique davon erfährt, ist der Teufel los, denke ich, schiebe den Gedanken jedoch gleich wieder zur Seite, denn Adrian reißt mich mit sich in einen Strudel aus wilder Ekstase und leidenschaftlicher Lust.
Wenig später liege ich erschöpft in seinen Armen. Sein wunderschöner, braun gebrannter Brustkorb hebt und senkt sich in fast beängstigendem Tempo. Ich schmiege mich noch enger an ihn. Will ihn am liebsten nie wieder loslassen. Es tut mir leid, liebes Schicksal, aber ich liebe diesen Mann!
„Oh Gott", keucht er, „Was haben wir getan?"
Ich hebe leicht den Kopf und sehe ihn an. „Bereust du es etwa schon?"
„Natürlich nicht", versucht er mich zu beruhigen, doch ich spüre seine Nervosität. „Hör zu", sagt er ernst, „du darfst niemanden von uns erzählen. Wirklich niemandem. Wenn Veronique je davon erfährt, dann …"
Er bricht ab. Wie sie reagieren würde, kann keiner von uns abschätzen. Da Veronique jedoch ein sehr temperamentvoller Typ ist, wird sie kaum milde lächelnd darüber hinwegsehen, dass ihr Verlobter eine Woche vor der Hochzeit im Bett ihrer Schwester gelandet ist.
„Keine Angst, von mir erfährt sie nichts. Und auch sonst niemand", verspreche ich und lasse meine Hand, die eben noch sein Brusthaar kraulte, tiefer wandern.
Adrian zuckt leicht zusammen, dann grinst er mich an. „Hast du noch nicht genug?"
„Zumindest hätte ich nichts gegen eine kleine Zugabe", flüstere ich. Den Rest der Überzeugungsarbeit übernimmt meine Hand.

Adrian stöhnt leise auf, beugt sich über mich und das Spiel beginnt von vorn ...
Eine halbe Stunde später ist er fort. Ich liege noch im Bett, atme seinen Duft ein, der mich umhüllt und lächle bei dem Gedanken an die letzte Stunde. Wie ich es geahnt habe, ist Adrian ein fantastischer Liebhaber. Veronique kann sich glücklich schätzen.
Sie hat wirklich alles: Einen hinreißenden Verlobten und einen Job, den sie liebt und der sie bald reich machen wird. Sie ist Modedesignerin und verdammt ehrgeizig. Inzwischen tragen ihre Bemühungen Früchte: Ein namhafter Designer ist an ihren Entwürfen interessiert. Hat sie erst einmal einen Fuß in der Haute-Couture-Tür – ich muss schmunzeln. Was für ein witziges Wort -, dann kann sie den Weg für ein eigenes Label ebnen.
Ich dagegen bin nur die Schneiderin, die ihre Entwürfe umsetzt. Ein kleines Licht. Heimlich designe ich auch, doch bisher habe ich nicht den Mut gefunden, Veronique meine Entwürfe zu zeigen. Sie hat so ein gewisses herablassendes Lächeln, das sie besonders häufig mir schenkt, ihrer minderbegabten Schwester.
Heute aber hat sie mich unterschätzt. Adrian sollte eigentlich nur vorbeikommen, um den Smoking anzuprobieren, den ich für ihn genäht habe. Bisher hat sie ihn zu den Anproben begleitet, doch heute hatte sie keine Zeit dafür. Die neue Kollektion war ihr wichtiger. Ein Fehler, wie sich herausstellte.
Zwischen Adrian und mir gab es vom ersten Tag an leichte Schwingungen. An diesem Tag hat die Tatsache, dass wir ganz allein in meiner kleinen Wohnung waren, die Stimmung elektrisiert. Wir gingen bewusst so weit auf Distanz, wie es bei einer Anprobe nur möglich ist, vermieden es, uns in die Augen zu sehen.
Doch als ich das Revers neu absteckte, trafen sich unsere Blicke. Hielten sich fest. Ich hatte Schwierigkeiten zu atmen, meine Knie waren plötzlich butterweich. Adrian nahm meine Hand, zog mich ganz dicht an sich heran, entfernte die beiden Stecknadeln, die zwischen meinen Lippen steckten, und küsste mich.

Wie er küssen kann! Ich seufze und spüre dieses angenehme Ziehen im Unterleib. Meine Sehnsucht nach ihm ist genauso groß wie mein schlechtes Gewissen.

Es ist fast Mitternacht, als das Telefon klingelt. Verschlafen gehe ich ran und melde mich.

„Ich bin's", wispert Adrian am anderen Ende. „Jaqueline, es ist etwas Furchtbares passiert!"

Mit einem Schlag bin ich hellwach, taste nach der Nachttischlampe, blinzle kurz und setze mich auf. „Wovon sprichst du?"

„Veronique. Sie ist ... tot."

Ein raues, ungläubiges Lachen kommt aus meiner Kehle. „Unsinn! Warum sollte sie ..."

„Sie ist die Treppe hinunter gestürzt. Wir haben uns gestritten, mir rutschte die Haus aus und – Jaqueline, bitte komm schnell her. Ich weiß nicht, was ich tun soll!"

Er öffnet die Tür und ich schlüpfe in den geräumigen Eingangsbereich, der nur schwach erleuchtet ist. Die Umrisse meiner Schwester am Fuße der steinernen Treppe kann ich jedoch erkennen.

„Oh nein!" Ich lasse mich neben ihr auf die Knie sinken und fühle mit zitternden Händen ihren Puls. Nichts.

„Ich schätze, sie hat sich das Genick gebrochen." Adrians Stimme ist rau.

„Wir müssen die Polizei rufen", murmele ich. Das tut man doch in Situationen wie dieser, oder nicht?

„Dann lande ich im Gefängnis", zischt Adrian.

Ich sehe zu ihm hoch. „Aber es war doch ein Unfall. Du hast das schließlich nicht gewollt."

„Es wäre vermutlich Totschlag. Oder Körperverletzung mit Todesfolge, ich kenne mich da nicht so gut aus. Wie dem auch sei, eine Haftstrafe ist mir so gut wie sicher." Er geht in die Knie, nimmt meine eiskalte Hand und sieht mich flehend an. „Jacqueline, du musst mir helfen."

Wir gehen hinüber ins Wohnzimmer, setzen uns auf die Couch.
„Es ist ganz einfach", redet Adrian bei einem Cognac auf mich ein. „Ihr seid Zwillinge, gleicht euch aufs Haar. Du schlüpfst in ihre Haut, heiratest mich in ihrem Namen, machst den Vertrag mit dem großzügigen Designer, und wenn alles Geschäftliche über die Bühne gegangen ist, fangen wir an einem herrlichen Flecken auf dieser Erde neu an. Du und ich. Für immer."
Wir beerdigen Veronique in einem kleinen Waldstück. In ihrer Handtasche steckt mein Personalausweis. Ich komme mir vor wie bei meiner eigenen Beerdigung. Fühle nichts. Es ist, als wäre ich in Watte gehüllt. Adrian redet mit mir, doch seine Worte rauschen an mir vorbei, ohne dass sie mein Bewusstsein erreichen.
Der neue Tag dämmert bereits herauf, als wir zurück sind. In ihrem Haus, in ihrem Bett. Wir lieben uns, doch die ganze Zeit habe ich das Gefühl, dass Veronique auf der Bettkante sitzt und uns beobachtet.

„… und willst du, Veronique Picard, diesen Mann lieben, ihn ehren, ihm beistehen in guten wie in schlechten Zeiten, bis dass der Tod euch scheidet, dann antworte mit: Ja, ich will."
Adrian hält meine Hände und sieht mich beschwörend an. Versucht zu lächeln. Diese ganze Situation ist absurd. Vollkommen bizarr.
Ich räuspere mich. „Ja, ich will."
Adrians Schultern sacken erleichtert herab.
„Dann erkläre ich euch kraft meines Amtes für Mann und Frau."
Sekt, lächelnde Menschen in festlicher Garderobe. Wir stehen vor dem Standesamt und lassen uns gratulieren. Eine große Feier war glücklicherweise nicht geplant. Wir werden gleich mit unseren Gästen und den Trauzeugen essen gehen, noch ein wenig beisammen sitzen und das war es dann. Veronique war immer der pragmatische Typ und Oberflächlichkeit war ihr verhasst.
„Wo ist eigentlich Jaqueline?", fragt mich Veroniques Assistentin und Trauzeugin, nachdem sie mich umarmt hat.

Ich sage mein eingeübtes Sprüchlein auf. „Ich weiß es nicht, irgendetwas muss sie aufgehalten haben. Bestimmt kommt sie gleich."
Natürlich kommt sie nicht, doch irgendwann fragt niemand mehr. Alle wissen, dass wir nicht so eng miteinander sind, wie es zwischen Zwillingen angeblich typisch ist. Das waren wir nie.
Während unserer Hochzeitsnacht ist Adrian sanft und einfühlsam, dennoch kann ich mich nicht richtig entspannen.
„Es ist überstanden, Spätzchen", sagt er und küsst mich zärtlich. „Niemand hat etwas gemerkt. Nur noch ein paar Tage, dann fängt für uns ein neues Leben an."
Er hat Recht. Einzig der Vertrag mit dem Designer muss noch unterzeichnet werden. Dann streichen wir das kleine Vermögen ein und setzen uns in den Flieger, der uns zu der hübschen Finca in Südspanien bringt, die wir reserviert haben.

Meine Beine zittern, als ich – in Veroniques schickstem Hosenanzug – den schnöseligen Designer und seinen Anwalt begrüße. Adrian wartet zu Hause auf gepackten Koffern. Es dauert nicht lange, dann ist alles unter Dach und Fach.
Bei der Unterschrift habe ich das J für Jacqueline fast beendet, als mir siedend heiß einfällt, dass ich nicht mehr ich bin. Rasch und etwas ungelenk mache ich ein geschwungenes V aus dem schnörkeligen J.
Es ist geschafft, aber mir steht der Schweiß auf der Stirn und meine Achseln fühlen sich ekelhaft feucht an.
Wir stoßen mit Sekt, der sich in meiner Kehle wie Säure anfühlt, auf das Geschäft an und ich verspreche die Option auf die Übernahme weiterer Kollektionen. Ob ihm meine Entwürfe so gut gefallen wie die meiner Schwester? Wir verabschieden uns höflich voneinander und wenig später mache ich mich auf den Heimweg. Leise schließe ich die Tür auf und trete über die Schwelle ins Haus. Adrians Stimme kommt aus dem Arbeitszimmer. Ich will eben nach ihm rufen, da höre ich ihn sagen: „Ich vermisse dich

auch, Spätzchen. Nein, nun dauert es nicht mehr lange. Gleich morgen früh fliegen wir nach Spanien. Sobald ich Veronique los bin, kommst du nach und wir fangen neu an. Du und ich. Für immer."

Mir wird schwindelig. Ich spähe in den Raum hinein. Adrian sitzt auf einem Hocker, mit dem Rücken zu mir, und versichert der Person am anderen Ende der Leitung, wie sehr er sie liebt. Hass beginnt in mir zu lodern. Er hat mich nur benutzt. Diese Erkenntnis trifft mich wie ein Keulenschlag.

Meine Hand greift nach dem antiken Bügeleisen auf dem Regal neben der Tür. Es ist schwer. So schwer, dass keine Schädeldecke ihm etwas entgegenzusetzen vermag.

Spanien ist schön. Die Finca ist nett eingerichtet und groß genug für eine vierköpfige Familie. Wer weiß, vielleicht habe ich die irgendwann. Die Spanier, die ich bisher kennengelernt habe, sind reizend. Besonders Juan, der Makler, hat es mir angetan. Er erinnert mich ein kleines bisschen an Adrian.

Der ist übrigens wieder bei Veronique. Die zwei liegen nebeneinander in ihrem Waldgrab.

Vereint.

Für immer.

*****

Besuch von Onkel Jim

Durch den Türspalt lugte ein aufgewecktes Mädchengesicht. Jim lächelte ihr zu. „Hallo Melody."
„Onkel Jim!" Die Siebenjährige fiel ihm begeistert um den Hals.
Ihre Mutter, eine hübsche blonde Frau Anfang Dreißig, erschien hinter der Kleinen. Sie trocknete sich die Hände an einem Geschirrtuch ab und sah mit gerunzelter Stirn ihren Besucher an. „Jim! Was willst du denn hier?"
Er hob den Kopf, erblickte seine ältere Schwester und löste behutsam die Kinderarme von seinem Nacken. „Hallo Marsha."
„Mom, Onkel Jim ist zu Besuch! Ist das nicht toll?"
„Ja, Kleines, das ist wunderbar. Warum legst du für ihn nicht noch ein Gedeck auf? Ich bin sicher, er möchte mitessen." Marsha wandte sich an ihren Bruder, eine Augenbraue abwartend angehoben. „Oder liege ich da falsch?"
„Ganz und gar nicht. Ich habe einen Bärenhunger."
Bei Tisch lauschte Melody mit offenem Mund den Abenteuergeschichten ihres Onkels.
„Am Strand von Malibu begegnete mir ein Vampirjäger. Ich zeigte ihm, wo sich eine große Familie von Vampiren versteckt hielt und zum Dank überließ er mir sein goldfarbenes fliegendes Motorrad. Leider war irgendwann das Benzin alle, ausgerechnet über einem breiten reißenden Fluss. Mit Müh und Not erreichte ich das rettende Ufer, doch das Motorrad war natürlich verloren."
Melody riss erschrocken die Augen auf. „Oh, wie schade!"
„Nicht wahr? Zu Fuß erklomm ich den Hügel, der in der Nähe des Flusses lag. Auf der anderen Seite erkannte ich Bahnschienen. Also kletterte ich auf einen Felsvorsprung und wartete auf den

nächsten Zug. Es wurde dunkel, ehe sich einer näherte. Er war nur zu hören, sehen konnte ich in der Dunkelheit nur seine Scheinwerfer, doch er war meine einzige Chance. Also wartete ich auf den richtigen Moment, nahm meinen ganzen Mut zusammen und sprang."
Melody hielt den Atem an, die Gabel lag bewegungslos in ihrer Hand.
„Schätzchen, dein Essen wird kalt", mahnte Marsha. Niemand achtete auf sie.
„Ich hatte Glück und landete auf dem Dach eines Waggons", fuhr Jim fort, „doch der Wind drohte, mich gleich wieder hinunter zu wehen. Geistesgegenwärtig klammerte ich mich an die Kante des Dachs und ..."
„... und nun ist Onkel Jim wohlbehalten bei uns angekommen", beendete Marsha Jims Bericht. „Iss auf, Kleines, und geh dich waschen. Es ist spät."
Als Melody aufgegessen hatte, krabbelte sie auf Jims Schoß und kuschelte sich an ihn. „Es ist so schön, dass du uns besuchst", murmelte sie. „Ich hab dich lieb."
Jim schluckte und strich sanft über die glatten goldblonden Haare seiner Nichte. „Ich hab dich auch lieb."
Melody sah ihre Mutter an. „Mom, kann ich nicht noch ein paar Minuten aufbleiben?"
Die schüttelte bedauernd den Kopf. „Du siehst Onkel Jim morgen früh wieder, Liebes, aber jetzt wird geschlafen."
Die Kleine seufzte geknickt. „Schade. Gute Nacht, Onkel Jim."

Eine halbe Stunde später saßen sich Bruder und Schwester im Wohnzimmer gegenüber.
„Also? Was hast du diesmal auf dem Kerbholz", wollte Marsha wissen.
Er seufzte und fuhr sich durch das dunkle Haar. „Gar nichts. Ich will ein ehrliches Leben beginnen. Gleich morgen früh gehe ich los und suche mir einen Job."

Marsha schnaubte ungläubig. „Und wo willst du wohnen?"
Er zündete sich eine Zigarette an. „Ich dachte, na ja, vielleicht hier bei dir und Melody. Ist doch gut, wenn wieder ein Mann im Haus ist."
„Wir kommen sehr gut allein zurecht", behauptete Marsha.
Er blies den Rauch gegen die Decke. „Es tut mir leid, dass Charlie abgehauen ist."
„Er war ein Windhund. Genau wie du. Hat immer nur Versprechungen gemacht, aber nie eine gehalten."
„Vertrau mir, ich habe mich geändert." Treuherzig sah er sie an.
Sie seufzte und schüttelte den Kopf. „Das glaube ich erst, wenn ich es erlebe."
„Dann darf ich bleiben?" Er beugte sich zu ihr und drückte ihr einen Kuss auf die Wange. „Danke, du bist die Beste!"

Jim hielt Wort. Nach dem Frühstück verließ er mit Melody das Haus, brachte sie zur Schule und ging weiter zur Main Street.
Gegen Mittag kam er gut gelaunt zurück. Kaum hatte er das Haus betreten, sprudelte es aus ihm heraus: „Marsha, stell dir vor, ich kann schon morgen bei Louis in der Hafenkneipe anfangen ..."
„Was für hervorragende Nachrichten", unterbrach ihn eine kalte Stimme. „Dann wollen wir mal hoffen, dass du den morgigen Tag noch erlebst. Und jetzt mach die Tür zu."
Jim sah erschrocken auf. Ein Mann trat aus dem Wohnzimmer, in der Hand einen Revolver. „Was ist mit meiner Schwester?", fragte er heiser und schloss die Tür.
„Ihr geht es gut. Jedenfalls noch."
„Verdammt, Luke, wenn du ihr auch nur ein einziges Haar krümmst, dann schwöre ich ..."
„Beruhige dich, Jimbo. Ich werde ihr schon nichts tun."
Jim atmete erleichtert aus. „Gut für dich."
Luke machte mit der Waffe eine auffordernde Bewegung Richtung Wohnzimmer. Jim ging an ihm vorbei und blieb abrupt

stehen, kaum dass er die Schwelle übertreten hatte. Der Anblick, der sich ihm bot, ließ seinen Atem stocken.

Luke lachte dreckig. „Ich sagte, dass *ich* ihr nichts tun würde. Von Harry habe ich kein Wort gesagt. Er ist ganz scharf darauf, sie sich vorzunehmen."

Marsha lag auf dem Sofa. Ihr Mund war mit einem großen Pflaster zugeklebt, die Hände auf dem Rücken zusammengebunden. Auch um ihre Knöchel wand sich ein Seil. Mit angstgeweiteten Augen sah sie zu Jim. Hinter dem Sofa stand Harry Mullins, Lukes Handlanger. Ein vierschrötiger, mit Narben übersäter Riese, der gierig auf Marshas schmalen Körper starrte und auch jetzt nur kurz aufsah. „Hey, Jim. Alles klar?"

Jim starrte ihn hasserfüllt an. „Wenn du sie anfasst, leg ich dich um".

Harry grinste breit und enthüllte seinen Goldzahn. „Das woll'n wir doch mal sehen."

Seine riesige, grobe Hand legte sich auf Marshas linke Brust und knetete sie grob. Marshas Augen weiteten sich entsetzt, ihr Schrei wurde von dem Pflaster auf ihrem Mund erstickt.

Jim wollte sich auf Harry stürzen, doch Luke packte seinen Oberarm und riss ihn zurück. „Hiergeblieben, Freundchen! Harry, lass sie in Ruhe."

Harry runzelte die Stirn, gehorchte jedoch. „Später, Puppe", murmelte er und grinste Marsha an. Sie schloss die Augen und drehte den Kopf zur Seite.

Jim drehte sich zu Luke um. „Was wollt ihr?"

„Das weißt du genau. Wo sind die Klunker?"

„Ich hab dir doch gesagt, sie wurden mir geklaut."

„Gesagt hast du gar nichts. Der Chinese hat es mir erzählt. Dafür hat er nun einen Finger weniger, mit dem er sich in der gelben Nase bohren kann."

Jim biss die Zähne zusammen. Li-Wong war ein guter Kerl, der unverschuldet in diese Sache hineingerutscht war und ihm einen Gefallen hatte tun wollen. Nun war er verstümmelt.

Es tut mir leid, Kumpel, dachte Jim bedrückt.
Luke richtete die Waffe auf Jims Stirn. „Raus mit der Sprache, wo hast du die Steinchen versteckt?"
„Er hat die Wahrheit gesagt", versicherte Jim eilig. „Auf dem Weg zur ‚Goldenen Orchidee' haben mich zwei Kerle überfallen und sie mir aus der Innentasche meines Mantels gestohlen."
„Den Quatsch hat das Schlitzauge auch schon erzählt", sagte Luke wegwerfend. „Du hast die Dinger irgendwo gebunkert und wirst sie mir geben. Ansonsten …"
„Ansonsten was?"
„ … lassen wir Harry für eine Weile mit deiner Schwester allein."
Luke sah mit einem anzüglichen Grinsen zu Marsha, die ihrem Bruder flehende Blicke zuwarf.
Harry leckte sich über die wulstigen Lippen.
Jim senkte den Kopf, seine Schultern sackten nach unten. Dann nickte er und sah Luke an. „Okay. Du hast gewonnen. Sie sind oben."
Luke grinste zufrieden. „Warum nicht gleich so, mein Freund? Harry, geh mit Jimbo nach oben. Und pass bloß auf, dass er keinen Scheiß baut."
„Klar, Boss." Harry kam um das Sofa herum, ließ seine beeindruckenden Muskeln spielen und machte dann mit dem Kinn eine auffordernde Bewegung. „Nach dir, Arschloch."
Jim ging vor, die Treppe nach oben, und überlegte fieberhaft, wie er Harry, der einen Kopf größer war als er, überwältigen könnte.
„Und? Wo sind die Klunker?", wollte Lukes Gorilla wissen, sobald sie das Obergeschoss erreicht hatten.
„Äh, im … im Schlafzimmer", improvisierte Jim und zeigte zu dem Raum, der am weitesten entfernt lag.
„Du gehst vor", bestimmt Harry.
Langsam setzte Jim einen Fuß vor den anderen. Als sie in Marshas Schlafzimmer standen, hatte er eine Idee. Er wies auf das Aquarium, das auf einem Tisch am Fenster stand.

„Da drin sind die Steine, ich habe sie zwischen den Kieselsteinen versteckt."

Harry verschränkte die Arme. „Na, dann hol sie mal hübsch wieder raus, und zwar dalli."

Jim trat näher an das Gefäß heran. Fünf oder sechs bunte Fische schwammen zwischen Algen, Steinen und Korallen herum.

Er zog sich sein Jackett aus und begann, den rechten Ärmel seines Hemdes hochzukrempeln. Dabei warf er einen kurzen Blick aus dem Fenster und sah, dass Melody an der Straßenecke aus dem Schulbus stieg. Sein Herz schlug schneller. Er musste sich beeilen. Niemals würde er es sich verzeihen, wenn der Kleinen etwas zustieße. Luke und Harry hätten keine Skrupel, das kleine Mädchen für ihre Zwecke zu missbrauchen, das wusste er.

Rasch steckte er den Arm in das kühle Wasser und begann, mit den Fingern im Kies zu wühlen. Hin und wieder streifte einer der Fische seinen Arm, einer begann gar, an seiner Haut zu knabbern.

„Wieso dauert das so lange?", knurrte Harry und kam mit grimmigem Gesicht näher.

„Ich hab's gleich", murmelte Jim und fischte mit der linken Hand unauffällig nach dem Messer, das in seinem Hosenbund steckte. „Hier ist schon einer."

Mit diesen Worten zog er die Rechte aus dem Becken, die Hand voller nasser Kieselsteine. So hart er konnte schleuderte er die Steine in Harrys Gesicht. Bevor der wusste, wie ihm geschah, hatte Jim das Messer gezückt und hielt es dem Gorilla an die Kehle.

„Eine falsche Bewegung und du hast ein tiefes Loch im Hals", zischte er. „Los, da rein!"

Damit öffnete er die schmale Tür zu einer kleinen, fensterlosen Abstellkammer und dirigierte Harry hinein.

„Damit kommst du nicht durch!", brüllte Harry wutentbrannt, als Jim die Tür schloss und den Schlüssel herumdrehte.

So leise er konnte eilte er die Treppe hinunter, in die Küche und durch die Terrassentür in den kleinen Garten. Als er die um die

Ecke spähte, sah er Melody vorbeigehen. Jeden Moment würde sie die Haustür erreichen und klingeln. Jim rannte hinter ihr her. Keinesfalls durfte Luke die Kleine in die Finger kriegen! Wenn er, Jim, aber nun laut nach seiner Nichte rief, würde der Gauner ihn womöglich hören.

Er hatte die Straße erreicht. Melody, auf dem Rücken ihre Schultasche, hob gerade die Hand, um auf die Klingel zu drücken.

„Melody!", rief er gedämpft. Würde sie ihn hören?

Sie wandte den Kopf, erkannte ihren Onkel und strahlte. „Onkel Jim!"

Seine Erleichterung darüber, dass sie sofort reagiert hatte, verwandelte sich in Panik, weil sie seinen Namen so laut gerufen hatte. „Psst! Komm her, schnell!"

„Aber wieso? Wo ist Mom?"

Er antwortete nicht, winkte sie nur ungeduldig zu sich. Melody lief die drei Stufen wieder hinab und kam auf Jim zu. „Was ist denn los?"

„Sei leise." Er griff nach ihrem Arm und zog sie um die Hausecke herum, während er die Tür im Auge behielt. Sie öffnete sich und Luke trat heraus. Mit finsterer Miene sah er sich um. Er hatte Melody also tatsächlich gehört. Jim zog den Kopf zurück und presste sich an die Hauswand, seine kleine Nichte an sich gedrückt. Die wirkte zunehmend verstört, wagte es aber offensichtlich nicht, den Mund aufzumachen.

Jim meinte, gehört zu haben, dass die Tür ins Schloss fiel. Die Anspannung fiel von ihm ab.

„Ist was mit meiner Mommie?", fragte die Kleine und sah mit großen Augen zu ihm auf. Ihr Kinn zitterte.

Jim schüttelte den Kopf. „Es geht ihr gut, mach dir keine Sorgen." Er ging in die Knie und nahm lächelnd Melodys Hände. „Weißt du, Mommy hat Besuch und möchte nicht gestört werden. Außerdem mag ich diesen Besuch nicht."

„Wer ist es denn?"

„Du kennst ihn nicht. Sag, gibt es in der Nähe einen Eisladen? Dann kaufe ich dir ein Schokoladeneis."
Melodys Gesichtchen hellte sich auf. „Ja, nur zwei Straßen weiter. Krieg ich eins mit Streuseln?"
„Natürlich." Jim erhob sich, fischte einen Fünf-Dollar-Schein aus seiner Hosentasche und gab ihn seiner Nichte. „Weißt du was, du holst dir ein Eis und ich warte hier. Einverstanden?"
Sie zog eine Schnute. „Ich möchte lieber, dass du mitkommst, Onkel Jim."
„Wir schließen einen Kompromiss: Du gehst vor und ich komme gleich hinterher, ja?"
„Was ist ein Kom ... Kompomist?"
„Das erkläre ich dir später. Jetzt lauf! Ich komme in fünf Minuten nach."
„Na schön." Melody schob sich den Schein in ihren Strumpf und machte sich auf den Weg zum Eisladen. Jim sah ihr nach, bis sie die Straßenecke erreicht hatte, winkte kurz, als sie sich noch einmal umdrehte, und sauste dann wieder zurück zur Hintertür. Leise schlüpfte er hindurch.
In der Küche verbarg er sich hinter dem Tisch und sah von dort aus Luke im Flur stehen und die Treppe hinaufsehen. „Harry, wo bleibt ihr so lange, verflucht?"
Er wartete, brüllte dann noch einmal: „Harry!!"
Als er wieder keine Antwort erhielt, stampfte er leise vor sich hin fluchend die Stufen nach oben. Sobald Luke das obere Stockwerk erreicht hatte, huschte Jim ins Wohnzimmer, löste mit bebenden Fingern das Seil um Marshas Knöchel und half ihr hoch. Sobald er ihr auch die Fessel um die Handgelenke abgenommen hatte, lotste er sie zur Haustür. „Schnell!", wisperte er.
Marsha riss sich im Laufen das Pflaster vom Mund. „Au!", rutschte es ihr heraus.
Sofort sahen beide zur Treppe, an dessen Ende auch prompt Luke erschien. „Bleibt stehen!", brüllte er und: „Harry, du Idiot! Sie hauen ab!"

Jim und Marsha liefen los, die Stufen hinab und die Straße hinunter.
„Zum Eisladen!", rief Jim.
„Was? Wieso?"
„Dort wartet Melody."
Marsha erwiderte nichts, sondern rannte noch schneller.

Bei ‚Gino's' schloss sie ihre Tochter in die Arme und küsste sie immer wieder auf die Wangen. Dann setzten sie sich zu dritt an einen Tisch weit hinten, der von draußen nicht sofort zu sehen war. Melody ließ sich ihr Eis schmecken. Jim bestellte für sich und Marsha einen Cognac. Es dauerte nicht lange, bis er vor ihnen stand.
„Mom, da ist Cynthia", sagte Melody erfreut und wies zum Verkaufstresen, wo ein dunkelhaariges Mädchen ein Eis bestellte. „Darf ich zu ihr gehen? Bitte!"
Marsha nickte. „Natürlich. Aber du verlässt keinesfalls den Laden."
„Nein, mach ich nicht." Melody hüpfte von ihrem Stuhl.
„Okay, nun aber raus mit der Sprache", sagte Marsha leise und fixierte ihren Bruder mit scharfem Blick. „Was hat das alles zu bedeuten?"
Jim kippte den Cognac hinunter, holte tief Luft und sagte dann, ebenfalls mit gesenkter Stimme: „Ich hab vor einer Woche in St. Louis ein letztes Ding gedreht. Ich sollte in Lukes Auftrag in eine Villa einbrechen und dort einen Beutel mit Diamanten aus dem Tresor holen. Dafür hat er mir fünftausend Dollar versprochen. Es hat auch alles wunderbar geklappt."
Marsha schwieg, sah ihn nur an, eine Augenbraue abwartend erhoben.
„Die Steinchen sind bestimmt das Zehnfache von dem wert, was Luke mir als Anteil geben wollte. Also beschloss ich, sie zu behalten und schnell die Stadt zu verlassen."
„Und wie haben die Beiden dich hier gefunden?"

„Ich schätze, sie haben es aus Li-Wong herausgeholt. Er ist der Einzige, der weiß, wo ich aufgewachsen bin und dem ich von dir erzählt habe."

„Oh, Jim, du ..."

Melody kam auf sie zu. „Cynthia musste nach Hause", berichtete sie. Ihr Mund und die Finger waren voller Schokoladeneis.

„Schätzchen, geh in den Waschraum und mach dich sauber, ja?", bat ihre Mutter.

Als die Kleine außer Hörweite war, sah Marsha ihren Bruder finster an. „Ich könnte dir den Hals umdrehen. Schlimm genug, dass du dich immer wieder in Schwierigkeiten bringst. Aber dass du Melody und mich da mit hineinziehst ..."

Kleinlaut wich er ihrem Blick aus. „Ich weiß. Es tut mir leid. Ja, ich hab versprochen, anständig zu werden, aber diesmal meine ich es wirklich ernst. Ich schwöre es."

„Fünf Dollar für jeden Schwur von dir und ich wäre eine reiche Frau." Sie schob das leere Glas in seine Richtung. „Ich brauche noch einen."

Er winkte dem Ober und bestellte zwei weitere Cognacs. Sobald der Kellner fort war, wisperte Jim: „Du *bist* jetzt eine reiche Frau, Marsha. Wir sind beide reich."

Sie legte die verschränkten Unterarme auf den Tisch und beugte sich leicht vor. „Glaubst du im Ernst, ich will auch nur einen deiner Diamanten haben? Meine Tochter und ich hätten draufgehen können, verdammt nochmal!"

„Ich sagte, es tut mir leid."

„Steck dir deine Entschuldigung an den Hut. Vater hat immer gesagt, mit deinem Hang zum Risiko wirst du eines Tages an irgendeinem Baum hängen."

Jim schwieg. Marsha hatte ja Recht. Schon in seiner Jugend hatte er viel Mist gebaut. Doch nun wollte er neu anfangen, ein ehrlicher Kerl werden. Irgendwie musste er Marsha beweisen, dass er es ernst meinte.

„Und was sollen wir jetzt tun, hm?", fragte sie erbost. „Die beiden Kerle sind doch bestimmt noch immer in meinem Haus und warten auf uns."
Jim winkte ab. „Luke ist kein besonders geduldiger Mensch. Die Zwei verschwinden sicher bald."
Mit offenem Mund starrte Marsha ihren Bruder an. „Sag mal, spinnst du? Glaubst du, ich bringe meine Tochter nach Haus und lege mich dann ruhig schlafen, bis die Beiden wiederkommen und uns die Kehle durchschneiden?" Die letzten Worte zischte sie so scharf, dass Jim den Kopf einzog. Eine Antwort blieb er ihr allerdings schuldig.
„Du musst diesem Luke die Steine geben, Jim", bestimmte Marsha und lächelte dann ihre Tochter an, die zurück an ihren Tisch kam. „Hi, da bist du ja wieder."
„Ja, ich hab mir dreimal die Hände gewaschen, weil die Seife so gut roch. Riech mal."
Marsha schnupperte an Melodys Fingerspitzen und küsste sie. „Du duftest wunderbar."
„Ich weiß. Gehen wir jetzt nach Hause, Mommy?"
„Wie wäre es mit einem kleinen Ausflug in den Park?", fragte Jim mit aufgesetzter Fröhlichkeit. Er musste sich unbedingt etwas einfallen lassen, damit Luke und sein Gorilla ihn, Marsha und Melody ein für alle Mal in Ruhe ließen.
„Ich habe aber keine Lust mehr, meine Schultasche zu tragen", sagte Melody entschlossen.
„Die nehme ich", beschloss Jim, stand auf und legte einen Schein auf den Tisch. „Kommt, gehen wir."

Im Park steuerte Melody sogleich den Spielplatz an. Marsha setzte sich auf eine Bank und Jim stellte sich dahinter. Als seine Nichte fröhlich schaukelte, beugte er sich zu Marsha hinab und flüsterte ihr etwas ins Ohr. Sie seufzte. „Aber pass auf dich auf", bat sie und sah besorgt zu ihm hoch.
Er grinste. „Ich schwöre es."

„Ich hasse dich und deine Schwüre, Jim Parker."
Er drückte ihr einen schnellen Kuss auf die Wange. „Ich liebe dich auch. Bleibt hier, bis ich zurückkomme."
„Kommt nicht in Frage. Wenn es dunkel wird, gehe ich mit Melody zu meiner Freundin Sandy. Sie wohnt Oceans Drive 189. Hol uns dort ab."
„Geht klar. Bis später." Er wandte sich ab.
„Onkel Jim! Wo willst du denn hin?", rief Melody von der Schaukel.
„Ich habe etwas zu erledigen, Kleine. Es dauert nicht lange." Er warf ihr eine Kusshand zu und ging.
Zehn Minuten später näherte er sich vorsichtig dem Haus, in dem vermutlich noch immer Luke und Harry lauerten, wütend wie zwei ausgehungerte Löwen.
Er musste sie nicht nur dort herauslocken, sondern obendrein dafür sorgen, dass sie von der Bildfläche verschwanden. Aber wie?
Ein Polizeiwagen fuhr die Straße entlang. Nach dem ersten Schrecken, der Jim beim Anblick eines dieser Fahrzeuge automatisch ereilte, breitete sich ein Lächeln auf seinem Gesicht aus. Dann drehte er sich um und ging den Weg zurück, den er gerade gekommen war.

Zwanzig Minuten später stand er in Begleitung von zwei bewaffneten Cops vor der Haustür seiner Schwester. Zwei weitere bewachten den Hintereingang.
Jim drehte den Schlüssel herum.
Der kleinere der beiden Cops sagte: „Sie warten besser in einiger Entfernung."
„Wie Sie meinen." Jim trat zurück und ging hinüber auf die andere Straßenseite.
Der Größere trat kraftvoll gegen die Tür, die mit einem Krachen weit aufschwang. Vorsichtig traten die Polizisten über die Schwel-

le, die Waffen im Anschlag. Jim zündete sich eine Zigarette an und behielt das Haus im Auge.

Wenig später hörte er gebrüllte Befehle, heftiges Gepolter, zwei Schüsse und einen gellenden Schrei. Dann kamen die Polizisten heraus. Jeder hatte einen der Gauner am Schlafittchen gepackt. Harry hielt sich mit weinerlicher Miene die Schulter. Jim glaubte, einen Blutfleck zu sehen. Langsam trat er näher.

„Sind das die Einbrecher, die sie bedroht haben?", fragte der kleinere Cop.

„Ja, das sind sie. Vielen Dank, Officers. Meine Schwester und ich haben Todesängste ausgestanden. Sie sind urplötzlich ins Haus gestürzt, haben was von Steinen gebrüllt, die wir ihnen geben sollten. Vermutlich sind sie ... nicht ganz gesund." Er rollte vielsagend mit den Augen.

„Das wird sich noch herausstellen", meinte der größere Polizist und musterte Luke mit ernster Miene.

„Natürlich." Jim schauderte. „Nicht auszudenken, wenn diese Kerle von ihren Waffen Gebrauch gemacht hätten. Ich bin froh, dass wir es geschafft haben, ihnen in einem günstigen Augenblick zu entkommen."

Luke starrte ihn mit offenem Mund an. „Was soll der Scheiß, Jimbo? Du steckst doch genauso tief in der Scheiße wie wir."

„Sehen Sie, das meinte ich", sagte Jim an die Cops gewandt. „Ich habe keine Ahnung, wovon der Mann spricht."

„Hören Sie, das ist Jim Wood. Er hat aus der Villa von Robert Johnson in St. Louis Diamanten gestohlen. Vor ein paar Tagen erst", rief Luke beschwörend.

Jim hob ratlos die Hände und sah die Polizisten mit großen Augen an. „Ich kenne diese Leute nicht, Sirs, und bin bereits seit zwei Wochen hier in der Stadt. Abgesehen davon ist mein Name Parker, nicht Wood. Vielleicht handelt es sich um eine Verwechslung."

„Er lügt!", brüllte Luke, der vor Wut ganz rot im Gesicht war. „Er lügt wie gedruckt."

Der kleine Cop sah Jim zweifelnd an. „Kann jemand Ihre Angaben bestätigen, Mr. Parker?"
Er nickte. „Meine Schwester."
„Ab ins Revier", sagte der kleinere Polizist, der Harry die Treppe hinab führte.
„Sie machen einen Riesenfehler!", brüllte Luke.
„Das können Sie alles dem Haftrichter erzählen", stellte der größere Cop Luke in Aussicht und bugsierte ihn in den Streifenwagen.
Als der Wagen losfuhr, zwinkerte Jim Luke zu, der ihn hasserfüllt durch die Scheibe anstarrte.

Abends, als Melody im Bett lag, saßen Marsha und Jim mit einem Glas Wein auf der vorderen Veranda und lauschten dem Zirpen der Grillen. „Und du bist sicher, der Haftrichter wird dir glauben?", fragte Marsha zweifelnd.
„Solange du bestätigst, dass ich seit zwei Wochen bei dir wohne, ja. Notfalls wird Louie von der Hafenschenke aussagen, dass ich seit knapp zwei Wochen bei ihm arbeite. Ich hab ihm zwanzig Dollar gegeben."
„Wie raffiniert. Du bist der größte Lügner unter der Sonne, mein Lieber."
Er grinste sie an. „Von jetzt an erzähle ich keine Lügen mehr. Nur noch Geschichten. Und wer ist der beste Geschichtenerzähler, den du kennst?"
„Du", gab sie zu. „Solange ich denken kann." Verträumt sah sie ins Dunkel. „Als Kind habe ich deine verrückten Erzählungen genauso geliebt, wie Melody es jetzt tut."
„Na, siehst du. Pass auf, in St. Louis und besonders in den Kreisen, in denen Luke und sein Gorilla sich bewegen, bin ich als Jim Wood bekannt. Ich habe nie meinen richtigen Namen genannt. Hier heiße ich James Parker. Ich habe keine Vorstrafen und bin somit offiziell ein unbescholtener Bürger, der sogar einen Job hat."

„Als Kneipenwirt", sagte sie verächtlich.

„Besser als nichts, oder? Und besser, als weiterhin krumme Dinger zu drehen. Abgesehen davon: mit den Diamanten haben wir ausgesorgt."

„Wo sind die überhaupt?"

Er zuckte mit den Schultern. „In deiner Schmuckschatulle."

Sie richtete sich empört auf. „In meiner ... Du hast ..."

„Keine Sorge, ich hole sie morgen da raus und suche ein anderes Versteck." Er überlegte. „Am besten wäre es ohnehin, wenn wir hier verschwinden. Irgendwohin, wo Luke uns nicht findet. Denn ewig wird er wohl nicht hinter Schloss und Riegel bleiben."

Marsha lehnte sich zurück und drehte das Weinglas in ihren Händen. „Ich wollte schon immer nach New Orleans. Dort wohnt Samantha, du weißt doch, meine beste Freundin aus der High School."

Er sah seine Schwester ungläubig an. „Die hübsche Blondine mit den Rehaugen? DIE Samantha?"

Marsha lachte. „Richtig, du warst ja früher schon in sie verknallt. Sie ist übrigens seit kurzem geschieden."

„Ich besorge morgen drei Flugtickets", beschloss Jim zufrieden und hielt ihr sein Weinglas hin. „Auf ein neues Leben."

Sie zögerte, doch dann stieß sie mit ihrem Glas an seines. „Auf ein *ehrliches* Leben."

„Ich verspreche es", sagte er und grinste.

*****

Herzliches

Liebe alle.
Vertraue wenigen.
Tue keinem Unrecht.

William Shakespiere

Im Zweifel für die Liebe

Der Strand war menschenleer. Nur ein paar Möwen, die sich vom Wind tragen ließen, und die rasch dahinziehenden Wolken leisteten Felicitas Gesellschaft.
Sie liebte das Meer, seine vielen Gesichter. Heute wirkte es zornig und aufgewühlt, mit Schaumkronen, die sich wie ärgerlich zusammengezogene Augenbrauen kräuselten. An anderen Tagen war es friedlich und ausgeglichen. Dann glitzerte es im Sonnenlicht und wirkte mit seinem Kleid aus zahllosen funkelnden Pailletten wie eine herausgeputzte, bestens gelaunte Diva.
Auch den Wind mochte Felicitas. Es gefiel ihr, wenn er an ihrer Jacke zerrte und durch ihr Haar fuhr wie ein leidenschaftlicher Liebhaber. Wenn er ihr Gesicht stürmisch küsste und eine sanfte rote Tönung auf ihren Wangen hinterließ.
Felicitas senkte den Blick zum Boden, wo kleine Wellen am Strandsand leckten und sich dann wieder zurückzogen, als hätte er nicht geschmeckt.
Wer weiß, dachte sie mit einem kleinen Schmunzeln, *vielleicht ist es so.*
Sie war froh, dass sie sich zu diesem Spaziergang aufgerafft hatte. Er tat ihr gut. Tom hatte keine Lust gehabt, sie zu begleiten und im Grunde war sie froh darüber.
Nachdenklich runzelte sie die Stirn. Was stimmte nicht mit ihr? Sie konnte sich doch glücklich schätzen, einen Mann wie ihn gefunden zu haben. Tom war freundlich, half im Haushalt, war zärtlich, rücksichtsvoll und fürsorglich. Ihre zahlreichen Macken tolerierte er mit einem nachsichtigen Lächeln. Nie beschwerte er sich, wenn sie mal wieder aus einer Laune heraus die Möbel umstellte. Oder wenn sie kochte und als Beilagen Entschuldigungen servierte. Er sah sich mit ihr Filme an, die auf den Tränendrüsen

herumdrückten und ging sogar mit ihr shoppen, ohne ständig dabei auf die Uhr zu sehen.

Er war der perfekte Mann.

Die Hände tief in den Taschen ihrer Windjacke vergraben ging sie weiter. Die Abdrücke ihrer Segelschuhe im feuchten Sand waren nur für Sekunden sichtbar, dann verschwanden sie, unbetrauert und sogar unbemerkt, denn Felicitas sah nun zum Himmel hinauf, der an diesem Herbstnachmittag wie ein riesiges göttliches Gemälde aussah. Wolkenberge in verschiedenen Rosa- und Grautönen zogen eilig vorbei, als hätten sie einen wichtigen Termin, zu dem sie nicht zu spät kommen wollten.

Sie betrat den hölzernen Steg, der ins Wasser führte. Die Bretter knarrten leise. Es klang, verglichen mit dem Tosen der Wellen, fast schüchtern.

Als sie die Mitte des Holzstegs erreicht hatte, stützte sie die Unterarme auf das Geländer und sah ins aufgewühlte Wasser hinunter. Jetzt wirkte es grau und trüb, doch noch heute Morgen war es glasklar gewesen, hatte grün geschimmert, gefärbt von Moos und Algen. Jeder einzelne der von Sand und Wasser rundgescheuerten Kiesel war deutlich zu erkennen gewesen. Nun waren sie allerhöchstens zu erahnen.

Hinter ihr erklangen Schritte. Das Geräusch riss sie aus ihren Gedanken und erinnerte sie daran, dass sie doch nicht ganz allein auf der Welt war. Eben hatte es sich noch so angefühlt, jedenfalls ein bisschen.

Die Schritte verklangen abrupt.

„Lizzy?"

Es klang verwundert, fast ungläubig.

Sie wandte den Kopf in die Richtung, aus der die Stimme gekommen war. Es war eine Stimme, die tief in ihr eine verstaubte Saite zum Klingen brachte.

Lizzy. Jeder – auch Tom – nannte sie bei ihrem vollen Namen oder verkürzte ihn manchmal auf Feli, was sie schrecklich fand.

Nur ein Mensch hatte sie je Lizzy genannt und diese Erkenntnis ließ ihr Herz schneller schlagen.

Die tief stehende Sonne blendete sie. Felicitas hielt sich eine Hand über die Augen, wie den Schirm eines Baseball-Caps, und konnte nun erkennen, wer sie angesprochen hatte.

„Das darf doch nicht wahr sein", wisperte sie erstickt und blinzelte die Tränen weg, die plötzlich ihre Sicht verschleierten.

Er lächelte breit und trat näher. „Ich glaube es einfach nicht! Du bist es wirklich."

Sie sah ihn an und hatte das Gefühl, wieder sechzehn zu sein, so heftig schlug ihr Herz gegen die Rippen.

Ein paar kleine Fältchen umrahmten seine schönen dunklen Augen, ansonsten hatte er sich nicht wesentlich verändert. Es war David. Ihr David! Ganz eindeutig.

Schon war sie in seiner Umarmung verschwunden. Etwas schnürte ihr die Kehle zusammen, als sie die Wange an seine breite Brust legte, doch dann löste er sich bereits wieder von ihr und musterte sie unverhohlen, die Hände auf ihren Schultern.

„Du siehst gut aus, Lizzy."

„Danke. Du auch."

Eine kurze Pause entstand.

„Was machst du hier?", fragten sie schließlich gleichzeitig.

„Du zuerst!"

Auch der Satz kam synchron. Sie lachten und das Eis war gebrochen.

„Mein Mann und ich verbringen unseren Urlaub hier", berichtete Felicitas. „Aber was tust du hier? Ich dachte, du lebst in Neuseeland."

David nickte. „Das stimmt. Doch manchmal muss ich einfach hierher zurückkommen. Hin und wieder vermisse ich den norddeutschen Sinn für Humor." Er breitete die Arme aus. „Und diese Luft. Die findet man nirgendwo sonst."

Sie lächelte. „Das ist wahr."

Nebeneinander lehnten sie am Geländer, das Meer im Rücken, die Ellenbogen auf dem hölzernen Querbalken der Brüstung.

„Geht es dir gut?", fragte er und musterte sie neugierig.

Sie nickte und mied seinen Blick. „Ja, sicher. Es geht mir hervorragend. Und dir?"

„Jetzt, in diesem Moment?" Er lachte leise. „So gut wie lange nicht mehr."

Nun hob sie doch den Kopf und bemerkte das Funkeln seiner zartbitterschokoladebraunen Augen. Was sie darin zu erkennen glaubte, machte sie verlegen und unvernünftig glücklich zugleich.

Ein paar Wimpernschläge lang sahen sie sich einfach nur an.

Die alte Verbundenheit war wieder da, als hätte es all die Jahre, die sie voneinander getrennt gewesen waren, gar nicht gegeben. Zumindest kam es Felicitas so vor.

Dann drehte David sich plötzlich um und sah aufs Meer hinaus.

„Ich war sicher, ich würde dich nie wiedersehen", sagte er leise, ohne den Blick vom Horizont zu nehmen. Eine Windböe erfasste sein schwarzes, an den Schläfen langsam grau werdendes Haar und zerzauste es.

Früher habe ich das getan, fiel Felicitas ein. Sie lächelte bei der Erinnerung daran und glaubte wieder zu fühlen, wie sein kräftiges Haar durch ihre Finger glitt.

David wandte sich ihr zu. „Es hat mir das Herz gebrochen, als du damals weggezogen bist."

„Mir auch, glaub mir." Seufzend drehte auch sie sich nun um, stützte wieder die Arme auf, wie vorhin, bevor er sie angesprochen hatte. „Aber was hätte ich schon tun können? Um allein hier zu bleiben, war ich zu jung."

„Du hast versprochen, zu schreiben, doch zu hast es nie getan", erinnerte er sie. „Warum nicht?"

Es fiel ihr schwer, seinem intensiven Blick standzuhalten. „Ich dachte, ein endgültiger Schnitt wäre weniger schmerzhaft", gab sie zu und lachte bitter auf. „Wie sich herausstellte, war das ein Irrtum."

Sie verließen den Steg und steuerten die Promenade an.
„Hast du Familie?", fragte Felicitas.
David schüttelte den Kopf. „Nein. Es hat sich irgendwie nie ergeben." Ein zärtliches Lächeln begleitete seine nächsten Worte: „Es war eben keine wie du."
Sie schluckte und blieb stehen. Der Wind trieb heiße Tränen in ihre Augen. Mit einer ungeduldigen Handbewegung wischte sie sie fort. Es war so dumm, jetzt zu heulen. Vielleicht hätte ihre Liebe eine Chance gehabt, irgendwann früher. Wer konnte das schon sagen? Sicher war nur, dass es jetzt zu spät war. Sie war verheiratet und David lebte am anderen Ende der Welt.
„Wie lange bist du noch hier?", fragte er leise und ergriff ihre tränenfeuchte Hand.
Ihre Stimme klang rau. „Eine Woche."
„Das ist nicht viel Zeit." Mit der freien Hand strich er über ihre vom Wind gerötete Wange. „Machen wir das Beste draus?"
Sie wollte den Kopf schütteln, vernünftig sein. Das Richtige tun. Und sagte: „Ja. Machen wir das Beste draus."
„Wo ist dein Mann eigentlich?"
„Er sieht sich im Fernsehen ein Fußballspiel an."
„Komm", sagte David. „Gehen wir einen Kaffee trinken."

Mit leuchtenden Augen und von der Meeresluft erfrischter Haut betraten sie ein nahe gelegenes Café. An den kleinen Tischen saßen hauptsächlich ältere Damen, bekleidet mit Röcken und Blusen in unauffälligen Farben, nippten am Kaffee oder stachen ihre Kuchengabel in Schwarzwälder Kirschtorte. Dezentes Geplapper und leises Gelächter vermischte sich mit dem Klappern von Geschirr. Schwarz-weiß uniformierte Bedienungen huschten auf bequemen Schuhen mal hierhin, mal dorthin. Lächelnd, nickend – berufsmäßig auf Höflichkeit getrimmt. Die Luft roch nach frisch gemahlenem Kaffee.

Felicitas und David fanden einen Tisch weiter hinten im Lokal, setzten sich und bestellten. Kurz darauf standen zwei große Tassen mit Cappuccino vor ihnen. David ließ etwas Zucker auf den Schaum rieseln. Die feinen weißen Körner versanken und hinterließen einen luftigen weißen Krater.
„Was machst du eigentlich beruflich?", wollte er wissen.
„Ich arbeite in einem Hotel, im Sekretariat."
„Klingt interessant."
Sie zog eine Grimasse. „Das ist es aber nicht."
Er legte den Löffel zur Seite, ein fast trauriges Lächeln im Gesicht. „Es ist verrückt. Ich sehe dich an und möchte dich in die Arme nehmen, so wie früher."
Ein Kribbeln breitete sich in ihr aus, kroch von den Füßen bis hinauf zu ihrer Kopfhaut. Sie schaute ihn an und wusste, es hatte keinen Zweck, ihm – oder sich selbst - etwas vorzumachen.
„Mir geht es genauso", gestand sie daher leise. „Ich glaube, ich weiß jetzt, warum ich immer das Gefühl hatte, dass mir irgendetwas fehlt."
„Du bist nicht glücklich mit deinem Mann?"
Sie hob die Schultern. „Es ist nicht seine Schuld. Seit damals war ich nie wirklich glücklich, aber dank Tom war ich auch nicht unglücklich."
David nickte und rührte nachdenklich in seiner Tasse. „Habt ihr Kinder?"
„Nein", antwortete sie und fügte leise hinzu: „Tom wünscht sich zwar welche, aber ich ... Ich war bisher irgendwie noch nicht bereit dafür. Es fühlte sich einfach nicht ... richtig an."
David hob den Kopf, ein Lächeln lag auf seinen Lippen, das sie nicht recht deuten konnte. „Glaubst du an Schicksal, Lizzy?", fragte er leichthin.
„Eigentlich nicht." Sie zögerte. „Aber seit heute würde ich zumindest einräumen, dass ich da falsch liegen könnte. Was ist mit dir, glaubst du daran?"

„Oh ja", antwortete er ernst und sah ihr in die Augen, „das tue ich."

Als sie die Tür zur Ferienwohnung aufschloss, war es bereits dunkel. Aus dem Wohnzimmer hörte sie die Stimme eines Sportmoderators. Tom lag auf dem Sofa, die Augen geschlossen, den Mund leicht geöffnet. Das Spiel war zu Ende und wurde in allen Einzelheiten analysiert – darüber war er wohl eingeschlafen.
Im Zimmer war es dämmrig, es wurde nur vom Flackern des Fernsehers erhellt. Toms Gesicht wirkte fast geisterhaft in diesem diffusen Licht.
Sie hängte ihre Jacke auf und ging ins Schlafzimmer. Dort schlüpfte sie aus ihren Segelschuhen und ließ sich auf das Bett fallen. Die Arme hinter dem Kopf verschränkt blickte sie an die Zimmerdecke. Dachte an früher.
Eine Freundin hatte sie und David in der Disco miteinander bekannt gemacht. Kurz darauf hatte er sie zum Tanzen aufgefordert. Sie hatte zugestimmt, weil sie den Song so mochte. Und weil David höflich gefragt hatte, statt wie einige andere Typen einfach ihren Ellenbogen zu ergreifen, zur Tanzfläche zu weisen und „Na, komm schon!" zu sagen. Er war auch einer der wenigen Jungs, die sich zur Musik bewegen konnten, ohne dabei auszusehen, als hätten sie gerade einen Finger in der Steckdose. Er war lustig, unaufdringlich und freundlich. Ein netter, gutaussehender Typ mit einem ansteckenden Lachen.
Sie verabredeten sich für den nächsten Tag auf dem Jahrmarkt, der zu der Zeit gerade in der Stadt war, und als er sie bei den Autoscootern das erste Mal leicht auf den Mund küsste, war sie bereits rettungslos verknallt.
Von dem Tag an waren sie unzertrennlich. In seinen Armen verlor sie ihre Unschuld. Mit David war sie so glücklich wie nie zuvor in ihrem Leben und sie wusste, sie würde nie wieder jemanden so lieben wie ihn.

Als ihr Vater ihr mitteilte, dass er nach Düsseldorf versetzt worden war und sie daher umziehen müssten, glaubte sie, sie würde sterben. Nach nur acht Monaten Seligkeit wurde sie gezwungen, den Menschen zu verlassen, der ihr von allen am wichtigsten war. Der tränenreiche Abschied von David kam ihr vor wie eine Herzamputation ohne Narkose.

Fast ein Jahr lang sprach sie mit ihrem Vater nur das Nötigste, obwohl sie wusste, dass er nicht anders hatte handeln können. Noch Jahre später, als sie bereits mit Tom zusammen war, dachte sie immer wieder an David, doch nicht mehr voller Trauer. Eher wehmütig.

Und nun war er wieder da und die Gefühle von einst feierten ein verwirrendes Comeback. Doch konnte sie diesen Gefühlen einfach so nachgeben? Sie waren beide älter geworden, hatten sich verändert. Ja, sie kannten sich im Grunde überhaupt nicht. Und doch gab es noch immer diesen Zauber zwischen ihnen.

Nachdem sie das Café verlassen hatten, waren sie ein wenig in der Umgebung spazieren gegangen. Beim Abschied hatte David sie angesehen und gefragt: „Morgen um elf? Auf dem Steg?"

Sie hatte Ja gesagt.

„Was macht dein Mann heute?"
„Er wollte ins Museum."
„Du nicht?"
Sie blieb stehen und sah ihn an. „Nein. Ich wollte zu dir."
David lächelte, nahm ihre Hand und zog sie weiter, bis sie das Ende des Stegs erreicht hatten.
„Hast du ihm von mir erzählt?"
Sie schüttelte den Kopf. „Noch nicht."
„Und? Wirst du es tun?"
Sie schwieg. Das Meer war ruhiger als am Vortag. Nur ein leises Glucksen war zu hören, wenn kleine Wellen auf die Pfeiler des Stegs trafen.

„Früher hattest du Mut zum Risiko", erinnerte David sich nachdenklich. „Wie sieht es heute damit aus?"
„Was meinst du damit?"
Er hielt ihrem Blick stand. „Wenn ich dich bitten würde, zu mir zu kommen, nach Gisborne, würdest du es tun?"
Felicitas sah aufs Meer hinaus. David war schon immer spontan gewesen, doch mit dieser Frage hatte sie nicht gerechnet. Zumindest nicht so bald.
„Erzähl mir von dort", bat sie, einer Antwort ausweichend.
Er legte einen Arm um ihre Schultern und zog sie an sich. „Gisborne liegt auf der Nordinsel Neuseelands, im Nordosten. Dort ist es – im Gegensatz zu anderen Gegenden – meist warm und relativ trocken. Es gibt wunderschöne Strände und riesige Wälder. Die Stadt wird auch „City of Rivers" genannt, weil sie von drei Flüssen durchzogen wird. Die Menschen sind sanft und freundlich. Es ist ein sehr schöner Ort zum Leben."
„Das klingt reizvoll." Sie schmiegte sich an ihn. „Was machst du dort? Womit verdienst du deinen Lebensunterhalt?"
„Ich baue Wein an, das Klima ist ideal dafür."
David erzählte von seinem Leben als Weinbauer, und Felicitas registrierte das Leuchten in seinen Augen und die Begeisterung, die er ausstrahlte. Er sah aus, als hätte er seinen Platz im Leben gefunden. Den Ort, wo er hingehörte.
„Wirst du darüber nachdenken?", fragte David beim Abschied.
Zögernd nickte sie. „Ja, das werde ich bestimmt. Aber -"
Sein Zeigefinger legte sich sanft auf ihre Lippen. „Mehr will ich im Augenblick gar nicht hören", unterbrach er sie. „Ruf mich an, wenn du dich entschieden hast. Oder wenn du mich sehen möchtest. Meine Nummer hast du ja nun."
Er zog sie in seine Arme. Einige Herzschläge lang spürte sie seine Lippen auf ihrer Wange und die kratzigen Stoppeln seines Drei-Tage-Barts.

„Ich habe dich schon einmal verloren", murmelte er an ihrem Ohr. „Noch einmal möchte ich das nicht erleben, Lizzy. Wenn du dasselbe fühlst wie ich, dann komm mit mir nach Gisborne."
Dann löste er sich von ihr, schenkte ihr noch einmal dieses unwiderstehliche Lächeln, in das sie sich vor fünfzehn Jahren verliebt hatte, drehte sich um und ging.

Am Abend stocherte Felicitas schweigend in ihrem Essen herum. Tom, der von seinem Museumsbesuch schwärmte, fiel schließlich auf, dass sie kaum etwas aß.
„Was ist mit dir?", fragte er und trank einen Schluck Wein. „Du liebst doch Nudeln mit Lachs. Geht es dir gut, Liebling?"
Sie seufzte. „Ich habe einen Entschluss gefasst, Tom", sagte sie mit brüchiger Stimme und ließ ihr Besteck sinken. „Es war keine leichte Entscheidung, glaub mir. Ich habe viel darüber nachgedacht …"
„Du sprichst in Rätseln", unterbrach er sie. „Komm zur Sache. Worüber hast du nachgedacht?"
Felicitas hole tief Luft. „Ich werde mich von dir trennen."
Er stellte sein Glas ab und sah sie verständnislos an. „Ich fürchte, ich verstehe nicht ganz."
„Es tut mir leid, Tom", seufzte sie. „Wirklich. Es tut mir sehr, sehr leid."
„Wenn das ein Scherz sein soll, dann ist er nicht besonders witzig", mahnte er und runzelte die Stirn.
Mit so viel Mut, wie sie aufbringen konnte, sah sie ihm fest in die Augen. „Ich meine es ernst."
Ungläubig starrte er sie an, seine Mundwinkel zuckten, wie immer, wenn er verärgert war. „Augenblick mal. Du verlässt mich?", vergewisserte er sich und fuhr sich durch das kurze blonde Haar. Eine Geste der Verwirrung, des Unverständnisses. „Einfach so? Von heute auf morgen? Ich kapiere das nicht. Hast du den Verstand verloren?"

Sie war den Tränen nahe. „Es liegt nicht an dir, bitte glaub mir. Es ist nur, dass ..." Sie wusste nicht weiter, schaffte es nicht länger, ihren Mann anzusehen, fand nicht die richtigen Worte. Ihre Finger ergriffen die Serviette, spielten nervös mit ihr.
Eine unangenehme Minute lang sprachen sie kein Wort.
„Mein Gott!", stieß er plötzlich erschüttert hervor. „Es gibt einen anderen."

Das Meer sah in der Dunkelheit aus wie geschmolzenes Blei. Sie hörte das Rauschen der Brandung, spürte den Wind auf der Haut und den nachgiebigen Sand unter den Füßen. In Gedanken ging sie noch einmal das Gespräch mit Tom durch, sah wieder den Schmerz und die Enttäuschung in seinen Augen, als sie ihm von David erzählt hatte, und hasste sich dafür, ihm so wehgetan zu haben. Das hatte er nicht verdient.
Dennoch war es die richtige Entscheidung gewesen.
Sie holte ihr Handy hervor und wählte Davids Nummer.
„Ich habe es getan. Ich habe mich von Tom getrennt", sagte sie bedrückt, nachdem er sich gemeldet hatte. „Er war wütend, gekränkt und sehr verletzend. Es war furchtbar."
David schnalzte mit der Zunge. „Das tut mir leid. Es war sicher ein Schock für ihn. Möchtest du allein sein oder hättest du gern Gesellschaft?"
„Seit einer Stunde renne ich den Strand auf und ab und denke nach. Ich bin durchgefroren und deprimiert."
„Dann komm her." Er nannte ihr seine Adresse. „Ich freue mich auf dich und mache uns einen heißen Tee mit Rum."

Zehn Minuten später war sie bei ihm. Sie fiel in seine Arme, spürte seine Lippen auf ihren und hatte das verrückte Gefühl, nach Hause gekommen zu sein.
Beim Tee teilte sie David ihre am Strand getroffene Entscheidung mit. „Ich werde mir für ein Jahr unbezahlten Urlaub nehmen und mit dir nach Gisborne kommen. Danach sehen wir weiter."

Er nahm ihre Hand und lächelte. „Einverstanden. Das klingt vernünftig."
Aufmerksam musterte sie ihn. „Bereust du schon, mir dieses Angebot gemacht zu haben?"
„Nein, überhaupt nicht", sagte er und schenkte ihr ein beruhigendes Lächeln. „Ich finde nur, es ist besser, sich eine Hintertür offen zu halten. Falls es mit uns beiden nicht klappt, meine ich. Schließlich kann man nie wissen."

In den nächsten Tagen lernten sie sich neu kennen. Tagsüber redeten sie, sprachen von der Zeit, in der sie nicht hatten zusammen sein können, und in den Nächten berauschten sie sich an der Nähe des anderen. Davids Temperament und Leidenschaft rissen Felicitas mit, sie fühlte sich wie in einem erregenden Strudel. Derartiges hatte sie mit Tom nie erlebt. David brauchte sie nur anzusehen, und schon wurden ihre Knie weich wie frische Marshmallows.
Als sie eines Morgens spazieren gingen, drückte er sie fest an sich. „Ich kann es immer noch nicht glauben, dass ich dich wiederhabe."
„Mir geht es genauso. Ich habe sogar das Gefühl, freier atmen zu können. Ist das nicht verrückt?"
Zärtlich küsste er ihr sonnenwarmes Haar. „Nein, das glaube ich nicht."
Sie hob den Kopf und sah ihn an. „Ist das Liebe?", fragte sie.
Er nickte ernst. „Davon bin ich überzeugt. Ich werde es dir beweisen, wenn du nach Gisborne kommst. Du wirst die glücklichste Frau Neuseelands sein, weil ich alles dafür tun werde, um dieses Strahlen in deinen Augen immer wieder aufs Neue zu entfachen."
„Wirklich alles?"
„Wirklich alles."

Felicitas lauschte den Wellen, die sich an den Klippen der Küste von Gisborne brachen und schloss die Augen. Sie stand häufig hier, mitten in den Elementen. Nicht selten dachte sie dabei an Tom. Als sie nach dem Urlaub zurück nach Düsseldorf gefahren war, hatte er sich bereits eine eigene Wohnung genommen und nur ihre persönlichen Sachen im Haus zurückgelassen. Er war noch immer verletzt und vermied es bis zu ihrer Abreise nach Neuseeland, mit ihr zusammenzutreffen.
Nach ihrer Ankunft in Gisborne hatte sie ihm geschrieben, jedoch keine Antwort erhalten. Sie machte sich Sorgen um ihn, hätte gern gewusst, wie es ihm ging. Doch er hüllte sich in gekränktes Schweigen. Diese Tatsache war der einzige Punkt, der ihr hin und wieder Kummer machte. Das fremde Land und seine freundlichen Menschen hatten sie mit offenen Armen empfangen. Und David hatte Wort gehalten. Er tat alles, damit sie sich wohlfühlte. Las ihr jeden Wunsch von den Augen ab, war liebevoll, spontan und brachte sie immer wieder zum Lachen. Gab ihr das Gefühl, angekommen zu sein.
Auf einmal stand er hinter ihr und legte seine Hände auf ihren leicht gewölbten Leib. Sie lehnte sich an ihn.
„Wie geht es euch beiden?", fragte er.
Langsam drehte sie sich um. Schlang die Arme um seinen Nacken, vergrub den Kopf in seiner Halsbeuge und atmete seinen Duft ein. Er roch nach Natur, nach Frische und salziger Meeresluft.
„Wunderbar", murmelte sie.
„Du hast Post bekommen", fiel ihm ein. Er löste sich von ihr, um einen leicht zerknitterten Brief aus seiner Hosentasche zu ziehen.
Sie las den Absender und verspürte eine merkwürdige Schwäche. Ihre Hand tastete nach Davids Arm. Er führte sie zu der Bank, die er gezimmert hatte, weil sie so gern hier oben war. Dann machte er ein paar Schritte zur Seite, ließ sie mit dem Brief allein. Felicitas beobachtete, wie er schweigend einen Stein aufhob und ihn aufs Meer hinaus warf. Es war unschwer zu erkennen, dass er

beunruhigt war. Sie öffnete den Umschlag und zog einen Bogen Papier hervor. Der Brief war nicht sehr lang. Sorgfältig las sie die wenigen Zeilen, dann faltete sie das Schreiben wieder zusammen. David kam zurück und setzte sich neben sie.
„Tom hat mir endlich verziehen", berichtete sie mit Tränen in den Augen. „Er möchte, dass ich nach Deutschland komme."
David runzelte argwöhnisch die Stirn. „Ach! Tatsächlich?"
Lächelnd nahm sie seine Hand. „Ja. Zu unserem Scheidungstermin. Er hat sich verliebt und möchte die Frau gern heiraten."
David entspannte sich. „Und ich hatte schon befürchtet ..."
„Es geht ihm wieder gut", sagte Felicitas erleichtert. „Er ist glücklich. Und ich bin es auch. Nun kann ich dieses Glück endlich so richtig genießen." Sie streichelte zufrieden ihren Bauch. Davids Hand legte sich auf ihre. Warm und fest.
Wenig später gingen sie Arm in Arm den Hügel hinab und lauschten den Wellen, die gegen die Felsen schlugen.

*****

Die Kräuterfrau

„Die Wisara! Wir werden überschwemmt!"
Die Stimme überschlug sich, ging in ein unmelodisches Quieken über.
Jonata brauchte nicht aus dem Fenster zu sehen, um zu wissen, wer da rief. Es war Mathis, der halbwüchsige Sohn des Sattlers. Sie sah dennoch hinaus, gerade als Mathis an ihrer windschiefen Hütte vorbeirannte. Wieder einmal war eines seiner Augen geschwollen und die Haut drum herum bläulich verfärbt.
Jonata seufzte. Sein Hang zum Ungehorsam vertrug sich so gar nicht mit dem berüchtigten Jähzorn des Sattlers.
Mathis sah ihr Gesicht am Fenster. „Der Fluss kommt!" rief er aufgeregt und stolperte.
Aus mehreren Türen traten Frauen in derben Kleidern, um zu sehen, was es mit dem Gebrüll auf sich hatte. Jonata betrachtete für einen Moment die fragenden oder erschrockenen Gesichter, dann drehte sie sich um und ließ den Blick durch ihren Wohnraum schweifen. Unruhig nagte sie auf ihrer Unterlippe herum. Wenn es tatsächlich eine Überschwemmung gab, musste sie Vorkehrungen treffen. Das Dorf lag nah am Fluss und in den letzten Tagen hatte es ungewöhnlich viel geregnet.
Jonata beschloss, sich selbst ein Bild zu machen. Sie bändigte ihre langen dunklen Locken mit einem Kopftuch, warf sich ihren Umhang um und trat auf die schlammige Straße hinaus.
Draußen rümpfte sie die Nase. Der Wind wehte ihr den Gestank von faulenden Essensresten, Viehmist und Fäkalien ins Gesicht. Seit der Mittagszeit war es trocken, doch der Weg zur Wisara war mit Pfützen jeder Größe übersät. Geschickt wich Jonata den

kleinen Wasserstellen aus und hielt erst inne, als ein Rauschen und Brodeln immer lauter wurde.

Sie hob den Kopf und erschrak. Mathis hatte Recht: Der Stand des Flusses war höher denn je und die ihn säumenden Grasflächen waren gar nicht mehr zu erkennen. Immer weiter und beängstigend schnell zog das Wasser in Richtung Dorf.

„Das ist nicht gut", murmelte Jonata. „Das ist gar nicht gut."

Sie konnte den Blick kaum abwenden von den sprudelnden Wassermassen, die in beunruhigendem Tempo auf sie zu kamen. Schließlich drehte sie sich um und eilte zurück.

Noch immer standen ein paar Bäuerinnen und Handwerkerfrauen vor ihren Häusern und redeten aufgeregt durcheinander.

„Packt eure Sachen", rief Jonata ihnen zu. „Das Wasser wird bald hier sein. Wir müssen fort. Schnell!"

Entsetzt starrten die Frauen ihr hinterher. Jonata kümmerte sich nicht mehr um sie. Sie hatte sie gewarnt, mehr konnte und wollte sie nicht tun.

Nervös sah sie sich in ihrer kleinen Hütte um. Was musste sie unbedingt vor der Flut retten, worauf konnte sie notfalls verzichten?

Ihre Kräuter und Salben waren wichtig. Jonata bewahrte sie in kleinen Stoffbeuteln, Tongefäßen oder gewachsten Leinentüchern auf.

Sie zog den großen ledernen Beutel hervor, der noch von der alten Elis stammte, und begann, ihre Habseligkeiten hinein zu räumen. Außerdem packte sie ihre Instrumente, Bindfaden, etwas Honig und die Taufspritze ein.

Der geräucherte Schinken, der von der Decke hing, fand ebenso Platz in dem Lederbeutel wie drei Würste, ein halber Laib Brot und ein Tiegel mit Schweinefett. Gut, dass die Frau des Bauern Albrecht gerade einen gesunden Jungen geboren hatte. Die Köstlichkeiten waren Jonatas Lohn für ihre Hebammendienste gewesen.

All die Dinge, die sie nicht mitnehmen aber vor dem Wasser schützen wollte, wie Mehl, Salz und Rüben, legte sie auf das höchste Regal. Ihr Schaffell, auf dem sie schlief, rollte sie zusammen, verschnürte es mit einem Seil und warf das Strickende über den Deckenbalken. So zog sie das Fell bis unter das Dach und befestigte dann das Seil an einem Haken in der Wand. Genauso verfuhr sie mit den beiden Strohballen, die an der Stelle lagerten, wo bis zum letzten Winter die Schlafstätte der alten Elis gewesen war.

Zum Schluss verstaute Jonata noch einige saubere Tücher und eine grob gewebte Decke im Beutel. Mit einem kräftigen Ruck schnürte sie ihn zu und schwang ihn über die rechte Schulter.

An der Tür warf sie einen prüfenden Blick zurück. Hatte sie auch wirklich an alles gedacht? Ganz sicher war sie nicht, dennoch trat sie vor die Tür.

Erneut türmten sich gewaltige Wolkenberge am Himmel. Der nächste Regenguss kündigte sich an und das Rauschen der Wassermassen drang inzwischen bis hierher.

Sie sah den Hügel hinauf, der zur schützenden Klosterkirche führte. Vereinzelt waren bereits Menschen dorthin unterwegs.

Jonata folgte ihnen. Zügigen Schrittes ging sie auf das Gebäude zu, dessen spitz zulaufender Kirchturm aussah, als würde er bis hinauf zu den dunkel drohenden Wolken reichen.

Der Prior hatte beide Türflügel weit geöffnet und begrüßte jeden Ankömmling, indem er ein Kreuz über ihn schlug. Der Wind trug seine Worte den Hügel hinab.

„Sei willkommen, mein Sohn. Tritt näher, meine Tochter. Gott, der Herr, bietet euch Schutz und Asyl. Sei willkommen, mein Sohn ..."

Jonata hatte den Kircheneingang fast erreicht, es fehlten vielleicht noch fünfzig Fuß, als die Wolken erneut brachen. Dicke Tropfen prasselten hernieder und zerplatzten am Boden. Jonata beeilte sich, das schützende Gotteshaus zu erreichen.

Als sie das düstere Langhaus betrat, empfing sie das gedämpfte Gemurmel vieler Stimmen. Irgendwo weinte ein Kind.

Die Dorfbewohner machten es sich am Fuße der Steinmauer auf dem festgestampften Lehmboden bequem. Die schmalen Bänke vor dem Altarraum waren für einen längeren Aufenthalt zu unbequem. Nur einige der Älteren saßen dort und beteten.

Wer hatte, breitete eine schlichte Decke, ein Fell oder etwas Stroh aus. Rechts waren bereits viele Plätze belegt und die Blicke, die die Menschen Jonata zuwarfen, hatten nichts Einladendes.

Sie wandte sich nach links. Dort saß der Sattler Toman mit seiner Frau, dem ältesten Sohn Mathis und den zwei Töchtern. Die Ältere von beiden saß neben ihrem großen Bruder, der einen Arm um sie gelegt hatte, die Kleine greinte auf dem Schoß der Sattlerfrau.

Ein paar Fuß von ihnen entfernt hatte sich ein Mann niedergelassen. Er saß mit angezogenen Knien direkt auf dem kalten Boden, den Kopf mit den schulterlangen blonden Haaren an die Mauer gelehnt. Seine Augen waren geschlossen. Hin und wieder schüttelte ihn ein übel klingender Husten.

Jonata ging zu ihm hinüber, zog ihre Decke aus dem Beutel und breitete sie auf dem Boden aus.

„Wenn Ihr mögt, dann setzt Euch mit auf die Decke", bot sie an. „Besser bei dem Husten."

Er öffnete die Augen und drehte langsam den Kopf in ihre Richtung. Seine Stirn war schweißüberströmt.

„Danke, das ist sehr nett, ..." Fragend sah er sie an.

„Jonata."

„Vielen Dank, Jonata."

Mühsam rappelte er sich auf und ließ sich dann erleichtert auf der Decke nieder.

Mit einem der sauberen Tücher, die sie eingepackt hatte, ging Jonata zurück zum Eingang. Dort hielt sie es in den Regen, wrang das durchtränkte Tuch aus, bis es nicht mehr tropfte, und ging zurück zu dem Kranken. Sorgsam zusammengefaltet legte sie es

auf seine heiße Stirn und kühlte dann mit ihren nassen Händen seine Wangen. Ein kaum wahrnehmbares Lächeln huschte über sein Gesicht. Wieder waren seine Augen geschlossen, er atmete schwer.
Als Jonata zufällig zu der Sattlerfamilie hinübersah, bemerkte sie die missbilligenden Blicke von Toman und seiner Frau Irm.
An diese Blicke war sie gewöhnt. Nach wie vor ärgerte sie sich darüber, doch von Elis hatte sie gelernt, sich diesen Ärger nicht mehr anmerken zu lassen.
„Wer seid ihr?", fragte Jonata den Fremden, nachdem sich ein erneuter Hustenanfall gelegt hatte. „Ich habe euch noch nie im Dorf gesehen."
„Bin erst vor kurzem hierher -" Er hustete noch einmal und verzog schmerzgepeinigt das Gesicht.
„Ich verstehe. Und euer Name ist ...?"
Er zögerte mit der Antwort. Dann hauchte er: „Kylian."
„Gut, Kylian. Ich werde versuchen, heißes Wasser aufzutreiben. Damit kann ich euch einen Tee bereiten, der den Husten lindert und die Hitze aus eurem Körper treibt."
Er schenkte ihr ein dankbares Lächeln. „Womit habe ich Eure Fürsorge verdient?"
Jonata sah ihn an. „Ihr benötigt sie, das ist alles."
Sie drehte das warm gewordene Tuch auf seiner Stirn um, suchte die entsprechenden Kräuter zusammen und erhob sich.
„Ruht euch aus. Ich bin bald wieder zurück."

Im Küchenhaus des kleinen Klosters wurde ihr gestattet, Wasser zu erhitzen. Mit einem einfachen Holzbecher, aus dem heißer Dampf aufstieg, kehrte sie in die Kirche zurück.
Im Eingang wurde sie von Merglin, der Mutter des Zimmermanns, aufgehalten. Mit gekräuselten Augenbrauen ruckte sie ihr fettes Kinn in Kylians Richtung.
„Wer ist der Fremde, den du so sorgsam pflegst?", verlangte sie zu wissen.

Jonata hob den Kopf. „Es ist ein Mann mit einem Leiden, der Hilfe benötigt. Mehr weiß ich nicht und mehr brauchst auch du nicht zu wissen."
Merglin schüttelte den Kopf über diese Unverschämtheit.
„Wir wollen hier aber keine Fremden haben."
„Ihr wollt so manchen nicht hier haben, das weiß ich besser, als mir lieb ist", erwiderte Jonata bitter. „Wenn ich mich jedoch umsehe, muss ich feststellen, dass wir nicht in eurer Schmiede sind, sondern in der Kirche, wo jeder Gottesfürchtige willkommen ist. Und meine Christenpflicht ist es, für diesen Kranken zu sorgen. Also lass mich durch."
Merglin starrte sie offenen Mundes an. Dann brummte sie etwas Unverständliches und machte zögernd einen Schritt zur Seite.
Jonata rauschte an ihr vorbei.
Sie bebte noch immer vor Wut, als sie neben Kylian niederkniete. Als sie jedoch den Becher zu seinem Mund führte und merkte, wie ihre Hand zitterte, atmete sie tief durch und dachte an Elis.
„Vertrau mir, Liebes", hätte sie gesagt, „dieses Dorf ist so gut oder schlecht wie jedes andere. Abgesehen davon brauchen uns die Leute, selbst wenn sie es nicht zugeben."
Jonata vermisste ihre Lehrmeisterin und Vertraute unendlich. Elis' Tod hatte eine gewaltige Lücke in ihr Leben gerissen.
Während Kylian skeptisch zu trinken begann, musterte sie ihn. Er war vermutlich Mitte zwanzig, groß gewachsen und wirkte freundlich. Seine Augen waren so blau wie die Wisara an einem ruhigen Tag und sahen dankbar zu ihr auf. Unwillkürlich lächelte sie.
Nachdem er den Becher halb geleert hatte, lehnte er sich aufatmend zurück. „Das schmeckt abscheulich. Was ist das für ein Gebräu?"
„Ein Tee aus Thymian, Honig und Weidenrinde", antwortete Jonata. „Die Weidenrinde schmeckt sehr bitter, ich weiß. Aber sie hilft. Trinkt, solange der Tee heiß ist."

Widerstrebend gehorchte er und gab ihr dann den Becher zurück.
„Glaubt Ihr, wir werden längere Zeit hier bleiben müssen?", fragte er.
Sie zuckte mit den Achseln. „Das hängt wohl davon ab, wie lange es noch regnen wird."

Als die Dunkelheit hereinbrach, kamen einige Mönche aus dem Kloster und verteilten Suppe in die mitgebrachten Schalen. Dazu gab es einen Kanten hartes, dunkles Brot und einen Becher verdünntes Bier für jeden.
Jonata holte Suppe und Bier für sie beide. Dann schnitt sie zwei Scheiben ihres eigenen Brotes ab und reichte Kylian eine davon.
„Danke, Jonata. Aber ich hätte auch das Brot der Mönche gegessen."
Sie schnaubte verächtlich. „Das ist besseres Schweinefutter."
Er grinste, tunkte das Brot in die Suppe und biss mit sichtlichem Behagen hinein.
Schmatz- und Schlürfgeräusche hallten durch das Langhaus, ansonsten hörte man nur leises Gemurmel in der Schlange vor dem Suppenkessel. Auch die Sattlerfamilie stand nach Suppe und Bier an, doch Jonata fiel auf, dass Mathis fehlte.
Irm, seine Mutter, sah sich immer wieder suchend um. Schließlich erkundigte sie sich bei den Umstehenden, ob jemand ihren Sohn gesehen habe, doch sie erntete nur bedauerndes Kopfschütteln oder abschätzige Bemerkungen.
Toman, ihr Mann, kochte vor Zorn.
„... nichts als Ärger mit dem Jungen!", hörte Jonata ihn fauchen. „Der kann was erleben!"
Sie sah Kylians fragenden Blick und klärte ihn mit wenigen Worten über das angespannte Vater-Sohn-Verhältnis auf.
„Ich denke, das versäumte Abendessen wird Strafe genug sein", flüsterte er.

„Da ist Toman sicher anderer Ansicht", seufzte Jonata und leerte ihren Becher. „Der Junge tut mir leid. Er hat es schwer genug, auch ohne einen Vater, der ständig auf ihn eindrischt."

Als die Kerzen zum Schlafen gelöscht wurden, war Mathis noch immer nicht zurück. Jonata wickelte sich in ihren Umhang, gähnte ausgiebig und legte sich hin.
Kylian und einige andere hatten von den Mönchen kratzige Decken erhalten, die sie vor der Kälte der Herbstnacht schützen sollten. In den derben Stoff gehüllt legte er sich wieder direkt auf den Lehmboden, in gebührlichem Abstand zu Jonata.
Die flüsternden Stimmen von Toman und Irm drangen undeutlich zu ihnen herüber. Irm bat ihren Mann flehentlich, er möge sich auf die Suche nach seinem Sohn machen, doch der weigerte sich.
„Jetzt, im Dunkeln! Da finde ich ihn doch niemals", brummte er missgelaunt. „Er weiß, wo er uns findet."
Irm schluchzte, doch sie wagte nichts mehr zu sagen.
Bald schwebten die ersten leisen Schnarchgeräusche hinauf zu der gewölbten Holzdecke.
Jonata hatte nach der Abendmahlzeit für Kylian einen weiteren Tee aufgebrüht, so dass er eigentlich gut hätte schlafen müssen, doch er wälzte sich unruhig hin und her.
Sie wandte sich ihm zu. „Was ist mit Euch?"
Kylian zögerte, erhob sich dann halb und flüsterte:„Ich mache mir Sorgen um den Jungen."
„Um Mathis?"
„Ja." Nach einer Pause fügte er hinzu: „Am liebsten würde ich ihn suchen gehen."
Jonata war gerührt von Kylians Sorge. „Gut, wir gehen ihn suchen", wisperte sie. „Dafür versprecht Ihr, mir morgen alles von Euch zu erzählen."
Er legte den Kopf schräg. Seine Augen funkelten im schwachen Licht. „Und Ihr mir alles von Euch?"

Sie biss sich auf die Lippen. „Einverstanden."

Sie warteten, bis selbst die verzweifelte Irm eingeschlafen war, dann schlichen sie gemeinsam zur Tür. Der Riegel war gut geölt und auch die Tür öffnete sich fast geräuschlos, so dass niemand aufwachte. Kylian nahm eine der beiden Fackeln an sich, die links und rechts der Tür an der Wand hingen. Dann huschten sie hinaus und machten sich auf den Weg hinab ins Dorf. Allzu schnell konnten sie nicht gehen. Der Boden war vom vielen Regen aufgeweicht und rutschig.
„Wenn Ihr ein ungestümer Junge wäret, wohin würdet ihr an einem Tag wie heute gehen?", fragte Jonata nachdenklich.
Kylian musste nicht lange überlegen. „Hinunter zur Wisara natürlich."
„Dann sollten wir dort nach Mathis suchen."
Der Fluss kam ihnen bereits grollend entgegen, als sie die Mitte des Dorfes erreicht hatten. Abrupt blieben sie stehen.
„Oh, bei allen Heiligen!", entfuhr es Jonata. „Das ist schlimmer, als ich vermutet hatte!"
Kylian legte eine Hand auf ihre Schulter. „Es tut mir so leid. Ich hoffe, Euer Heim ist noch zu retten."
Sie sah zu ihm auf. „Das hoffe ich auch. Doch wichtiger ist nun, dass wir Mathis finden."
Sie raffte ihren langen Rock und begann, gegen den Strom die Straße hinab zu waten. Dabei rief sie immer wieder laut den Namen des Jungen. Kylian fiel ein.
„Mathis!", brüllten sie gegen rauschenden Wind und brodelndes Wasser an. „Mathis, wo bist du??!"
Auf der Höhe von Jonatas Zuhause umspielte das Wasser bereits ihre Knie. Im zuckenden Licht der Fackel konnte sie erkennen, dass ihr kleiner Garten überspült war, doch das Häuschen stand noch, wenn auch das Wasser bis über die Türschwelle reichte. Tränen traten in Jonatas Augen und verschleierten ihre Sicht.
„Mathis!", rief Kylian.

Jonata wandte den Blick wieder nach vorn und blinzelte die Tränen weg. „Mathis!"

Sie schauten sich nach allen Seiten um, lauschten auf Hilferufe, doch von dem Jungen war nichts zu sehen oder zu hören.

Also kämpften sie sich rufend weiter vor. Jonata zitterte vor Kälte und sie ahnte, dass es dem kranken Kylian nicht anders ging, doch er ließ sich nichts anmerken. Entschlossen ging er weiter und immer wieder ertönte seine tiefe, aber vom Husten heisere Stimme. „Mathis! Wo bist du?"

Schließlich konnten sie nicht weitergehen, da das Wasser sie sonst mitgerissen hätte. Noch einmal riefen sie so laut sie konnten. Kylian hielt die Fackel hoch und sah sich um.

„Da!", stieß er plötzlich hervor und zeigte nach rechts zu einer Eiche, deren Äste und Zweige im Wind tanzten.

Jonata folgte seinem Blick. Dort, wo sich der dicke, aber kurze Stamm teilte, schien etwas zu sein. Hatte sich der Sattlerssohn auf die Astgabel gerettet?

„Mathis!"

Energisch durchpflügte Jonata das Wasser, bis sie den Baum erreicht hatte. Sie hörte Kylian hinter sich. Als sie vor dem Stamm anhielten, hob er die Fackel höher.

„Tatsächlich, er ist es!" Jonata legte eine Hand auf das schlaksige Bein und rüttelte daran. „Mathis, wach auf!"

In diesem Moment öffnete der Himmel erneut seine Schleusen.

Die erloschene Fackel in der Hand öffnete Jonata die Kirchentür so weit, dass Kylian mit dem Jungen auf den Armen eintreten konnte. Nachdem er ihn auf der Decke abgelegt hatte, sank er zu Boden und schloss schwer atmend die Augen.

Jonata kniete sich hin und beugte sich über den Jungen. Er war sehr bleich. Vorsichtig tastete sie seinen Kopf ab und entdeckte eine Beule von der Größe eines unreifen Apfels.

„Wie ich es vermutet hatte", wisperte sie.

Kylian sah fragend auf.

„Der Wind wird einen Ast vom Baum gerissen haben, der Mathis dann am Kopf getroffen hat", erklärte sie. „Das und die Erschöpfung haben dafür gesorgt, dass er nun so tief schläft."
„Du meinst, er ist ansonsten in Ordnung?", vergewisserte sich Kylian erleichtert.
Sie nickte. „Ich denke schon. Aber wer weiß, was geschehen wäre, wenn wir ihn nicht gefunden hätten."
Sie stand auf und ging hinüber zu Irm, die sich unruhig im Schlaf bewegte.
Jonata berührte sie an der Schulter und sogleich öffnete die Sattlerfrau die Augen. „Mathis?"
„Wir haben deinen Jungen gefunden", flüsterte Jonata. „Es geht ihm bald wieder gut."
Irm rappelte sich hoch und eilte an die Seite ihres Sohnes. Sie bettete seinen Kopf in ihrem Schoß und sah mit Tränen in den Augen zu Kylian.
„Danke. Ich stehe tief in Eurer Schuld."
„Und in der Schuld Jonatas", sagte Kylian ernst. „Vergesst das nicht."
Irm nickte und strich zärtlich über Mathis' feuchtes Haar. „Ich verspreche es."

Auf Jonatas Decke lag der noch immer schlafende Junge, ihr Umhang hing durchnässt über einem hohen Kerzenständer in der Nähe. Kylian kämpfte sich auf die Füße, nahm die Decke, die die Mönche ihm überlassen hatten, und legte sie der frierenden Jonata um die Schultern.
„Danke, aber du brauchst sie mehr", widersprach sie und machte Anstalten, sie abzunehmen. „Du bist krank. Morgen sicher noch mehr als heute."
„Dann muss sie eben für uns beide herhalten", flüsterte Kylian. Er war kaum noch zu verstehen. Das lange Rufen hatte seine Stimme, die ja durch den Husten bereits gelitten hatte, noch mehr geschwächt.

Also setzten sie sich nebeneinander auf den Boden, die Decke um ihre Schultern gelegt.
„So ist es gut. Wir wärmen uns gegenseitig", krächzte er leise und legte einen Arm um sie.
Er hatte Recht. Jonata hatte sich lange nicht so geborgen gefühlt. Den Kopf auf seine Schulter gebettet schlief sie wenig später ein.

Sie erwachte, weil sich jemand vor ihr laut und vernehmlich räusperte. Als sie die Augen aufschlug, stand ein verlegener Toman vor ihr.
„Danke, dass Ihr meinen Jungen gefunden habt", brachte er mühsam hervor.
„Was eigentlich deine Aufgabe gewesen wäre", erwiderte Jonata kühl.
Toman öffnete den Mund, um etwas zu entgegnen, doch dann schloss er ihn wieder, nickte kleinlaut und ging zurück zu seiner Familie.
Jonata gähnte verstohlen und sah zu Kylian, der mit an die Wand gelehntem Kopf noch immer schlief.
Sie hob eine Hand und legte sie prüfend auf seine Stirn, auf der sich Schweißtropfen gebildet hatten. Sie war heiß, aber nicht so heiß, dass es bedenklich war. Ein weiterer Tee würde ihm Linderung verschaffen.
Eine Weile betrachtete sie nachdenklich seinen Schlaf. Ab und zu zuckten seine Lider. Er war ihr ein Rätsel. Woher kam er? Und was hatte ihn hierher verschlagen?
Die Mönche öffneten die beiden Türflügel und ließen Licht und frische Luft herein. Erfreut registrierte Jonata den blauen Himmel. Fast schien es ihr, als hätte sie die vergangene Nacht mit Sturm und Regen und Finsternis nur geträumt, so unwirklich kam sie ihr vor im Angesicht dieses perfekten Morgens.
Die ersten Männer stolperten ins Freie, an ihrem Hosenbund nestelnd, um sich zu erleichtern. Währenddessen verteilten die Mönche Brot und verdünntes Bier.

Kylian schlief noch immer. Mathis dagegen war inzwischen aufgewacht und sah sich verwirrt um. Seine Mutter schloss ihn in die Arme und flüsterte ihm etwas zu. Dann sahen beide zu Jonata. Mathis kratzte sich verlegen an der Nase, lächelte schief und sagte: „Danke."

Jonata winkte ab. „Hauptsache, du bist wieder da und es geht dir gut."

Irm stand auf. Sie wollte das Frühstück für ihre Familie holen. Mathis erhob sich ebenfalls.

„Wenn ich jemals etwas für Euch tun kann", sagte er mit seiner mal hohen, mal tiefen Stimme, „dann lasst es mich wissen."

„Das werde ich. Für den Anfang wäre ich dankbar, wenn du mir meine Decke zurück gibst."

„Oh, natürlich!" Mathis nahm die Decke vom Boden auf und reichte sie ihr. „Nochmals vielen Dank."

„Alles Gute, mein Junge."

Mitleidig sah sie ihm nach. Die Quittung für den Ausflug an den Fluss würde er sicher bald von seinem Vater bekommen. Jonata konnte sich nicht vorstellen, dass Tomans friedliche Stimmung lange anhielt.

Ihre Ahnung hatte sie nicht getrogen. Auf dem Weg zum Küchenhaus sah sie den Sattler und seinen Sohn im Schatten des Stalls stehen. Jonata hörte Tomans aufbrausende Stimme, dann ein hartes Klatschen, gefolgt von einem leisen Wimmern.

Seufzend schüttelte sie den Kopf. Toman würde sich wohl niemals ändern.

Jonata weckte Kylian und reichte ihm frischen Tee. Kylian war noch schwach und konnte nicht sprechen. Als der Becher leer war, brachte sie ihn dazu, sich auf die Mönchsdecke zu legen und legte ihre Decke über ihn. Dann setzte sie sich daneben.

„Hast du Hunger?"

Er schüttelte den Kopf.

„Aber du hast nichts dagegen, wenn ich etwas esse?"

Wieder leichtes Kopfschütteln, begleitet von einem amüsierten Lächeln. Sie mochte sein Lächeln. Es war von einer ehrlichen Wärme und doch war da immer ein Hauch Traurigkeit in seinen Mundwinkeln.

Jonata schnitt sich eine dünne Scheibe Brot und etwas Schinken ab. Nach zwei herzhaften Bissen und einem kräftigen Schluck Bier wischte sie sich über den Mund.

„Ich habe unsere Abmachung nicht vergessen", sagte sie schmunzelnd. „Du wolltest mir von dir erzählen. Fang an."

Ungläubig starrte er zu ihr hoch, wies auf seine Kehle und zuckte mit den Achseln.

Jonata lachte. „Ich habe dich nur geneckt. Zumindest kannst du mich nicht unterbrechen, wenn ich von mir erzähle."

Kylian lächelte zufrieden und verschränkte abwartend die Arme hinter dem Kopf.

„Oh, ich verstehe. Ich soll anfangen, ja?"

Er nickte.

Sie sah sich um. Alle frühstückten oder unterhielten sich. Niemand nahm von ihnen Notiz.

„Also gut. Ich bin bei Elis, der Hebamme des Dorfes, aufgewachsen. Sie hat mich eines Tages im Wald gefunden, als sie Pilze suchte. Meine Mutter hatte mich ausgesetzt. Ich habe nie erfahren, wer meine Eltern sind. Elis war nicht verheiratet, also nahm sie mich bei sich auf und zog mich wie ihre eigene Tochter groß. Sie lehrte mich die Kräuterkunde und auch alles andere, was sie wusste. Schon mit zwölf habe ich das erste Baby auf die Welt geholt. Es war Mathis Schwester Dorell, die größere von den beiden, siehst du?"

Kylian wandte den Kopf und musterte das Mädchen. Es war ungefähr sechs Jahre alt und sehr hübsch.

Fragend sah er zu Jonata. „Aber warum ...?", begann er krächzend und Jonata hob sofort eine Hand.

„Nicht sprechen! Du musst deine Stimme schonen."

Nach einem kurzen Blick auf die Sattlerfamilie fragte sie: „Du willst wissen, warum die Leute mich so behandeln, obwohl ich ihre Kinder auf die Welt bringe?"
Er nickte.
„Wir sind den Menschen ein wenig unheimlich", erklärte Jonata. „Wir brauen Tinkturen, stellen Salben und Tee her, kennen uns mit dem menschlichen Körper aus. Viele finden das unnatürlich und glauben, wir wären mit Satan im Bunde. Das ist natürlich Unsinn. Aber so sind die Leute: Was sie nicht verstehen können, wird mit dem Teufel oder Hexenkunst erklärt. Und wenn ein Kind verkrüppelt zur Welt kommt, gibt man uns die Schuld und entsagt uns unseren Lohn. Früher hat mich das sehr wütend gemacht. Manchmal musste Elis mich festhalten, weil ich den Leuten sonst das Gesicht zerkratzt hätte. Das bestärkte die Leute natürlich noch in ihrem Irrglauben."
Kylian nahm ihre Hand in seine und drückte sie. Seine Miene zeigte ehrliches Mitgefühl.
Einige Wimpernschläge lang sahen sie einander tief in die Augen. Sein Daumen strich sanft über ihren Handrücken. Sie schluckte. Ihre Brust war auf einmal zu eng und erschwerte ihr das Atmen.
Ein spitzer Schrei ließ beide zusammenfahren. Alarmiert sah Jonata auf.
Der Zimmermann Jobst, Merglins Sohn, kam auf sie zugeeilt. Ein junger Kerl, an dem alles zu groß zu sein schien – die Hände, die Füße, die Augen, der Mund.
„Nur sein Verstand ist zu klein", hatte die alte Elis immer gesagt.
Jonata zog ihre Hand zurück.
„Bitte kommt schnell", bat Jobst. „Ana, sie ist ... sie hat große Schmerzen." Er knetete seine Mütze in den Riesenhänden und sah flehend auf Jonata hinab.
Sie tauschte einen bedauernden Blick mit Kylian und griff schweigend zu ihrem Beutel.

Ana, nur unwesentlich älter als Mathis, lag in gekrümmter Haltung und leise stöhnend auf einem Strohlager, die Arme schützend um ihren runden Bauch geschlungen. Sie war schweißüberströmt, die Augen hatte sie fest zusammengekniffen und ihre Zähne bissen die Unterlippe blutig.

Jonata kniete neben ihr nieder. „Leg dich auf den Rücken, Ana, damit ich nachsehen kann, was mit deinem Kinde ist."

Zögernd gehorchte die junge Frau. Wieder schrie sie laut auf vor Schmerz.

Jonata sah zu Jobst hoch, der erschrocken auf seine Frau starrte.

„Du stehst mir im Licht, Jobst!", herrschte sie ihn an. „Geh hinaus. Hier kannst du nichts tun."

„Aber ..."

„Geh! Wenn du mich noch lange von der Arbeit abhältst, wird sie sterben."

Da drehte er sich endlich um und floh hinaus.

„Ich brauche vielleicht Weihwasser." Jonata schob Anas Rock ein Stück hinauf und ließ ihre Hand darunter verschwinden.

Jobsts Mutter Merglin erhob sich mit vor Entsetzen geweiteten Augen. „Ich hole es."

Eine andere Frau erbot sich, heißes Wasser zu besorgen.

„Gut. Und mehr Stroh", ordnete Jonata an, „sie blutet."

Mit dem Stroh versuchte sie, den Blutfluss einzudämmen. Als das Wasser kam, bereitete sie ein Kräuterbad aus Bibergeil und Raute.

„Dein Enkel ist tot", unterrichtete sie Merglin, als diese ihr einen Pokal mit Weihwasser reichte.

Merglin bekreuzigte sich. „Heilige Mutter Maria, erbarme dich unser."

Jonata holte ihre Taufspritze hervor und zog das Weihwasser hinein. Dann sah sie zu Ana, die den Kopf hin und her warf und leise wimmerte. Sie wurde von zwei Frauen festgehalten, die ihr gut zuredeten, hin und wieder die Wange streichelten oder das Haar aus dem Gesicht strichen.

„Ich werde dein Kind jetzt taufen, Ana. Dann werde ich versuchen, es mit Hilfe eines Kräuterbades herauszuholen."
Ana ließ nicht erkennen, ob sie Jonata verstanden oder auch nur gehört hatte. Die anwesenden Frauen beteten leise zur Jungfrau Maria.
Jonata holte tief Luft. Langsam stach sie die dünne Nadel in die Gebärmutter.
Ein gellender Schrei zerriss die Stille.
Dann hörte man nur noch das laute Flattern der aufgeschreckten Tauben im Dachgebälk.

Erschöpft sank Jonata neben Kylian auf den Boden. Die Mittagszeit war bereits vorbei.
„Ein totes Kind, aber eine lebende Mutter", murmelte sie, dann rollte sie sich zusammen und schlief ein.
Aufgeregtes Stimmengewirr riss sie wenig später aus einem unruhigen Traum. Die zwei Männer, die ausgeschickt worden waren, um die Lage im Dorf auszukundschaften, waren zurück und berichteten.
„Das Wasser ist zurück gegangen. Wir können wieder nach Hause", freute sich Irm und drückte ihre Jüngste an sich.
Im Nu herrschte Aufbruchsstimmung. Auch Kylian und Jonata erhoben sich. Unschlüssig standen sie sich gegenüber.
„Wo wohnst du?", fragte sie.
Er hob ratlos die Hände und schüttelte den Kopf.
Sie nahm ihren Beutel, packte ihre Habseligkeiten hinein und lächelte. „Komm."

Der Boden in ihrem Haus war nass, doch außer Kylian halfen freiwillig auch Jobst, Toman und Mathis. Sie kehrten das triefende, schmutzige Stroh nach draußen und legten frisches aus. Dann holte Toman Holz und machte Feuer im Kamin.
Jobst brachte einen Tiegel Schmalz, etwas Käse und einen großen Laib Brot. Mathis besorgte auf Tomans Geheiß einen Krug Bier.

Jonata staunte. „Ich danke euch. Doch warum seid ihr plötzlich so freundlich zu mir?"

Toman sah betreten zu Boden. „Unser Misstrauen tut Irm und mir leid, Jonata. Du hast unseren Sohn gerettet, obwohl wir ..." Er brach ab.

„Und ich will Danke sagen." Jobst drehte seine Mütze in den großen Händen. „Mein Kind ist zwar gestorben, doch dank dir ist Ana – noch bei mir." Er schluckte und wischte sich über die rotgeweinten Augen.

„Mit Gottes Hilfe werdet ihr noch viele gesunde Kinder bekommen", tröstete ihn Jonata.

Er lächelte dankbar.

Kurz darauf waren Jonata und Kylian allein. Sie aßen Brot mit Schmalz und Jonata labte sich an dem kühlen Bier, während Kylian heißen Tee trank.

„Wenn ich dich hierbleiben lasse, wird es Gerede geben", sagte sie kauend.

Er schwieg und zeigte aus dem Fenster.

„Du willst im Freien übernachten?"

Er senkte den Blick und räusperte sich. „Ich werde einfach weiterziehen."

Offenbar erholte sich seine Stimme, doch seine Worte versetzten Jonata einen Stich.

„Warum bleibst du nicht? Sicher findest du eine Arbeit. Du bist kräftig und -"

Sie stockte und musterte ihn. Er wirkte unsicher und verlegen.

„Was ist passiert?", fragte sie sanft.

Leise begann er zu erzählen. Von dem Unfall, der sein Leben verändert hatte. Während der Arbeit an einer Kirche war ihm ein Dachbalken aus den Händen geglitten und hatte einen Priester tödlich am Kopf getroffen. Ein missgünstiger Kollege hatte das Wort „Mörder" in den Mund genommen und damit erreicht, dass Kylian der Prozess gemacht werden sollte. Weil es einen Priester getroffen hatte, wog die Schuld umso schwerer. Kylian sah nur einen Ausweg: Er musste fort. „Das war kurz vor Michaelis", schloss er und wich nervös ihrem Blick aus.

Jonata schwieg. Er war offenbar lange unterwegs gewesen.

„Jobst ist Zimmermann", fiel ihr ein. „Er hat gewiss Verwendung für jemanden mit starken Armen und wachem Verstand. Du solltest hierbleiben."

Ungläubig sah er sie an. „Bist du sicher?"

„Ja." Sie nahm seine Hand und fügte leise hinzu: „Ich will nicht, dass du gehst."

Er lächelte. „Dann bleibe ich."

*****

Dinner für Daniel

Mit bebenden Fingern schloss ich die Tür auf und stolperte in unsere Wohnung. „Stella? Wo bist du?!"
„Hier", ertönte es wenig hilfreich, doch ich wusste, wo ich hin musste und eilte zum Zimmer meiner Mitbewohnerin und besten Freundin. Um Atem ringend lehnte ich mich an ihren Türrahmen.
Sie sah mir entgegen. „Ist alles in Ordnung?"
„Und ob. Ich bin heute über mich hinausgewachsen", sagte ich feierlich und ließ mich auf Stellas Bett plumpsen. Sie drehte ihren Schreibtischstuhl schwungvoll in meine Richtung. „Kannst du einen *Hauch* ausführlicher werden?"
Sicher sah ich aus wie die Grinsekatze aus Alice im Wunderland, als ich berichtete, dass am Abend mein Kommilitone Daniel vorbeikommen würde. Ich schwärmte schon seit einiger Zeit für ihn, doch bisher hatte ich immer das Gefühl gehabt, er würde sich nichts aus mir machen.
„Er hat mich gebeten, mit ihm zu lernen", fügte ich hinzu. „Als ich erwähnte, dass ich gut kochen kann, hat er sich sozusagen selbst zum Essen eingeladen."
Stella machte große Augen. „DER Daniel? The one and only Daniel kommt heute Abend zu dir?"
Ich nickte glücklich. Stella sprang auf und umarmte mich stürmisch. „Ich freue mich für dich! Endlich kommt dein Liebesleben mal in Schwung." Sie zwinkerte mir zu. „Das bedeutet wohl, dass ich hier verschwinden muss."
Verlegen schlug ich die Augen nieder. „Das wäre natürlich optimal. Aber vorher brauche ich deine Hilfe. Was soll ich bloß kochen?"
Sie dachte kurz nach. „Schätzchen, was du brauchst, ist ein Aph-

rodisiakum."
Ich runzelte die Stirn. „Ein Afrika- was?"
Sie tätschelte mir die Wange und lächelte nachsichtig. „Immer noch das Naivchen vom Land. Es gibt Lebensmittel, die das sexuelle Verlangen steigern. Wenn du die in dein Menü gibst, fällt Daniel im Laufe des Abends garantiert über dich her."
Misstrauisch musterte ich sie. „Ehrlich?"
„Das ist sogar wissenschaftlich erwiesen", behauptete sie. „Ich schreibe dir mal ein paar davon auf. Die besorgst du und gibst sie in dein Essen."

Trotz meiner Nervosität lief alles glatt. Weder verbrannte ich etwas, noch rutschte mir der Salztopf aus. Das Essen war perfekt gelungen. Zudem hatte ich den Esstisch mit Kerzen, Weingläsern und Servietten aufgepimpt und mir ein paar Tropfen von Stellas bestem Parfüm hinter die Ohren getupft.
Als es an der Tür klingelte, war ich bereit für das, was dieser Abend bringen mochte. Mit heftigem Herzklopfen öffnete ich Daniel die Tür. Oh, wie gut er aussah! Meine Beine waren wie Brei, als ich ihn hereinließ und in meinem Magen tobte eine Milliarde aufgeregter Schmetterlinge.
Ich servierte die Suppe, die ich mit einem Klecks Sahne verfeinert und mit Kräutern optisch ansprechend gemacht hatte. Sie schien Daniel zu schmecken, er löffelte voller Genuss drauflos. Ich aß weit weniger, war zu sehr damit beschäftigt, bei Daniel nach Anzeichen von Erregung zu suchen. Seine Leidenschaft beschränkte sich bisher noch auf die Suppe, von der er gerade die letzten Tropfen mit einem Stück Baguette aus dem Teller wischte.. Nun gut, vielleicht brachte das Hauptgericht die ersehnte Wirkung. Nervös brachte ich die Suppenteller in die Küche und holte den nächsten Gang.
„Köstlich", schwärmte er wenig später und strahlte mich an. Ich lächelte mein verführerischstes Lächeln, doch da hatte Daniel seinen Blick bereits wieder auf seine Mahlzeit gerichtet.

Mist!
Als sein Teller leer war, bat er sogar um Nachschlag. Leicht besorgt kam ich seiner Bitte nach. Hoffentlich war eine afrikanische Überdosis nicht gefährlich. Andererseits schien er sie zu brauchen, denn noch immer blieb die ersehnte Wirkung aus.
Während er aß, öffnete ich den obersten Knopf meiner Bluse. Vielleicht brauchte er einen visuellen Anreiz. Als sich seine Augen tatsächlich in meinen Ausschnitt verirrten, begann ich schon zu hoffen, doch Daniel schob nur den leeren Teller von sich. „Das war fantastisch, Maja. Ich bin pappsatt."
„Ein bisschen Nachtisch geht aber noch, oder?", fragte ich und unterdrückte die aufkommende Panik. Das Dessert war meine letzte Hoffnung.
„Was gibt es denn?"
Ich sagte es ihm und seine Augen leuchteten auf. „Da sage ich nicht Nein."
Während er sich das Dessert schmecken ließ, musterte ich ihn aufmerksam, doch noch immer machte er keinerlei Anstalten, mich auf den Tisch zu schmeißen und sich sinnlich und voller Leidenschaft für sein Abendessen zu bedanken.
Ich war maßlos enttäuscht.

Ein paar Stunden später klopfte Stella bei mir an. „Maja, Schätzchen, bist du alleine?"
„Komm ruhig rein", brummte ich.
Sie tat es und musterte mich irritiert. „Was ist passiert?"
„Deine Afrika-Dinger haben nicht funktioniert, das ist passiert. Er hat alles in sich hinein geschaufelt, aber nichts!"
Ich seufzte frustriert. „Nach dem Essen gingen wir in mein Zimmer, um zu lernen. Ich hatte gehofft, dass die Wirkung sich vielleicht später entfaltet. Hat sie aber nicht. Vermutlich ist er immun dagegen. Um halb elf fing er an zu gähnen und wollte nach Hause. Das war's dann mit meinem romantischen Abend."

Stella setzte sich auf meine Bettkante und legte mir tröstend den Arm um die Schultern. „Das verstehe ich nicht. Was hast du denn gekocht?"
„Tomatensuppe, Seelachsfilet mit Petersiliensauce und Kartoffeln und zum Nachtisch Birnenkompott", zählte ich brav auf. Meine Freundin schüttelte verwirrt den Kopf. „Nichts davon hab ich aufgeschrieben. Champagner, Erdbeeren mit Schokolade, Ingwer, Muskat, Spargel, Vanille, Hummer … solche Sachen hab ich notiert."
Nun dämmerte mir, was schief gelaufen war. „Und wo hast du den Zettel hingetan?"
„An unsere Pinnwand natürlich."
Entsetzt stöhnte ich auf. „Ich Idiotin hab den Einkaufszettel vom Küchentresen genommen!"
Stella gluckste. „Sorry, Schätzchen, aber sieh es positiv: Der Einkauf ist erledigt und wir haben endlich wieder Kartoffeln im Haus."

Am nächsten Tag traf ich Daniel in der Cafeteria. Er winkte mich und mein Tablett zu sich an den Tisch.
„Setz dich. Ich wollte mich noch mal bedanken für das leckere Essen gestern. Du kochst echt gut."
„Das freut mich." Ich biss mir auf die Unterlippe. Vielleicht waren Stellas exotische Lebensmittel gar nichts für Daniel, der offenbar mehr auf Hausmannskost stand.
„Sag mal …" Er beugte sich ein wenig vor, so dass der Geruch seines Aftershaves meine Nase kitzelte. Das und seine Nähe reichten schon aus, um meine Herzfrequenz deutlich zu erhöhen.
„… hast du Lust, heute Abend mit mir ins Kino zu gehen? Der neue James-Bond-Film läuft seit gestern."
Überrascht riss ich die Augen auf. Wo war ein Q-Tip, wenn man ihn brauchte? Wollte Daniel wirklich mit mir ausgehen oder spielten meine Ohren mir einen Streich?

„Du meinst … nur wir beide? Ins Kino?", vergewisserte ich mich stotternd.
Er nickte und lächelte mich so lieb an, dass mein Puls rauschte wie ein wildgewordener Fluss.

James Bond war mir egal. Ich genoss Daniels Nähe und die Stromstöße, die mich durchfuhren, wenn unsere Hände gleichzeitig in die große Popcorntüte griffen. Als sie leer war, nahm er meine Hand. Ich bekam Schnappatmung. Wir hielten Händchen! Und das ohne diese Afrikasia-Dinger oder wie sie hießen.
„Sag mal", flüsterte Daniel und kam mit seinem Mund so dicht an mein Ohr, dass mir ein Schauer über den Rücken fuhr und sich die Härchen an meinen Armen aufrichteten. „Wieso hast du mich gestern beim Essen eigentlich die ganze Zeit beobachtet?"
„Ha-hab ich das?", stotterte ich und blinzelte irritiert, als sein Gesicht immer näher kam.
Er lachte leise. „Ich hab schon geglaubt, du hast was ins Essen gemischt und auf die Wirkung gewartet."
Auf der Leinwand explodierte etwas und ein loderndes Feuer tauchte den Raum in flammendes Licht. Ich merkte es kaum. Daniel hatte mich durchschaut, das war alles, woran ich denken konnte.
„So etwas würde ich nie tun!", brachte ich mühsam hervor.
Daniel drückte meine Hand. Ich nahm meinen ganzen Mut zusammen und holte tief Luft. „Oder … magst du das?"
Seine Augen funkelten und waren ganz dicht vor mir. „Von dir schon."
Jetzt oder nie. Ich ging aufs Ganze. „Wie wäre es mit morgen?"
Wieder dieses leise Lachen. „Ich bin um acht bei dir", sagte er zärtlich. Dann fuhr er mit dem Zeigefinger sanft über meine Wange, sah mir tief in die Augen und küsste mich.
Endlich!

*****

Sonnenstern

Der Abend war längst hereingebrochen und in der Hütte war es dämmrig. Malis versuchte, in Jolas ledrigem, von tiefen Falten durchzogenen Gesicht ein Zeichen dafür zu erkennen, dass alles gut werden würde. Doch das flackernde Licht der Fackeln offenbarte nur die Ruhe und Besonnenheit, die Jola stets ausstrahlte. Malis hielt es nicht länger aus.

„Und?", flüsterte sie. „Was sagst du?"

Jola zog die Decke, mit der Malis' Mutter zugedeckt war, bis zu deren Schultern hoch. „Lass uns draußen reden", erwiderte sie und kam mühsam auf die Beine.

Der vorhin noch frische Wind hatte sich gelegt. Nun hingen die Blätter still an den Bäumen, als wären sie erschöpft von ihrem wilden Tanz an den Zweigen. Malis schnupperte, dann schlang sie ihr Tuch fester um sich. Es war kälter geworden und roch nach Regen. Jola sah Malis ernst an.

„Deiner Mutter geht es schlecht. Sehr schlecht. Ich habe erst ein einziges Mal erlebt, dass eine leichte Bisswunde so eine heftige Auswirkung hat."

Schritte näherten sich. Malis drehte sich um und erkannte ihren älteren Bruder Paras. Über seiner Schulter hing etwas. Vermutlich ein Kaninchen. Ihr Abendessen. Doch Malis hatte keinen Appetit. Er trat zu ihnen. „Wie geht es Mutter?", fragte er mit gedämpfter Stimme.

Malis sah zu Boden und schüttelte den Kopf.

„Es geht ihr nicht gut", wiederholte Jola. „Doch es gibt Hoffnung."

Malis hob überrascht den Blick. „Wirklich?"

„Ja. Es gibt eine Pflanze, die Heilung verspricht. Ihr Name ist Sonnenstern. Sie wächst auf der anderen Seite des großen weißen

Bergs." Ihre Hand wies nach Osten und Malis und Paras folgten ihrem Blick. Der schneebedeckte Berg war der höchste inmitten des Gebirges und zwei Tagesreisen entfernt. Sicher würde es noch einmal so lange dauern, ihn zu besteigen.

„Der Weg dorthin ist mühsam und gefährlich", fuhr die weise Jola fort. „Im Wald am Fuße der Berge leben bösartige Kreaturen, vor denen ihr auf der Hut sein müsst."

Auf Malis' Armen bildete sich Gänsehaut, die nicht die kühle Abendluft hervorgerufen hatte.

„Woran erkennen wir diese Pflanze?", wollte Paras wissen.

„Es gibt außer mir nur einen Menschen, der weiß, woran ihr sie erkennt", antwortete Jola. „Ich bin zu alt, um euch zu begleiten. Also werdet ihr ihn fragen müssen."

Paras verdrehte die Augen. „Bitte sag nicht, dass es ..."

„Doch." Jola nickte ernst.

Malis ahnte, von wem sie sprachen, und ihr Herz schlug schneller. „Etwa Jesko?"

Jola nickte und Paras schnaubte verächtlich.

Malis ergriff die Hand ihres Bruders und sah ihn eindringlich an. „Ich weiß, du magst ihn nicht, doch hier geht es um Mutter."

Paras' Schultern sackten herab. Er seufzte. „Du hast recht. Ich werde ihn fragen, ob er mich zu der Pflanze bringt."

„Ich werde euch dorthin begleiten", sagte Malis entschlossen.

„Du? Kommt nicht in Frage. Du musst hierbleiben und dich um Mutter kümmern."

„Das kann auch ich tun", mischte sich die alte Jola ein. „Ihr Männer werdet die Kräfte deiner Schwester brauchen."

Triumphierend lächelte Malis ihren älteren Bruder an. „Siehst du?"

„Schön, wie ihr wollt." Er zog das Kaninchen von seiner Schulter und legte es Malis in die Arme. „Ich gehe zu Jesko."

Malis war klar, dass die Reise auf die andere Seite des Bergs mit diesen so unterschiedlichen Männern nicht einfach werden würde. Dennoch war sie froh, dass Jesko sie begleitete. Sie mochte seine stille Art. Außerdem gefielen ihr sein Lächeln und die immer etwas traurig blickenden dunklen Augen.

„Ihr habt nicht viel Zeit", hatte Jola am Abend zuvor gesagt. „Versucht, bis zum Vollmond zurück zu sein. Bis dahin wird eure Mutter vermutlich noch durchhalten. Viel länger aber nicht, fürchte ich."

Die Sonne hatte den Gipfel des Bergs noch nicht erreicht, als sie losmarschierten. Jesko ging vor, Paras und Malis folgten ihm. Jeder von ihnen trug einen Beutel, in dem ein Lederbeutel mit Wasser, ein warmer Umhang und eine Kopfbedeckung waren. Zudem hatten sie ein wenig Proviant dabei und Paras seine Schleuder und einen Vorrat an Kieselsteinen.

„Ist es schwer gewesen, ihn zu überreden?", fragte Malis ihrem Bruder leise und wies mi dem Kinn auf Jesko.

Paras zog eine Grimasse. „Es war leichter, als ich gedacht hatte. Wenn wir zurück sind, muss ich ihm drei Monde lang von unserer Jagdbeute einen Teil abgeben."

Malis war erleichtert. Paras war ein guter Jäger und brachte fast immer mehr, als sie benötigten. Ich hoffe, du warst höflich zu ihm", sagte sie.

„So höflich wie möglich", erwiderte er trocken.

Gegen Mittag rasteten sie auf einer kleinen Lichtung, an der ein Bach entlang führte. Sie tranken ausgiebig das kühle Wasser und füllten ihre Lederbeutel auf. Dann machten sie Feuer. Bereits auf dem Weg hierher hatte Paras mit seiner Schleuder einen Vogel erlegt, dem er nun auf dem weichen Gras sitzend die Federn ausrupfte.

„Glaubst du, dass wir davon alle satt werden?", fragte Jesko zweifelnd. Paras schoss einen giftigen Blick auf den schmalen blonden Mann vor ihm. „Du kannst ja auch noch etwas fangen", fauchte er. „Wenn du überhaupt weißt, wie das geht."

Beschwichtigend hob Jesko beide Hände. „Bleib ruhig. Ich habe ohnehin nicht viel Hunger."

„Das wundert mich nicht bei einem Hänfling wie dir."
„Ich hab die Kraft lieber im Kopf statt in den Armen", gab Jesko kühl zurück.
„Wie wäre es zusätzlich mit ein paar Früchten?", fragte Malis eilig und fügte hinzu: „Jesko, willst du mir vielleicht helfen?"
„Natürlich." Jesko legte noch etwas Holz nach und stand dann auf.
„Beeilt euch, es wird nicht mehr lange dauern", gab ihnen Paras mit auf den Weg, den Blick auf den nackten Vogel gerichtet, den er auf einen Stock gespießt hatte und nun über die Flammen hielt.
Malis und Jesko erreichten den Rand der Lichtung und sahen sich um.
„Dort." Jesko wies nach links, wo einige Büsche standen. Während sie darauf zugingen, sagte Malis: „Es tut mir leid, wie Paras sich verhält. Er meint es nicht böse, glaub mir."
Jesko nickte nur.
Die Büsche waren voller reifer, saftiger Beeren. Gemeinsam pflückten sie so viele, dass das Tuch, das zuvor Malis' wilde hellrote Lockenpracht gehalten hatte, bald mit den köstlichen Früchten gefüllt war.
„Ich glaube, wir haben genug", sagte sie.
„Warte, hier sind noch besonders schöne", meinte Jesko und steckte seine Hand zwischen die Zweige. Im nächsten Moment zog er sie jedoch wieder zurück. „Au!"
„Hast du dich gestochen?", fragte sie verwundert. Der Busch hatte keine Dornen.
„Das war etwas anderes. Der Stich eines Tieres, vermute ich. Es tut weh."
„Lass mich mal sehen." Malis knotete das Tuch mit den Beeren zusammen, verstaute es vorsichtig in ihrem Beutel und betrachtete dann Jeskos Hand. Die Kuppe seines Zeigefingers war rot und geschwollen. Kurzerhand führte sie den Finger an ihre Lippen und begann zu saugen.

„Was tust du da?", fragte Jesko erschrocken.
Sie spuckte aus. „Ich sauge das Gift heraus", erklärte sie und wiederholte den Vorgang.
„Ist das nicht gefährlich?"
Sie schüttelte den Kopf, spuckte erneut aus und saugte ein drittes Mal.
„Sieht schon viel besser aus", stellte sie danach zufrieden fest.
„Es tut auch kaum noch weh." Jeskos Stimme klang belegt. Malis hob den Kopf und schluckte, als sie merkte, dass ihre Gesichter so nah beieinander waren wie noch niemals zuvor. Jesko sah sie an. Er wirkte irritiert und ... verwundert. Als sähe er sie zum ersten Mal.
„Du hast ja Sommersprossen." Er sagte es mit einem Lächeln, das Malis' Herz vor Freude hüpfen ließ. Es war ein Lächeln voller Zuneigung und Zärtlichkeit.
„Wo bleibt ihr? Der Vogel ist gar", hörten sie Paras rufen. Ertappt traten sie jeweils einen Schritt zurück und senkten den Blick. Malis ließ Jeskos Hand los, die sie noch immer festgehalten hatte. „Wir kommen!", antwortete sie und machte sich auf den Weg zurück zur Lichtung. Hinter sich hörte sie Jeskos Schritte. In ihren Ohren rauschte es und ihre Beine zitterten.

Von nun an spürte sie immer wieder Jeskos Blick auf sich ruhen. Wenn sich ihre Augen trafen, lächelte er ihr vorsichtig zu. Manchmal ging er an ihrer Seite, dann berührten sich hin und wieder ihre Hände oder Arme für einen kurzen Augenblick, so flüchtig wie der Flügelschlag eines Schmetterlings. Und doch reichten diese Berührungen aus, um in Malis ein Glücksgefühl auszulösen, das ihr einen angenehmen Schauer über den Rücken schickte.
Am späten Nachmittag erreichten sie den Dunklen Wald. Paras schritt munter aus, er schien keine Furcht zu kennen. Malis hingegen hielt die Luft an, als sie zwischen die hohen finsteren Bäume trat. Bisher waren nur wenige, die diesen Wald betreten hat-

ten, wieder ins Dorf zurückgekehrt. Und sie erzählten die schaurigsten Geschichten, von bösartigen Zwergen mit in der Dunkelheit leuchtenden Augen, von Untieren mit scharfen Zähnen und von Trollen, deren gewaltige Schritte bereits den Boden erbeben ließen, wenn sie noch ein ganzes Stück entfernt waren.
„Wartet!", rief Jesko, der wenige Schritte hinter Malis ging. Sie drehte sich um, während Paras so tat, als hätte er nichts gehört. „Ich denke, es wäre besser, wenn wir vor dem Wald unser Nachtlager aufschlagen", sagte Jesko mit ernster Miene.
Malis atmete auf. Auch ihr war dieser Gedanke bereits gekommen, doch hatte sie befürchtet, zumindest von ihrem Bruder als ängstliches kleines Mädchen verspottet zu werden.
Paras kam nun doch zurück, ein höhnisches Lächeln im Gesicht. „Hast du Angst, dass dich die Trolle fressen?", fragte er. „Die schlafen nachts bestimmt. Ich bin sicher, tagsüber ist es gefährlicher."
„Unsinn!", fuhr Jesko ihn an. „Jeder weiß, dass die Geschöpfe des Dunklen Waldes nachts besonders aktiv sind. Aber wenn du meinst, dass du es besser weißt, dann geh nur. Ich halte dich nicht auf."
Malis sah furchtsam von Jesko zu Paras. Die zwei standen sich gegenüber, funkelten sich wütend an und wirkten wie zwei Werwölfe, die gleich aufeinander losgehen würden.
„Schluss damit!", rief sie und trat zwischen die beiden Streithähne. „Jesko hat recht, Paras. Nachts ist es zu gefährlich. Sei vernünftig und bleib hier."
Sie sah, dass er aufbrausen wollte und legte rasch eine Hand auf seine Schulter. „Bitte", fügte sie leise hinzu. „Mir zuliebe."
Seine Hände, die sich zu Fäusten geballt hatten, lösten sich. „Also gut", grollte er. „Einer muss auf euch zwei Angsthasen ja aufpassen."
Jesko lag offensichtliche eine scharfe Erwiderung auf der Zunge, doch auf einen bittenden Blick von Malis überlegte er sich anders und schwieg.

Im Schatten einiger Bäume richteten sie sich ein, indem sie ihre Umhänge auf den Boden legten und ein Feuer entfachten. Paras griff nach seiner Schleuder. „Ich habe Hunger. Mal sehen, ob ich ein Kaninchen oder etwas anderes erwische."

„Du willst doch nicht allein in den Wald gehen?", fragte Malis erschrocken.

Hochmütig sah er auf sie herab. „Will mich denn einer von euch begleiten?"

„Paras, tu es nicht", bat Malis.

„Keine Angst, ich gehe nicht weit hinein, nur ein paar Schritte", beruhigte er sie. „Gleich bin ich wieder zurück." Damit wandte er sich ab und ging auf den Wald zu.

„Was für ein unvernünftiger, dummer Kerl", knurrte Jesko, als er ihm nachblickte. Er saß auf seinem Umhang und hatte locker die Arme um seine Knie geschlungen.

Malis musterte ihn neugierig „Warum hast du eingewilligt, uns zu helfen, wenn du Paras so furchtbar findest?"

„Ganz sicher nicht, um ihm einen Gefallen zu tun." Er wandte den Blick von Paras' breitem Rücken und sah Malis an. „Ich weiß, wie sehr du an deiner Mutter hängst und ich weiß, dass sie eine großartige Frau ist. Für euch zwei habe ich mich dazu entschlossen."

Malis lächelte ihn dankbar an. Dann suchte sie eine bequeme Sitzhaltung und sagte: „Erzähl mir von dem Sonnenstern. Wie sieht diese Blume aus?"

„Sie ist recht einfach zu erkennen, denn ihre Blüte ist groß und von der Farbe der untergehenden Sonne. Es gibt aber eine andere Blume, die ihr sehr ähnlich sieht. Die ist allerdings giftig. Sie heißt Feuerblume."

„Und woran kann man sie unterscheiden?"

Jesko warf ein paar weitere Zweige ins Feuer. Es knisterte leise. „Am Geruch und an der Leuchtkraft der Farbe", antwortete er. „Es ist allerdings ein sehr feiner Unterschied. Darum bin ich lieber mitgegangen, als euch allein danach suchen zu lassen."

Es wurde dämmrig und feuchte Kühle drang durch Malis' schlichtes Kleid. Sie fröstelte und rieb sich die Arme.
„Ist dir kalt?"
„Nur ein wenig. Aber ich mache mir Sorgen um Paras." Ängstlich sah sie zum Eingang des Walds, doch von ihrem Bruder war noch immer nichts zu sehen.
„Er wird sicher gleich kommen", versuchte Jesko sie zu beruhigen.
Die Dämmerung nahm zu. Jeskos Gesicht zuckte im Feuerschein, als er mit einem längeren Stock in der Glut stocherte.
Inzwischen war sich Malis sicher, dass Paras etwas zugestoßen war. „Wir müssen ihn suchen", flüsterte sie.
Seufzend erhob Jesko sich. „Gut, ich sehe mal nach, wo er bleibt."
„Ich komme mit." Eilig sprang Malis auf. „Auf keinen Fall bleibe ich allein hier. Womöglich kommst auch du nicht zurück."
Jesko widersprach nicht.
Sie wickelten sich in ihre Umhänge und näherten sich dem Waldrand. Schon nach wenigen Schritten hatte die Dunkelheit sie umhüllt. Einzig das blasse Mondlicht, das durch die Zweige drang, erhellte ihnen den Weg. Sie gingen vorsichtig, um nicht über Baumwurzeln zu stolpern oder versehentlich in Löcher auf dem weichen Boden zu treten.
Schließlich blieb Malis stehen. „Paras!", rief sie gedämpft. „Paras, wo bist du?"
Sie lauschten, hörten jedoch nichts weiter als den Ruf eines Uhus und das Rascheln der Blätter im Wind.
„Er ist viel zu weit gegangen", schimpfte Jesko leise.
Malis glaubte, ein Paar leuchtende Augen im Dickicht gesehen zu haben und spürte ihr Herz schneller schlagen. Instinktiv ergriff sie Jeskos Hand und fühlte sich gleich ein klein wenig sicherer.
Als sie noch einmal hinsah, war da nichts mehr. Vielleicht hatte sie es sich auch nur eingebildet.

Sie gingen weiter und riefen hin und wieder gedämpft Paras' Namen, doch er antwortete nicht. „Ich habe Angst", wisperte Malis und spürte, dass Jesko tröstend ihre Hand drückte.

„Paras!", rief er, etwas lauter als zuvor Malis. „Paras!"

„Hier!", hörten sie plötzlich seine Stimme.

Malis blieb stehen. „Paras? Wo bist du?"

Das Schlagen großer Flügel, die auf sie zukamen, verhinderte, dass sie die Antwort hören konnten. Malis schrie erschrocken auf und warf sich zu Boden. Schon war Jesko neben ihr und legte beschützend einen Arm um ihre Schulter.

Dann war es wieder ruhig. Langsam erhoben sie sich und schauten sich verlegen an. Malis spürte, dass ihre Wangen glühten.

„Malis, hier bin ich!", rief Paras.

„Es kommt von dort", sagte Jesko und wies nach links.

So schnell sie konnten gingen sie in die Richtung, in der sie Paras vermuteten. Im Mondlicht sahen sie, wie sich einige Schritte entfernt etwas auf dem Boden bewegte. Laub raschelte.

„Paras?" Malis trat näher.

„Hilf mir, schnell!"

Neben ihm fiel sie auf die Knie. Seine Hand- und Fußknöchel waren von Pflanzenfasern umschlungen, die ihn festhielten. Vergebens zerrte er daran, keuchte bereits vor Anstrengung. "Ich bin gestolpert", erklärte er, "und dann ..."

„Psst! Halt still!", befahl sie und legte beide Hände auf die Fessel an seinem rechten Handgelenk. Sie schloss die Augen, konzentrierte sich und nach kurzer Zeit löste sich die erste Faser. Kurz darauf die zweite und die dritte. Schließlich stand Paras auf und rieb sich die Handknöchel. „Danke, Schwesterchen."

Jesko sah kurz verwundert zu Malis, doch dann wandte er sich an Paras. „Wenn jemand anderes dich so gefunden hätte, wärst du jetzt tot!", fuhr er ihn an.

„Lasst uns weitergehen und diesen Wald hinter uns lassen", bat Malis, ehe erneut ein Streit zwischen den beiden entbrennen konnte. Sie nahm Paras Beutel, den sie vorsorglich mitgenommen hatte, und reichte ihn ihrem Bruder. „Hier. Und von nun an bleibst du bei uns."

Paras sagte nichts.

Es schien eine Ewigkeit zu dauern, bis sie das Ende des Waldes in der Morgendämmerung erahnen konnten. Malis wollte gerade erleichtert durchatmen, als die Erde unter ihren Füßen zu beben begann.

„Ein Troll", flüsterte sie entsetzt.

„Versteckt euch!" Jesko zog Malis mit sich und verbarg sich mit ihr hinter einem Baumstamm. Paras fand einen anderen Baum in der Nähe.

Das Beben wurde stärker. Malis drängte sich eng an Jesko, der erneut einen Arm um sie legte und sie an sich zog. „Es wird alles gut", wisperte er an ihrem Ohr, so dass sie seinen warmen Atem an ihrer Wange spürte.

Der Troll tauchte zwischen den Bäumen auf und Malis hielt die Luft an. Er schien fünfmal so groß wie Paras zu sein. Die langen Arme, so dick wie Holzbohlen, hingen fast bis auf den Boden. Hin und wieder fegten sie einen Baum zur Seite, als wäre er eine Blume. Die riesigen Füße ließen den Waldboden so heftig beben, dass Malis sich an Jesko festklammern musste, um nicht zu stürzen. *Wenn er auch unseren Baum umwirft, werden wir sterben,* dachte Malis bedrückt.

Doch der Troll blieb jäh stehen, grunzte kurz und reckte prüfend die große Knollennase in die Luft.

„Er riecht uns", sagte Jesko tonlos.

„Was sollen wir tun?" Malis war den Tränen nahe.

Jesko ließ sie los und bückte sich nach einem Ast, der neben ihm auf dem Boden lag. Er nahm ihn, holte aus und warf. Der Troll hörte das Geräusch des fallenden Astes und wandte sich dorthin. Wieder begann der Boden zu beben.

„Los!", rief Jesko, nahm Malis' Hand und zog sie hinter sich her. Paras gab seine Deckung auf und folgte ihnen. Das Beben hörte für einen kurzen Moment auf, dann setzte es erneut ein und wurde immer stärker.

„Er ist hinter uns her", rief Malis voller Panik. „Wir müssen uns beeilen!"

Der Waldrand war bereits nahe, doch der Troll holte auf und brüllte wütend. Seine riesenhafte Hand griff nach Malis, verfehlte sie jedoch knapp. Sie schrie auf und lief weiter, wich Baumwurzeln und herabhängenden Zweigen aus, während ihr Herz wie toll gegen ihren Brustkorb hämmerte.

Paras blieb plötzlich stehen und drehte sich zu dem Troll um.

„Lauft weiter!", rief er den anderen zu.

Malis hielt an. Ihr war übel vor Angst. „Paras! Nein!"

„Lauft! Ich weiß, was ich tue."

Schon packte ihn die große, behaarte Hand. Malis schluchzte auf und wollte umkehren, doch Jesko zog sie mit sich, aus dem Wald heraus. Kaum hatten sie die dunklen hohen Bäume hinter sich gelassen, fielen sie in das noch feuchte, aber sonnenwarme Gras.

„Paras", weinte Malis und verbarg das Gesicht in den Armen. „Was hast du getan?"

„Psst", sagte Jesko. „Was war das?"

Malis hob den Kopf und wischte sich die Tränen von den Wangen. „Was meinst du?"

Jesko legte einen Finger auf seine Lippen. Gemeinsam lauschten sie in den Wald hinein, wo ein qualvolles Gebrüll zu hören war. Wenig später stürzte Paras auf sie zu.

„Kommt, weg hier!"

Sie rappelten sich auf und rannten ihm nach. Erst, als Malis kaum noch Luft bekam, hielten sie an.

„Wie konntest du dich befreien?", fragte sie, als sich ihr Atem beruhigt hatte.

Paras hob seine Schleuder hoch. „Direkt ins Auge", sagte er und grinste stolz. „Er war so überrascht, dass er mich losließ. Gottlob ist der Waldboden recht weich."

Malis lachte befreit und umarmte ihren Bruder.

Sie suchten sich einen Platz zum Ausruhen. Während Jesko Feuer machte, holte Paras mit seiner Schleuder zwei Vögel von den umstehenden Bäumen. Malis pflückte derweil einige reife Beeren und entdeckte dabei den Quell eines kleinen Flusses, wo sie und die zwei anderen sich gründlich den Dreck von Gesicht, Händen und Armen wuschen und ihre Lederbeutel auffüllten. Nachdem sie ihre knurrenden Mägen beruhigt hatten, holten sie den Schlaf nach, der ihnen in der Nacht versagt worden war.

Am frühen Nachmittag standen sie auf und gingen weiter. Bald hatten sie den Fuß des Berges erreicht und machten sich an den Aufstieg. Je höher sie kamen, umso kälter blies ihnen der Wind ins Gesicht. Schon bald hüllten sie sich in ihre Umhänge und setzten die warmen Mützen auf.

Paras entdeckte unterwegs einen Adlerhorst und schaffte es, drei Eier zu stehlen, eher der Greifvogel zurückkehrte. Genießerisch schlürften sie sie aus und fanden einen Vorsprung, unter dem das Wetter ihnen nichts anhaben konnte. Dort verbrachten sie mehr schlecht als recht die Nacht.

Der letzte Teil des Aufstiegs war der Schwierigste. Der Weg war so schmal geworden, dass sie sich an der harten Steinwand festhalten mussten, während sie achtsam Fuß vor Fuß setzten. Doch als die Sonne am höchsten stand, hatten sie den Gipfel erreicht. Ihre roten Nasen leuchteten in ihren hellen Gesichtern und ihre Haarspitzen waren mit Eis überzogen.

„Endlich geht es wieder nach unten." Paras' Zähne klapperten aufeinander und auch Malis zitterte vor Kälte.

„Seid vorsichtig", mahnte Jesko. „Bergab ist der eisglatte Boden mindestens ebenso tückisch wie bergauf. Ich gehe vor, einverstanden?"

„Ja", sagte Malis und sah ihren Bruder auffordernd an.

„Na gut", brummte Paras.

Es ging besser als erwartet. Doch etwa fünfzig Fuß, bevor sie den Boden erreicht hatten, hielt Paras an. „Hier entlang ist der Weg kürzer", sagte er und wies auf einen schmalen, unebenen Pfad.
„Mag sein", gab Jesko zu, „doch dieser Weg ist sicherer."
„Dann geht ihr da entlang. Ich erwarte euch unten." Damit betrat Paras den Pfad und machte sich an den Abstieg.
„Er kann es nicht lassen", ärgerte sich Jesko. Er hatte kaum ausgesprochen, als ein gellender Schrei sie innehalten ließ.
„Paras!" Malis eilte das Stück zurück und sah nach unten. Ihr Bruder hing über einem kleinen Abhang, mit einer Hand klammerte er sich an dem vorspringenden Felsen fest.
„Malis, hilf mir!"
Ehe sie reagieren konnte, betrat Jesko den Pfad und setzte vorsichtig einen Fuß vor den anderen. Doch bevor er den Abhang erreichte, ließ ein tiefes Knurren ihn innehalten. Ein Wolf näherte sich der Hand, die sich dort festkrallte. Malis stockte der Atem.
Lange würde Paras sich nicht mehr halten können. Womöglich griff der Wolf jeden Moment Jesko an. Das durfte keinesfalls geschehen.
„Jesko, komm zurück", sagte sie so ruhig wie möglich. „Ganz langsam, hörst du?"
Er sah zu ihr, nickte und bewegte sich wieder in ihre Richtung.
Der Wolf konzentrierte sich voll auf Paras und ließ Jesko unbehelligt. Als er nur noch wenige Schritte von ihr entfernt war, reichte sie ihm ihre Hand und zog ihn das letzte Stück.
Aufatmend kam er vor ihr zum Stehen und schenkte ihr ein zärtliches Lächeln. „Danke."
Sie nickte, dann betrat sie den Pfad.
„Was hast du vor?", fragte er alarmiert.
„Vertrau mir", antwortete sie ruhig. Langsam ging sie weiter, sorgsam darauf bedacht, festen Untergrund zu finden, bevor sie den nächsten Schritt tat. Den Rücken zum Berg, die Hände an dem rauen Stein, bewegte sie sich vorwärts, bis sie den kleinen Abhang erreicht hatte. Sie löste sich von der Wand, streckte eine

Hand aus und ging vorsichtig auf den Wolf zu, der an Paras Fingern schnüffelte.

„He", rief sie leise. „Komm her."

Der Wolf hob den Kopf und knurrte. Malis ließ sich nicht beirren. Sie machte einen weiteren Schritt auf ihn zu, so dass ihre Hand vor seiner Schnauze war. Er roch daran.

„Malis, ich kann mich nicht mehr halten", ächzte Paras.

„Du musst. Halt noch ein wenig durch", sagte sie. Dann streichelte sie den Kopf des Wolfes. Er ließ es sich gefallen. Malis kniete sich nieder, kraulte das große Tier und wickelte mit der anderen Hand die Kordel ab, die ihr Kleid umspannt hatte.

„Bleib", sagte sie zu dem Wolf, dann warf sie das eine Ende des Stricks über den Abhang. „Hier Paras, nimm das Seil."

Er packte zu. Während sie zog, hievte er sich nach oben, bis er schnaufend über der Kante hing und wieder auf die Füße kam.

Der Wolf sah friedlich zu.

Als sie bei Jesko ankamen, schüttelte der noch immer ungläubig den Kopf. „Was für ein Zauber ist das?", fragte er verblüfft. „Erst die Pflanze, nun der Wolf ..."

Malis hob die Achseln. „Es ist nur eine Gabe, die es mir ermöglicht, Lebewesen zu besänftigen."

Endlich erreichten sie den Fuß des Berges und wurden rasch fündig. „Da ist der Sonnenstern", sagte Jesko, kniete nieder und roch an der feuerroten Blume. „Ja, er ist es. Ich bin mir recht sicher."

Skeptisch sah Paras ihn an. „Was soll das heißen?"

„Wenn ich den Sonnenstern und die Feuerblume nebeneinander sehe, weiß ich genau, welche der Sonnenstern ist", erklärte Jesko. „Doch ohne den Vergleich ist es schwierig."

„Dann müssen wir weitersuchen", befand Malis.

Sie fanden jedoch keine weitere, bis es zu dunkel wurde zum Suchen.

„Was machen wir jetzt?", fragte Malis. Sie war den Tränen nahe.

Jesko sah sie ernst an. „Ich bin davon überzeugt, dass es der Sonnenstern ist. Wir sollten es riskieren."
„Aber du könntest dich irren?"
Unbehaglich hob er die linke Schulter. „Ich würde gern Nein sagen. Dennoch vertraue ich meinem Gefühl. Vielleicht kannst auch du es versuchen?"
Sie nickte. „Ich vertraue dir."
„Ich nicht", ließ sich Paras vernehmen. „Du könntest unsere Mutter damit töten."
„Er wird sie retten, Paras", versicherte ihm Malis, obwohl ihr nicht ganz wohl dabei war.
Jesko lächelte ihr dankbar zu. „Dann sollten wir uns beeilen. Eurer Mutter zuliebe." Sein Blick wanderte zum Himmel, bis zum fast vollen Mond hinauf.
Während der Nacht wäre ein Aufstieg zu gefährlich gewesen, daher rasteten sie, bis die Morgendämmerung einsetzte.
Diesmal verlief der Weg über den Berg ohne Zwischenfälle. Paras hatte offenbar eingesehen, dass es besser war, wenn sie zusammenblieben. Richtig kleinlaut war er geworden, bemerkte Malis, und Jeskos Ratschläge nahm er nun ohne Widerspruch an.
Ihr Bruder bemerkte wohl, dass sie und Jesko verliebte Blicke tauschten und die Nähe des anderen suchten, doch zu Malis' Erleichterung sagte er nichts. Als sie den Berg hinter sich gelassen hatten und der Dunkle Wald wieder vor ihnen auftragte, war es früher Abend und der Mond leuchtete so hell, wie er es nur dann tat, wenn er groß und rund war.
„Uns bleibt nicht mehr viel Zeit", sagte Jesko, „daher schlage ich vor, dass wir weitergehen und nicht rasten. Was meint ihr?"
Malis' griff ängstlich nach seiner Hand, nickte jedoch.
„Einverstanden." Paras straffte die Schultern. „Wir werden so leise und vorsichtig wie möglich sein, damit kein Troll oder sonstiges Unwesen uns hört."

Als sie an die Stelle kamen, an der sie auf dem Hinweg dem Troll begegnet waren, spitzten sie die Ohren und sahen sich immer wieder um. Malis vergaß fast zu atmen.

Als der Boden leicht zu beben begann, schlug sie sich erschrocken die Hand auf den Mund und sah Jesko furchtsam an.

„Er ist weit weg, mach dir keine Sorgen", sagte er beruhigend.

Dennoch gingen sie nun noch ein wenig schneller und Malis fuhr zusammen bei jedem Geräusch, das durch den finsteren Wald zu ihnen gelangte. Jede Eule und jede Maus erschreckte sie.

Als sie den Wald am Morgen endlich hinter sich ließen, atmete sie erleichtert auf.

Den Rest des Weges rasteten sie nicht mehr. Sie pflückten im Vorbeigehen ein paar Früchte, um den bohrenden Hunger zumindest etwas zu stillen, füllten bei dem Bach ein letztes Mal ihre Lederbeutel und schwitzten in der Mittagssonne, die erbarmungslos auf sie herunterbrannte.

Dennoch spürte Malis ihre schmerzenden Beine und Füße kaum, denn Jeskos Hand in ihrer gab ihr Kraft und machte sie froh.

Der Vollmond sah auf sie herab, als sie endlich erschöpft das Dorf erreichten. Es kam Malis jedoch so vor, als blicke er vorwurfsvoll und enttäuscht.

Waren sie zu spät?

Malis bedankte sich bei Jesko für seine Hilfe. Er nahm ihr Gesicht in beide Hände. „Beeilt euch", riet er. „Und sag mir morgen früh, wie es eurer Mutter geht."

Malis versprach es und lächelte ihm unsicher zu. Dann suchten sie und Paras ihre Hütte auf.

„Jola, wir sind zurück", rief sie, als sie die Tür öffnete. „Wie geht es Mutter?"

Jola stand auf, ihr Gesicht war ernst. „Schlecht. Habt ihr den Sonnenstern gefunden?"

Malis zog ihren Beutel auf und holte die Blume hervor. „Sie sieht ein wenig mitgenommen aus", sagte sie und reichte Jola die zer-

drückte Pflanze, die schlapp den Kopf hängen ließ. „Wird sie Mutter dennoch helfen?"
„Das bleibt abzuwarten", murmelte die alte Frau.
Während der nächsten Stunde braute sie aus der Blume einen Trank und flößte ihn der Kranken ein. Malis betete, dass Jesko Recht behalten würde. Auch Paras sah verängstigt aus. Doch dies war ihre einzige Chance.
„Am Ende der Nacht werden wir wissen, ob eure Mutter leben oder sterben wird", sagte Jola.
„Bleibst du bei uns bis morgen früh?", bat Malis. Jola nickte.

Am nächsten Morgen ging Malis zu Jeskos Hütte und klopfte an seine Tür.
Als er sie öffnete, fiel sie in seine Arme und begann zu weinen.
„Was ist passiert?", fragte er erschrocken. „Deine Mutter …?"
„Sie wird wieder gesund", sagte sie erstickt, löste sich von ihm und wischte sich die Tränen aus dem Gesicht. „Ich bin so erleichtert. Du hast ihr das Leben gerettet."
Jesko zog Malis in seine Hütte, nahm sie in den Arm und hielt sie fest. „Ohne dich – und sogar ohne Paras – wäre mir das nicht gelungen."
Sie sah zu ihm auf und lächelte. „Er spricht jetzt ganz anders von dir", sagte sie. „Voller Respekt."
Jesko gab ihr einen Kuss auf die Nasenspitze. „So übel ist er auch nicht. Aber dich mag ich dennoch lieber. Dich und deine Sommersprossen."
„Dann küss mich doch endlich", bat sie leise und schlang die Arme um seinen Nacken.
Er sah ihr tief in die Augen. „Nichts lieber als das."

*****

Übernatürliches

Das Übernatürliche ist das Natürliche,
das wir noch nicht verstehen.

Elbert Hubbard

Der Teufel soll dich holen!

Zwei helle Kinderstimmen ließen Hermann Kowalski aus seinem Nachmittagsschläfchen hochfahren.
„Opa, Opa!"
Die kalt gewordene Pfeife in seiner gichtgeplagten Hand fühlte sich glatt und rund an. Sanft strich er mit dem Daumen über das Bruyèreholz, bevor er sie zur Seite legte. Dann setzte er sich in seinem gemütlichen Ledersessel leicht auf und sah zur Tür.
Tim und Sarah stürzten auf ihn zu. Tims Wangen waren gerötet und Sarahs geflochtene Zöpfe wirkten auf hinreißende Art rebellisch.
„Na, ihr Beiden, was ist denn los?"
Tim kam neben dem Sessel zum Stehen, während Sarah sich auf Hermanns Schoß kuschelte.
„Joris hat gesagt, dass es weder Gott noch Teufel gibt", berichtete Tim aufgebracht. „Das wäre alles bloß eine doofe Erfindung. Er lügt doch, stimmt's, Opa?"
„Das will ich meinen!" Hermanns Schnauzbart kräuselte sich vor Empörung, genau wie seine Augenbrauen.
„Selbstverständlich gibt es Gott. Wer sonst zaubert wohl jeden Frühling neue frische Blätter an die Bäume, lässt Himbeeren wachsen und Küken aus Eiern schlüpfen?"
Tim nickte zustimmend. „Genau. Und er macht auch, dass Milch aus Kühen kommt und aus Löwenzahn die lustigen Pusteblumen werden."
„Richtig, mein Junge." Hermann nickte ihm lächelnd zu und strich ungelenk über Sarahs Blondschopf.
„Und was ist mit dem Teufel?" Sarah sah ihren Opa aus großen Augen an. „Gibt es den auch wirklich?"

Hermann sah aus dem Fenster. Mit einem Mal war sein Gesicht wie versteinert. „Den gibt es wirklich, oh ja", murmelte er.

„Woher weißt du das, Opa?" Tim sank auf die Knie, nahm Hermanns Hand und sah gespannt zu ihm hoch. „Hast du ihn mal gesehen?"

Hermann zögerte, doch dann gab er zu: „Ja, das habe ich in der Tat."

„Wirklich?" Sarahs Augen weiteten sich ehrfürchtig. „Wo? Und wann?"

„Wollt ihr das wirklich hören? Es ist keine schöne Geschichte, oh nein." Hermann nahm seine Pfeife wieder zur Hand.

„Also, ich möchte sie hören", sagte Sarah entschlossen und rutschte von seinem Schoß. Dann ließ sie sich im Schneidersitz neben ihrem Bruder auf dem Teppichboden nieder.

„Ich auch!" Tim war mit seinen fast zehn Jahren der Ältere, also musste er mindestens genauso mutig sein wie seine Schwester.

Hermann entzündete ein Streichholz und begann zu paffen. Dicke Rauchwolken schwebten zur Decke hinauf und ein aromatischer Duft erfüllte den von der Julisonne erwärmten Raum. Er hielt Sarah das Streichholz hin und sie pustete es aus.

„Also schön. Aber die ganze Sache muss unbedingt unter uns bleiben", sagte Hermann und sah beide Kinder nacheinander eindringlich an.

Sie nickten eifrig.

Hermann lehnte sich zurück und zog genüsslich an der Pfeife. „Ich habe noch nie jemandem davon erzählt. Vielleicht sollte dieser Tag kommen, damit die Geschichte nicht mit mir ins Grab geht."

Tim und Sarah hingen wie gebannt an seinen Lippen, als Hermann zu erzählen begann. Und schon nach den ersten Worten hatte er das Gefühl, alles noch einmal zu erleben ...

Es war kurz nach dem Krieg gewesen. Überall im Dorf herrschten Hunger und Elend. Viele Väter und Söhne waren auf den Schlachtfeldern geblieben oder in Gefangenschaft geraten.
Die Hoffnung für die Zukunft – das waren die Kinder. Jene armen Würmchen, die kaum wuchsen, weil es nicht genug zu essen gab. Deren Augen in den schmalen, blassen Gesichtern riesig wirkten und die in Lumpen laufen mussten, weil es nicht genug Stoff und Leder gab. Selbst die Kleinsten mussten schon mit anpacken: Hühner und Schweine füttern, Ställe ausmisten, Kühe melken, und wenn sie größer waren bestellten sie mit ihren Müttern die Felder.
In jenem heißen Sommer verschwand das erste Kind. Ein kleiner Junge, der zuletzt am Nachmittag auf der Weide bei den Kühen gesehen worden war. Bis spät in die Nacht suchten die Leute nach ihm. Auch Hermann half mit. Er war einer der wenigen Glücklichen, die lebend und unversehrt aus dem Krieg zurückgekehrt waren. Nun war er Jäger, und mit Gewehr und Petroleumlampe bewaffnet strich er mit den anderen durch das Unterholz des nahen Waldes und rief immer wieder den Namen des verschwundenen Jungen.
Er wurde nie gefunden.
Nur eine Woche später verschwand wieder ein Kind. Diesmal ein Mädchen. Erneut blieb die Suche erfolglos und Angst breitete sich im Dorf aus.
Die anderen Jungen und Mädchen wurden angehalten, in der Nähe ihres Zuhauses zu bleiben und nicht allein in den Wald zu laufen. Dennoch wurde wenige Wochen später ein weiteres Kind vermisst.
Angst und Verzweiflung bemächtigten sich der Dorfbewohner. Wilde Spekulationen machten die Runde. Skrupellose Räuberbanden wurden vermutet, andere befürchteten, wilde Tiere hätten die Kinder gerissen. Einige fürchteten gar, dunkle gespenstische Wesen würden den Wald heimsuchen.

Hermann ging nun noch aufmerksamer durch sein Revier und suchte nach Hinweisen oder Spuren. Vergeblich.

Eines kühlen Herbsttages berichtete eine Mutter, ihr Kind hätte einen herrenlosen Hund am Waldrand gesehen.

„Was meint ihr?", fragte sie unruhig auf dem Weg zum sonntäglichen Gottesdienst, „könnte das ein Wolf gewesen sein? Mariechen sagte, er wäre groß und struppig gewesen."

„Wölfe? Hier bei uns?" Der alte Johannsen zupfte nachdenklich an dem Gestrüpp in seinem Gesicht, das früher mal ein schmucker Bart gewesen war. „Es gab in dieser Gegend seit vielen Jahren keine Wölfe mehr. Aber wer weiß ...?"

Die Frauen rangen die Hände oder bekreuzigten sich. Hungrige Wölfe waren gefährlich und unberechenbar. Es war nicht auszuschließen, dass sie sich die Kinder geholt hatten.

„Hermann, hast du Wölfe im Wald gesehen?", fragte die resolute Bäuerin vom Marker-Hof.

Er schüttelte den Kopf. „Bisher nicht, Bäuerin. Aber ich werde meine Augen offen halten."

„Tu das, mein Junge." Der alte Johannsen schlug Hermann auf die Schulter. „Und wenn du einen siehst, dann mach mit ihm kurzen Prozess."

Hermann nickte feierlich. „Das werde ich."

Der erste Frost setzte ein. Drei Wochen war es her, dass das vierte und bisher letzte Kind spurlos verschwunden war. Hermann schritt täglich aufmerksam durch den Wald. Seine Schritte ließen das kalte Laub auf dem Waldboden rascheln und die Kälte machte seinen Atem sichtbar.

War ein verdächtiges Geräusch zu hören, riss er die Flinte hoch und wartete mit zitterndem Herzen darauf, jeden Moment in die Augen eines Wolfes zu sehen, der knurrend die Zähne fletschte.

Doch entweder hatte Mariechen sich geirrt, oder die Tiere versteckten sich gut, denn nie lief ihm eines über den Weg.

An einem Nachmittag wurde Hermann während seines Rundgangs durch den Wald sehr müde. Vormittags war der alte Johannsen beerdigt worden und beim Leichenschmaus hatte seine Witwe ein paar Flaschen Branntwein auf den Tisch gestellt, die ihr Mann viele Jahre lang aufbewahrt haben musste.

„Mir schmeckt das nicht und mein Johann braucht es nicht mehr. Also trinkt ihr es", hatte sie traurig gesagt und sich mit einem fadenscheinigen Tuch die Augen getupft.

Das Angebot wurde gern angenommen und auch Hermann hatte zu viel getrunken. Nun kletterte er schwankend die Leiter zu seinem Hochsitz hinauf, wickelte sich in die Decke, die dort immer in einer Kiste bereit lag und hockte sich in eine Ecke. Nur wenig später war er eingenickt.

Während der schlief, hörte er eine Kinderstimme. Es dauerte eine Weile, bis er realisierte, dass es kein Traum war. Irgendwo sprach ein Kind. Hermann rieb sich gähnend die Augen, erkannte, wo er sich befand und war schlagartig hellwach. Ein Kind! Hier im Wald!

Er sprang auf und sah sich um. Die Stimme war hell, aber leise. Eine Mädchenstimme. Das Kind schien mit jemandem zu reden.

Hermann wollte gerade rufen, da sah er das Mädchen. Es hockte unter einem Baum am Rande einer kleinen Lichtung und betrachtete verzückt einen jungen Wolf, der herumtobte und zwischendurch zu ihr kam und sich streicheln ließ.

„Du bist ein lieber Hund", lachte das Mädchen. „Ich werde dich Bolle nennen. Einverstanden?"

Es war Mariechen, wie Hermann trotz der einsetzenden Dämmerung erkannte. Die Sonne war bereits von den Wipfeln der Bäume verschluckt worden. Er musste Mariechen so rasch wie möglich nach Hause bringen. Eilig hängte er sich sein Gewehr über die Schulter und begann, die Leiter nach unten zu klettern.

Noch immer war er nicht ganz frisch im Kopf und die Sprossen waren vom Frost gefährlich glatt, daher dauerte es länger als üblich, bis er das Knirschen der dünnen Schneedecke unter seinen Füßen hörte.

Er sah in die Richtung, in der er Mariechen gesehen hatte, als ihn ein markerschütternder Schrei zusammenfahren ließ. Wie angewurzelt blieb er stehen.

Ein grelles Licht flammte zwischen den kahlen Ästen auf, heller als die Sonne und gleichzeitig rot wie frisches Blut. Hermann blieb das Herz stehen.

Mariechen!

Er rannte los, auf die gleißende Helligkeit zu. Baumwurzeln ließen ihn straucheln und eiskalte Zweige peitschten ihm ins Gesicht, doch er blieb nicht stehen, bis er den Rand der Lichtung erreicht hatte. Entsetzt und schwer atmend starrte er auf die Szenerie, die sich ihm bot.

Mariechen stand bewegungslos da. Mit merkwürdig entrücktem Blick starrte sie auf den Wolfshund, der von grellrotem Licht und nach Schwefel riechendem Rauch umgeben war. Er richtete sich auf seine Hinterläufe auf, wurde größer, seine Züge menschlicher. Die Augen leuchteten rot, als würden sie brennen. Sein Maul verzog sich zu einem wahrhaft diabolischen Grinsen. „Komm, mein Kind! Komm mit mir."

Mit schmeichelnder Stimme, die aus den tiefsten Tiefen der Hölle zu kommen schien, winkte dieses unheimliche Wesen Mariechen zu sich. Gehorsam und mit seltsam abgehackten Bewegungen setzte sie einen Fuß vor den anderen. Ihre mit Lumpen umwickelten Schuhe hinterließen kleine Spuren im frischen Schnee.

Nur wenige Schritte fehlten noch, bis das Ungetüm das Mädchen packen würde. Hermann war klar, dass er das verhindern musste. Mit bebenden Händen richtete er sein Gewehr auf das Wesen. „Lass das Kind in Ruhe!", brüllte er in die Stille des Waldes.

Das Grinsen auf dem Wolfsgesicht erstarb, der Kopf drehte sich mit bedrohlicher Langsamkeit in die Richtung, aus der der störende Ruf gekommen war.

Hermann schluckte, als die lodernden Augen sich auf ihn richteten.

Mariechen blieb stehen. Es war, als wäre eine gespenstische Verbindung zwischen ihr und dem Wesen gekappt worden.

„Mariechen, komm zu mir! Schnell!", rief Hermann mit sich überschlagender Stimme.

Das Mädchen rührte sich nicht. Stattdessen kam das Ungetüm mit großen donnernden Schritten, die das Laub und glitzernde Schneeflocken aufwirbelten, auf Hermann zu. „Verschwinde!" brüllte es. Die roten Augen funkelten gefährlich. „Lauf, so schnell du kannst, wenn dir dein Leben lieb ist."

Hermann stolperte, als seine Füße sich wie von selbst nach hinten bewegten, und fiel in das schneebedeckte Laub. Sofort rappelte er sich wieder auf.

„Was machst du mit den Kindern?", fragte er zornig. Seine Wut schenkte ihm mehr Mut, als er eigentlich hatte. Dennoch hämmerte sein Herz wie wild gegen seinen Brustkorb. Wieder richtete er das Gewehr auf den leuchtenden Tierkörper.

„Schieß ruhig", forderte das Ungeheuer ihn auf. „Aber das wird dir nicht helfen. Du kannst niemanden töten, der gar nicht lebt."

„Was machst du mit den Kindern!?"

„Ich bringe sie auf den rechten Weg", sagte der teuflische Wolf und lachte dröhnend. „Mit ihrer Hilfe wird es immer jemanden auf dieser Erde geben, der Hass verbreitet, Kriege entfacht und Leid über die Menschen bringt."

In Hermanns Gesicht zuckte es. Sein Zeigefinger zuckte auch.

Ein Krachen ließ die Vögel aufschrecken und die Luft erzittern. Hermann schloss die Augen und hörte nichts weiter als das hektische Flattern der sich entfernenden Vögel. Mit rasendem Puls öffnete er blinzelnd die Augen.

Im Bauch des Wolfmenschen klaffte ein gewaltiges Loch. Es begann zu leuchten, so gleißend hell, dass Hermann geblendet eine Hand hochriss und sein Gesicht bedeckte.

Als das Licht erlosch und er die Hand wieder sinken ließ, war das Loch verschwunden und aus dem Maul des Wolfwesens drang ein hämisches Lachen, das abrupt endete.

„Ich sagte dir doch, du kannst mich nicht töten. Ebenso wenig, wie du das Böse auf dieser Welt ausrotten kannst. Und jetzt verschwinde!"

Hermann warf einen Blick zu Mariechen. Sie stand noch immer stocksteif da, schien gar nicht zu bemerken, was um sie herum geschah. Er dachte an ihre Mutter und an all die anderen verängstigen und traurigen Mütter im Dorf.

„Nimm mich!", rief Hermann flehend. „Aber lass das Kind gehen. Ich bitte dich!"

„Dich kann ich nicht brauchen, es muss ein Kind sein. Dein Märtyrergehabe ist also vergebens."

Die langen dünnen Wolfsarme griffen nach Mariechen und umklammerten ihren mageren Körper. Ihre schmutziggraue Wollmütze fiel ihr vom Kopf und landete im Schnee, wo sie von der Dämmerung verschluckt wurde.

Wieder erklang Gelächter, höhnisch und bösartig.

„Neeeiiinnn!!", brüllte Hermann und rannte auf beide zu, doch da ertönte ein gewaltiger Knall. Er riss Hermann von den Füßen und warf ihn zu Boden.

„An mehr erinnere ich mich nicht", schloss Hermann mit brüchiger Stimme. Tim und Sarah hatten seiner Erzählung mit offenen Mündern gelauscht. Sarahs Hand hielt die ihres Bruders fest umklammert.

„Was ist mit Mariechen passiert?", fragte Tim atemlos.

„Ich weiß es nicht, Junge." Hermann schüttelte traurig den Kopf und legte die Pfeife zur Seite. „Als ich erwachte, war es bereits heller Tag und ich war halb erfroren. Im Schnee fand ich nur ihre Mütze. Das war für mich ein Zeichen dafür, dass ich nicht geträumt hatte."

Sarah ließ Tims Hand los und kletterte wieder auf Hermanns Schoß. „Das arme Mariechen", wisperte sie mitleidig.

„Ich wette, Joris fällt die Kinnlade auf die Knie, wenn ich ihm das erzähle", sagte Tim schadenfroh.

Hermann schüttelte den Kopf. „Erzähle es ihm nicht, mein Junge. Er würde dir doch nicht glauben."

„Aber mit der Mütze können wir es beweisen!", rief Tim aufgeregt.

„Gar nichts könntest du damit beweisen", widersprach Hermann scharf. „Abgesehen davon besitze ich sie nicht mehr. Ich habe sie Mariechens Mutter gegeben. Sie konnte ihr natürlich nicht über den Verlust ihres Mädchens hinweg helfen, aber sie vielleicht hin und wieder ein kleines bisschen trösten."

„Darum gibt es also so schlimme Sachen wie Hunger und Kriege", murmelte Sarah an der Brust ihres Großvaters.

Der nickte. „Ja, leider. Und bis jemand herausgefunden hat, wie man diesen Teufel besiegen kann, wird das wohl auch so bleiben. Ich habe es leider nicht geschafft."

„Aber du hast es versucht", tröstete Sarah ihn. „Ich finde, du warst sehr mutig."

„Ja, das finde ich auch", stimmte Tim zu. Ihm fiel etwas ein. Das schlechte Gewissen legte sich wie eine Maske auf sein Gesicht. „Du, Opa?"

„Ja, was ist denn, mein Junge?"

„Mir ist gerade eingefallen, was ich vorhin zu Joris gesagt habe."

„Und? Was war das?"

Tim druckste ein wenig herum, dann flüsterte er: „Der Teufel soll dich holen!"

*****

Gipfeltreffen

Angela drehte mit feierlicher Miene den Schlüssel herum, ging dann gelassen von einem Fenster zum anderen und zog dunkelrote Vorhänge vor die traumhafte Aussicht auf das Wettersteinmassiv.
Die sechs Männer in dunklen Anzügen, die in dem geschmackvollen Raum standen oder saßen, beobachteten sie stumm dabei. Als die strahlende bayerische Sonne ausgesperrt war, schaltete Angela einige Tisch- und Stehlampen ein sowie den gewaltigen, glitzernden Kronleuchter, der über dem runden Tisch hing.
„Meine Herren", sagte sie mit einem zufriedenen Lächeln, „es ist soweit."
„Na endlich!" Barrack schlüpfte aus seinem Blazer und riss sich die dezent gemusterte Krawatte herunter.
François ließ sich auf einen barocken Sessel fallen und zog sich die Maske vom Kopf. „Oh Mann, tut das gut!", stöhnte er und ließ die Hollande-Hülle achtlos zu Boden gleiten.
Wenig später landeten dort auch die übrigen Masken: die jugendliche des italienischen Ministerpräsidenten Matteo Renzi, die des japanischen Premierministers Shinzō Abe mit den kräftigen Augenbrauen und die blasse von David Cameron, dem englischen Premierminister. Stephen Harper aus Kanada nahm zuvor die Perücke ab, hängte sie vorsichtig über eine leere Blumenvase und entledigte sich dann seines öffentlichen Gesichts.
Wenig später saßen die sieben Politiker an dem runden Tisch, doch von den Schultern aufwärts erinnerte nichts mehr an die Personen, die so oft in den Zeitungen oder im Fernsehen zu sehen waren. Bis auf winzige Nuancen sahen alle gleich aus; die Köpfe waren klein, haarlos, hatten drei Augen, ähnlich denen von

Schweinen, keine Nasen und einen schmalen Mund, der nicht horizontal, sondern vertikal ins das grünlich-braune Gesicht geschnitten war.

„Wer möchte Öalskjyser?" fragte Angela in die Runde.

Prompt hoben sich sechs Männerarme. Angela lachte und warf jedem einen grau-lila gefärbten kleinen Gegenstand zu, der wie eine dicke Münze aussah. Nacheinander landeten die Brausetabletten in den bereitstehenden Gläsern mit Mineralwasser und sanken dort sacht herab. Die Flüssigkeiten begannen zu brodeln und zu zischen.

Stumm sahen die Politiker zu, ein Lächeln der Vorfreude auf den flachen, schlammfarbenen Gesichtern. Nachdem sich die Tabletten aufgelöst hatten, hob Angela ihr Glas. Die anderen folgten ihrem Beispiel. „Auf ein schönes Wochenende", begann sie. „Es ist schön, dass ihr da seid und wir endlich wieder gemeinsam Zeit verbringen können. Wüanon!"

„Wüanon!", antworteten die Männer. Die senkrechten Münder öffneten sich, wurden immer größer und runder. Mit leicht nach hinten gebeugtem Kopf goss jeder Politiker den Inhalt seines Glases in den weit geöffneten Mund.

Genussvoll leckten sie sich hinterher mit gelben, schmalen Zungen über die nicht vorhandenen Lippen.

„Schön, dass du daran gedacht hast, Öalskjyser vom Mutterschiff zu ordern", lobte David Cameron Angela, die huldvoll nickte.

„Was ist eigentlich mit Wladimir los?", fragte Barrack.

„Er bockt und schmollt wie ein kleiner Junge. Was er ja auch immer war und bleiben wird, nicht wahr?" Angela lächelte gequält. „Nur in seiner Gorbatschow-Phase war mit ihm einigermaßen zu reden. Er war immer anstrengend, das wisst ihr. Besonders als Boris Jelzin, da hat er doch tatsächlich besoffen auf Tischen getanzt. Öffentlich!"

„Ich erinnere mich", lachte François. „Hinterher war ihm das ganz schön peinlich."

„Er ist viel zu leichtsinnig", bemerkte Angela grimmig. „Fast könnte man meinen, er will, dass unser Geheimnis entdeckt wird. Augenblicklich hat er einen üblen Anfall von Größenwahn. Diese Krim-Sache … Na, wie dem auch sei, ich habe ihm gesagt, dass er diesmal nicht an unserem Treffen teilnehmen darf."

„Das war auch richtig so, Angie." Shinzō Abe nickte zustimmend. „Wladimir hält sich für den Größten, dabei ist er nichts weiter als ein Wodka saufender Idiot."

Angela schnalzte mit der Zunge. „Na na, übertreib nicht."

„Er hat Recht", rief Stephen Harper. „Einen Unruhestifter wie ihn können wir nicht gebrauchen."

„Ja, wir wollen unseren Spaß haben!" François sprang auf und begann, singend durch den Raum zu tanzen.

„François!" Angela klatschte gebieterisch in die Hände. „Der entspannte Teil kommt noch früh genug. Vorher müssen wir aber das Programm abspulen."

Auf François' Stirn zeigten sich vertikale Unmutsfalten. „Ach, komm schon, Angie, das machen wir einfach wie immer. Wir sind der Lösung einen großen Schritt näher gekommen, es gibt aber noch keine endgültigen Entscheidungen, bla bla bla. Was anderes erwarten die Kronks und diese Schmeißfliegen von der Presse doch gar nicht von uns."

„Ich finde, du machst es dir ein bisschen zu einfach." Shinzō Abe verschränkte die Hände ineinander und beugte sich leicht vor. „Die Kronks brauchen unsere Hilfe. Ein paar Punkte sollten wir schon erörtern und versuchen, eine Lösung zu finden."

Barrack riss seine drei Schweinsäuglein auf. „Wirklich, Mann? Wir sehen uns so selten, da wollen wir uns amüsieren. Den politischen Kram haben wir jeden Tag an der Backe. Wir brauchen auch einmal eine Pause."

„Genau!", brüllte François. „Angie, hast du noch einen Öalskjyser für mich? Wie die Kronks immer sagen: Auf einem Bein kann man nicht stehen." Er lachte.

Doch Angie schüttelte den Kopf. „Ich muss euch wohl daran erinnern, warum wir überhaupt hier auf der Erde sind."

„Das wissen wir doch", rief Stephen. „Mein Vorfahr war dabei, als unsere Leute damals die Erde entdeckten und mit ansehen mussten, was dieser Hitler mit seiner Rasse anstellte. Bestimmt haben wir ein paar Kronks gerettet, in dem einer unserer Leute damals Besitz von Hitler ergriff und ihn dazu brachte, sich zu erschießen."

„Wie wir heute wissen, hätten wir viel früher kommen müssen", seufzte Angela. „Immerhin können wir jetzt Schlimmeres verhindern, indem wir die Körperhüllen der mächtigen Erdbewohner übernehmen. Aber Wladimir bleibt eine Zeitbombe. Er müsste eigentlich ausgetauscht werden, doch das könnte zum einen auffallen und zum anderen hat er Beziehungen nach ganz oben."

„Das schadet hier auf der Erde nie", murmelte David Cameron.

Martin Meier wischte sich den Schweiß vom Gesicht. In der anderen Hand hielt er seine Nokia-Kamera mit dem Tamron SP Teleobjektiv. Eine fantastische, aber kostspielige Anschaffung.

Seine Kollegen standen eng gedrängt auf der Holztribüne neben dem Pressezentrum. Der Blick von dort war gut – wenn man nicht viel mehr als das Schlosshotel Elmau und die Berge des Wettersteinmassivs sehen wollte.

Doch Martin wollte mehr. Also hockte er in einem Busch auf der Rückseite des Schlosses. Er brauchte exklusive, einzigartige Bilder dieser geschichtsträchtigen Zusammenkunft. Seine bisherigen Fotografien hatten nie viel eingebracht. Er liebte es, zu fotografieren, doch leider war sein Talent dafür begrenzt. Also musste er sich auf andere Weise von den anderen abheben.

Zärtlich strich er über die Kamera – seinen wertvollsten Besitz - und verstaute sie im Rucksack. Das neue Objektiv war wirklich verdammt teuer gewesen. Sein Konto war seit der Anschaffung so leer wie Griechenlands Staatskassen. Ein einziges Foto vom runden Tisch des G7-Gipfels würde ihn aber sofort sanieren.

Weil er der einzige sein würde, der diese Bilder lieferte.

Vorsichtig kroch er näher, von einem Busch oder Baumstamm zum nächsten. Es wimmelte in der unmittelbaren Umgebung des gesamten Schlosses von Wachposten und Polizisten.

Martin hatte seine normale Kleidung in der billigen Pension gelassen. Stattdessen trug er geliehene Wanderklamotten. So fiel auch der Rucksack nicht auf, den er sich nun auf den Rücken schnallte.

Aufmerksam sah er sich die Rückseite des Schlosses an. An einigen Fenstern im ersten Stock waren die Vorhänge zugezogen.

Vermutlich war der dahinter liegende Raum das Objekt seiner Begierde. Er fluchte leise vor sich hin. Warum mussten Merkel & Co. so grässlich misstrauisch sein?

In der Nähe entdeckte Martin eine Kastanie, die hoch genug war, um mit dem Objektiv eine gute Sicht auf den runden Tisch zu gewährleisten – vorausgesetzt, einer der Politik-Clowns würde die Vorhänge aufziehen; für frische Luft oder um die Aussicht zu bewundern.

In gebückter Haltung eilte Martin auf den Baum zu und verbarg sich hinter dem Stamm. Er war noch weit genug entfernt, damit die Sicherheitsleute nicht auf ihn aufmerksam wurden. Die standen zumeist in kleinen Grüppchen zusammen, unterhielten sich und sahen sich immer mal wieder pflichtschuldig und oberflächlich um.

Martin begann zu klettern. Zweige knackten leise, Blätter flatterten zu Boden und zweimal rutschte er an dem Stamm wieder herunter, wobei er sich die Handballen aufschürfte. Doch schließlich hatte er es geschafft und ließ sich keuchend auf einer Astgabel nieder. Seine Hände brannten, doch er ignorierte es, denn der Blick auf die G7-Fenster war von hier aus grandios.

Er nahm den Rucksack von seinen Schultern und zog die Kamera hervor.

Genau in dem Moment, als sich einer der Vorhänge bewegte und sich einen Spaltbreit öffnete, so als wäre jemand versehentlich dagegen gekommen, hielt er sie sich vor die Augen und grinste zufrieden. Endlich war seine Zeit gekommen!

Mit schmalen Augen versuchte er, durch den Spalt einen Blick ins Innere des Raumes zu erhaschen und glaubte, das Rot eines der typischen Blazer der Kanzlerin zu erkennen. Aufgeregt stellte er das Objektiv scharf.

„Nur gut, dass die Ohren der Kronks unsere Musik nicht hören können", sagte Angela zu Barrack. Sie standen mit dem Rücken zu einem der Fenster, in den Händen ein Glas Öalskjyser, und beobachteten, wie die anderen ausgelassen durch den Raum tanzten. Vergnügt nippte Angela an ihrem Glas und bewegte ihre Hüften im Takt. Barrack drehte seinen Öalskjyser in den milchschokoladenbraunen Händen.

„Sag mal, Angela, war es eigentlich eine große Umstellung, in einen Frauenkörper zu schlüpfen?"

Überrascht sah sie zu ihm auf. „Warum fragst du?"

„Ach, du weißt doch sicher, dass Hillary Clinton für die Präsidentschaftswahlen im nächsten Jahr kandidiert. Vielleicht sollte ich mich für den Fall, dass sie wider Erwarten gewinnt, mal vorbereiten. Kannst du mir ein paar Tipps geben?"

Angela nickte. „Ich weiß, was du meinst. Meine Umstellung von Schröder auf Merkel war auch nicht leicht. Das Wichtigste: Üb das Schminken, so, wie Hillary es macht. Make-up richtig aufzutragen ist gar nicht so einfach. Auch an deinem Gang musst du arbeiten und natürlich daran, in Röcken und auf hohen Schuhen zu gehen. Ich habe eine ganze Weile gebraucht, bis die Medien sich weniger auf mein Äußeres als auf meine Arbeit konzentriert haben."

Barrack grinste gequält. „Ja, ich weiß. Da steht mir sicher einiges bevor."

„Das schaffst du schon."

Ein Streifen Sonnenlicht fiel auf den Tisch. Barrack und Angela bemerkte dies fast zeitgleich und warfen sich einen kurzen, alarmierten Blick zu. Dann drehten sie sich um und betrachteten die Fenster.

„Welcher Vollidiot …?!", begann Barrack und stürzte auf den spaltbreit offen stehenden Vorhang eines Fensters zu.

Angela eilte ihm nach und bemerkte entsetzt, dass Barrack jegliche Vorsicht vergaß und hinausschaute, vermutlich um sicherzugehen, dass niemand von den Kronks etwas bemerkt hatte. Wenn jemand in diesem Moment hersah, waren sie beide zu erkennen.

„Barrack, mach den Vorhang zu! Schnell!"

Er tat es und warf ihr einen beruhigenden Blick zu. „Keine Panik, dort draußen sieht alles ganz normal aus. Niemand hat etwas bemerkt."

Angela seufzte. „Ich hoffe, du hast recht."

Dennoch trat sie an noch einmal an das Fenster und schob den Vorhang an der rechten Außenseite vorsichtig ein wenig zur Seite. Sie musste sich selbst davon überzeugen, dass keine Gefahr drohte.

Ihr Blick fiel auf eine Kastanie, deren Blätter sich hektisch bewegten. Dann sprang ein Mann von dem Baum herunter, rappelte sich auf und rannte davon, als wäre der Leibhaftige hinter ihm her.

Angela entfuhr ein leiser Schreckensschrei. Barrack wandte sich ihr zu. „Was ist denn?"

„Von wegen: Niemand hat etwas bemerkt", zischte sie. „Jemand hat uns von einem Baum aus beobachtet. Vielleicht sogar fotografiert. Und jetzt ist er weg!"

„Shit!"

Stephen trat zu ihnen, noch fröhlich die Hüfte schwingend. „Was ist Shit?"

„Jemand hat uns gesehen", informierte ihn Angela angespannt. Stephen verharrte. „Lögak!", fluchte er leise.

„Und was machen wir jetzt?", fragte Barrack kleinlaut.

„Ich spul kurz zurück", beschloss Angela.

Stephen nickte. „Gute Idee." Mit einer knappen Handbewegung ließ er die Musik verstummen. Shinzō, Matteo, David und François hielten mitten in der Bewegung inne und sahen erstaunt zu den anderen.

„Seid alle mal ganz ruhig", rief Stephen ernst. „Angela muss zurückspulen."

Sie schloss die drei Augen. Es dauerte eine Weile, dann murmelte sie: „Ein Mann. Lederhose, rote Kniestrümpfe, Wanderschuhe, Schlapphut. Rot-weiß kariertes Hemd, brauner Rucksack. Er verspürt Angst und gleichzeitig … Triumph."

„Er hat uns gesehen", flüsterte Barrack erschüttert und fuhr sich über den kahlen Kopf.

Angela öffnete ihre Augen wieder. „Wir brauchen die Hilfe des Mutterschiffs. Es muss einen Suchtrupp runterschicken. Der Kerl darf uns auf gar keinen Fall durch die Lappen gehen."

François nickte. „Ich werde es veranlassen." Damit zog er ein kastenförmiges Gerät aus seiner Hosentasche, klappte es auf und drückte ein paar Knöpfe.

Während er dem Mutterschiff die Lage erklärte, warfen die anderen sich beunruhigte Blicke zu.

Martin rannte und rannte, bis schmerzhafte Seitenstiche und akute Atemnot ihn dazu zwangen, anzuhalten. Schwer atmend, eine Hand in die Seite gepresst, sah er sich um. Er war in einer kleinen Straße gelandet, die sich seit den fünfziger Jahren nur unwesentlich verändert hatte. Einzelne Passanten waren unterwegs, alles wirkte völlig normal.

Hier, in der kleinen Ortschaft Klais, war trotz der geschichtsträchtigen Zusammenkunft der sieben wichtigsten Politiker der Welt nicht viel los. Die Demonstranten waren im zehn Kilometer entfernten Garmisch.

Auf der anderen Straßenseite entdeckte Martin ein kleines, gutbürgerlich wirkendes Restaurant. Er wartete, bis sein Atem sich

beruhigt hatte, wischte sich den Schweiß von der Stirn und ging mit weichen Knien auf die Eingangstür zu.
Drinnen roch es nach Hausmannskost und Spießbürgermief. ustikale Eiche dominierte die Einrichtung, die Wände waren holzgetäfelt und mit Geweihen in verschiedenen Größen dekoriert. Martin ließ sich nahe der Tür auf einen unbequemen Holzstuhl sinken und bestellte ein großes Bier. Das brauchte er jetzt. Der Nebentisch war besetzt mit ein paar Einheimischen, die sich auf bayerisch über die G7-Demonstranten unterhielten. Martin hörte kaum hin, seine norddeutschen Ohren verstanden ohnehin nur die Hälfte. Außerdem hatte er Wichtigeres im Kopf. Er musste sich die Bilder, die er gemacht hatte, unbedingt ansehen. Aber dafür wollte er allein sein. Ohne lästige Zeugen.
Er wartete, bis die junge Kellnerin sein Bier gebracht hatte, nahm einen kräftigen Zug und stellte das Glas wieder ab. Dann schnappte er sich seinen Rucksack und steuerte kurzerhand eine Tür mit der Aufschrift 'Für Herren' an.
Auf einem Toilettendeckel hinter einer schlichten Holztür hockend klickte Martin sich durch die aufgenommenen Fotos und schüttelte fassungslos immer wieder mit dem Kopf. Kanzlerin Merkels roter Hosenanzug war deutlich zu erkennen, dennoch sah die Person nicht wie die Bundeskanzlerin aus.
Martin vergrößerte das Bild noch ein bisschen, wobei es zwar an Schärfe verlor, doch der schlammfarbene Glatzkopf blieb ein schlammfarbener Glatzkopf. Genau so einen hatte der große schlanke Mann daneben. Er trug ein weißes Hemd ohne Krawatte. Martins Herz raste. Die Haut an den Händen war dunkler als die des anderen Wesens. Was hatte das zu bedeuten? Viel wichtiger: Würde ihm jemand diese Aufnahmen abkaufen? Oder würde man sie als alberne Fälschung abtun? Martin verkleinerte das Foto wieder und betrachtete das Drumherum. Die Fassade war eindeutig die von Schloss Elmau. Da gab es keinen Zweifel. Auf Martins Gesicht zeigte sich ein breites Grinsen. Zumindest die Sensationsblättchen würden jede Summe zahlen,

um diese Fotos exklusiv zu bekommen. Als Erstes würde er bei der WILD-Redaktion anrufen.
Sicherheitshalber nahm Martin die Speicherkarte aus der Kamera und steckte sie sich in den roten Kniestrumpf, ganz weit nach unten. Dann zückte er sein Handy.

Unauffällig mischten sich die Nequwai unter die Bevölkerung, getarnt als Einheimische, Touristen oder Polizisten. Dabei hielten sie die Augen offen nach dem Mann in Wanderkleidung. Es war bereits später Nachmittag, als zwag-7, ein Nequwai in der Figur eines Kellners, endlich die ersehnte Nachricht ans Mutterschiff sandte.
Wenig später verkündete François: „Wir haben ihn! Er wurde in einem Straßencafé entdeckt."
Angela und Barrack tauschten einen erleichterten Blick.
„François, aktiviere den Bildschirm", bat Angela. Sie setzten sich eng nebeneinander an den Tisch. François stellte den Kontaktapparat auf die Tischplatte und schaltete den Bildschirm ein. Nun sahen sie das, was zwag-7, der Kellner des Straßencafés, sah.
„Er hat den Auftrag, den Gesuchten an einen ruhigen Ort zu bringen und dann seine Gestalt anzunehmen", berichtete François.
Zwag-7 näherte sich einem Tisch, an dem ein Mann mit Karohemd und Schlapphut saß.
„Entschuldigen Sie, mein Herr, ich muss Sie bitten, mich ins Büro zu begleiten", hörten Angela und die anderen zwag-7 sagen.
„Mich? Warum denn?"
„Bitte kommen Sie. Keine Sorge, es dauert nicht lange."
Angela nickte und ganz von allein bildeten ihre Hände eine Raute. „Seht ihr die Angst in seinen Augen? Er ist es, ich bin ganz sicher."
Der Mann mit dem Schlapphut wirkte misstrauisch, stand jedoch auf. Zwag-7 zeigte ins Innere des Cafés. *„Nach Ihnen, mein Herr."*

Der Mann machte Anstalten, zwag-7's Anforderung Folge zu leisten, doch nach wenigen Schritten drehte er sich abrupt um und flüchtete aus dem Café.

„*Lögak!*", schimpfte zwag-7. „*Soll ich ihm nachlaufen?*"

„*Nein*", kam es knarzend aus dem Mutterschiff. „*Ein anderer wird sich um ihn kümmern. Danke, zwag-7.*"

François schaltete das Gerät aus. „Er hat Lunte gerochen. Aber wir kriegen ihn."

Martin rannte eine Straße entlang und tauchte schließlich in einer Gruppe von Touristen unter, die mit einer Führerin, die ein bisschen wie Claudia Roth aussah, eine Kirche betrachteten und den dazugehörigen Ausführungen lauschten. Einige von ihnen warfen Martin einen kurzen Blick zu - ‚*Der war doch eben noch nicht da*' -, beachteten ihn aber nicht weiter. Als Martin wenige Schritte entfernt einen Abfalleimer sah, ging er darauf zu und stopfte den Schlapphut hinein, die verwunderten Blicke von zwei Touristen ignorierend. Aus seiner Tarnung war offenbar ein Erkennungszeichen geworden, das er loswerden musste.

Was hatte dieser Kellner von ihm gewollt? Dessen merkwürdigen Andeutungen und der etwas starre Blick waren eindeutige Zeichen dafür, dass da irgendwas nicht ganz koscher war. Nun würde er Schulze, den Redakteur der WILD-Zeitung, mit dem er in dem Café verabredet gewesen war, verpassen. Verflucht!

Martin trat ein paar Schritte zur Seite, zog sein Handy hervor und wählte Schulzes Nummer.

„Wo stecken Sie? Ich dachte, wir wollten uns hier im Café treffen?", begrüßte ihn der Redakteur, bevor Martin etwas sagen konnte.

„Tut mir leid, mir kam was dazwischen", antwortete Martin mit gepresster Stimme. „Ich erkläre es Ihnen später. Haben Sie ein Hotelzimmer? Dann komme ich dorthin. In einer halben Stunde."

Schulze nannte ihm schlecht gelaunt die Adresse des Hotels und

die Zimmernummer. „Aber seien Sie pünktlich. Ich habe noch mehr zu tun. Hier ist der Teufel los, wie Sie wissen."
„Oh ja, das weiß ich", murmelte Martin und verabschiedete sich.

Der japanische Tourist hob seinen Arm, als wolle er auf die Uhr sehen. „Ich habe ihn. Er geht gerade in das örtliche Hotel."
„Folgen Sie ihm, weik-3. Sie wissen, was zu tun ist."
Der Japaner ließ die Hand wieder sinken und betrat hinter Martin Meier das Hotelfoyer.
Es war klein und strahlte weiß-blau-bayerische Tradition aus. Martin Meier ging an der Rezeption vorbei, zum Fahrstuhl hinüber und drückte auf den Knopf. Der Japaner stellte sich neben ihn, lächelte und neigte höflich den Kopf mit den glänzenden schwarzen Haaren.
Die Tür glitt auf. Nacheinander betraten sie die Kabine. Meier drückte die Vier und sah den Touristen fragend an. Der lächelte breit und nickte zustimmend. Die Tür glitt zu und der Fahrstuhl fuhr nach oben.
Eine Minute später landete er wieder im Erdgeschoss. Heraus traten ein leicht verwirrt wirkender japanischer Tourist, der sich unsicher umsah, und Martin Meier, der mit festem Schritt das Hotel verließ.
Am runden Tisch im Hotel Schloss Elmau verfolgten sieben Nequwai, wie Martin Meier eine Straße entlang ging und dann in eine leere Toreinfahrt abbog.
„Die Gefahr ist gebannt", sagte Barrack erleichtert. „Endlich."
Martin Meier hob seinen Arm und hielt sich das Handgelenk vor den Mund. Er trug das armbanduhrähnliche Gerät des Japaners.
„Jetzt!"
Das Bild auf dem Kontaktgerät verschwamm, dann wurde es wieder scharf. Die Toreinfahrt hatte sich in einen runden Raum mit blinkenden Apparaturen verwandelt. Etwa zwanzig Nequwais saßen an Bildschirmen, ihre krakenartigen Beine waren ständig in Bewegung.

„Willkommen zurück, weik-3. Gute Arbeit", knarzte der größte von ihnen.

Weik-3 begann, den Rucksack zu entleeren. Als er an der Kamera den Schacht für die Speicherkarte öffnete, konnten Angela und die anderen sehen, dass der Schacht leer war.

„Durchsuch ihn, weik-3", sagte François. „Er muss die Speicherkarte irgendwo haben."

Der Nequwai, der wie Martin Meier aussah, begann, seine Taschen zu durchsuchen und zog sich nach und nach aus, bis er nichts weiter am Körper trug als einen roten Kniestrumpf. Seine Hand hielt die gesuchte Speicherkarte.

Barrack atmete sichtbar erleichtert aus.

„Zerstören, weik-3", befahl François.

Weik-3 schob sich die Karte in den Mund, zerkaute sie und schluckte sie hinunter, als wäre sie ein Karamellbonbon.

François schaltete den Kontaktapparat aus und ließ seine Fingerknöchel knacken. „Gefahr erkannt, Gefahr gebannt, wie die Kronks sagen."

Angela lehnte sich ausatmend zurück. „Wer möchte noch ein Glas Öalskjyser?"

„Mindestens eins", grinste Stephen und David nickte dazu.

„Musik!", rief Matteo.

Martin blinzelte. Die Sonne stach ihm schmerzhaft durch die Lider. Wo war er? Eine Hand schützend über die Augen gelegt sah er sich um. Er lag auf einer Wiese, um ihn herum tollten Kinder und Hunde, ältere Damen fütterten Enten am nahen Teich.

Die Sonne stand tief. Lange würde es nicht mehr hell sein.

Martin runzelte die Stirn und setzte sich auf. Wie war er hierher gekommen?

Neben ihm lag sein Rucksack. Wie ein Blitz kam die Erinnerung wieder hoch: Die Fotos, die Speicherkarte! Er zog seinen rechten Strumpf nach unten, schob seinen Zeigefinger unter den Stoff und tastete nach der Karte. Nichts. Er wiederholte die Prozedur am linken Bein, doch auch dort war die Speicherkarte nicht. Hektisch öffnete er die Wanderschuhe, kickte sie von den Füßen und zog sich die Socken aus.

Die Karte war weg. Wo war sie? Hatte er sie Schulze gegeben? Eine andere Möglichkeit fiel Martin nicht ein. Er ergriff sein Handy und wählte die Nummer des WILD-Redakteurs.

„Meier! Wo, zum Teufel …!"

„Habe ich Ihnen die Karte gegeben?", unterbrach Martin ihn.

„Natürlich nicht. Wann denn? Sie sind doch noch gar nicht hier gewesen."

„Ich werde jetzt kommen", versprach Martin, drückte die rote Taste und mit einem unguten Gefühl in der Magengegend zog er sich Socken und Schuhe wieder an.

Eine Viertelstunde später klopfte er an die Hotelzimmertür mit der Nummer 411. Schulze, ein vollbärtiger Mittfünfziger mit ungesundem Bauchansatz, öffnete und funkelte Martin grimmig an. „Was war denn nun auf dieser Speicherkarte?"

„Lassen Sie mich erst einmal reinkommen."

Schulze öffnete brummend die Tür und ließ Martin eintreten. Der sank in einen Cocktailsessel, stellte seinen Rucksack auf dem Boden ab und fuhr sich in einer verzweifelten Geste mit beiden Händen durch die dunklen Haare.

„Sie haben sie mir gestohlen. Sie haben mich betäubt und mir die Karte aus der Socke geraubt."

Schulze schloss die Tür. „Wer sind ‚sie'?"

Martin sah hoch. „Aliens. Alle hochrangigen Politiker auf Schloss Elmau sind Aliens. Ich habe es mit eigenen Augen gesehen. Obama, Cameron, Hollande – und Angela Merkel."

Schulze schüttelte verwirrt den Kopf. „Ich fürchte, ich verstehe nicht ganz."

„Zugegeben, ich habe nur die Kanzlerin und einen Mann gesehen, wahrscheinlich Obama – aber sie hatten die Köpfe von Monstern! Von Aliens! Die anderen sind bestimmt auch …"

„Hat man Ihnen ins Hirn geschissen?", brüllte Schulze und tippte sich vielsagend an die Stirn. „Nichts für ungut, Meier, aber diesen Blödsinn können Sie der Wochenzeitung in Ihrem Heimatkaff erzählen." Er ging zur Tür, öffnete sie und machte eine auffordernde Geste. „Sie haben mir genug Zeit gestohlen. Auf Wiedersehen."

„Ich schwöre, ich sage die Wahrheit! Die Köpfe hatten drei Augen, die Farbe von Schlamm und ..."

„Raus!"

Martin verstummte und griff frustriert nach seinem Rucksack. Natürlich glaubte Schulze ihm nicht. Es klang ja auch vollkommen absurd.

Wie in Trance stolperte Martin aus dem Zimmer und wenig später aus dem Hotel. Hatte er das alles nur geträumt? Das konnte nicht sein! Aber ohne die Speicherkarte würde er nichts davon beweisen können. Aus der Traum vom großen Geld.

Er war am Arsch. Aber so richtig.

Als er am Montagmorgen in seiner kleinen, engen Küche die Zeitung aufschlug, lächelte ihm auf einem Foto Angela Merkel entgegen, die wie üblich die Hände zu einer Raute zusammengelegt hatte.

„Wir sind einen großen Schritt in die richtige Richtung gegangen", wurde die Kanzlerin zitiert. *„Endgültige Entscheidungen konnten zwar zu meinem persönlichen Bedauern noch nicht gefällt werden, doch unter allen Teilnehmern des G 7-Gipfels herrscht in vielen Punkten Einigkeit."*

„Darauf wette ich", knurrte Martin.

Er sah sich noch einmal das Foto an und glaubte für einen Moment, Angela hätte ihm zugeblinzelt.

*****

Das Haus der Dämonen

Der alte Mann spie Gift und Galle. „Was sagen Sie dazu, Mathilda? Da kommt mein feiner Herr Sohn endlich nach Hause, nachdem er sich monatelang in Südamerika herumgetrieben hat, und was bringt er seinem Vater mit? Kräutertee!"
„Der gegen Ihre Gicht helfen soll", erinnerte ich ihn, während ich eine Wolldecke aufschüttelte und ihm über die Beine legte.
Art Simons brummte nur und hob missmutig die zarte Porzellantasse an seine dünnen Lippen.
Mochte er knurren. Ich jedenfalls freute mich, dass mit dem jungen attraktiven Mr. Simons frischer Wind in dieses düstere Gemäuer einzog. Sonst lebte ich hier ganz allein mit dem alten Mann.
Sicher, Henry Simons war ein Bonvivant, der nichts von Arbeit hielt, doch dank des Vermögens seines Vaters konnte er sich dieses Leben leisten. Und der Tee, den er aus Mexico mitgebracht hatte, duftete wunderbar.

Gegen drei Uhr in dieser Nacht riss mich ein gellender Schrei aus dem Schlaf. Hastig schlüpfte ich in meine Pantoffeln und warf mir meinen Morgenmantel über. Dann eilte ich in die spärlich erhellte Halle. Dort stand Art Simons in seinem gestreiften Pyjama. Seine weißen Haare sahen aus, als wäre ein Windstoß hindurch gefahren. Er starrte verängstigt die Treppe hinauf, die im Dämmerlicht vor ihm aufragte.
Ich trat auf ihn zu und nahm seinen dürren, in Seide gehüllten Arm. „Sir, was tun Sie denn hier, mitten in der Nacht?"
Er hob den Arm und wies nach vorn, die kleinen Augen flackerten angstvoll. „Da!", hauchte er. „Sehen Sie doch!"

Ich tat wie geheißen, doch es war nichts weiter als der dicke Teppich zu erkennen, mit dem die Stufen belegt waren. Irritiert musterte ich ihn. „Was meinen Sie, Sir?"
Er zitterte wie Espenlaub. „Geister. Monster. Ungeheuer. Sie kommen direkt auf uns zu!" Er stieß einen spitzen Schrei aus und versuchte, sich loszureißen. „Lassen Sie mich los! Sehen Sie denn nicht ...?"
Ich packte seinen Arm fester. „Nein, Sir. Da sind weder Geister noch sonst etwas. Sicher haben Sie schlecht geträumt. Kommen Sie, ich bringe Sie wieder in Ihr Zimmer."
Mein Bemühen, ihn zu beruhigen, trug glücklicherweise Früchte. Zögernd ging er ein paar Schritte neben mir her, dann fuhr er zusammen, als griffe ihn jemand an, und keuchte. Seine Augen waren weit aufgerissen.
Ich drängte ihn behutsam weiter. „Es ist alles gut, Sir, keine Angst, ich passe auf Sie auf. Niemand tut Ihnen etwas."
Während ich dieser Art auf ihn einredete, führte ich ihn langsam die Treppe hinauf. Er zuckte zwar immer mal wieder zusammen und murmelte unverständliches Zeug vor sich hin, doch er ließ sich willig zurück ins Bett bringen.
Auf dem Weg in mein Zimmer machte ich mir ernsthaft Sorgen. Wurde der alte Mann etwa verrückt?

Wenige Tage später, als ich den Frühstückstisch abräumte, sprach mich Henry Simons an.
„Mathilda, haben Sie schon gemerkt, dass die Gichtanfälle meines Vaters deutlich nachgelassen haben?"
Er klang froh und stolz und ich freute mich mit ihm.
„Ja, Sir. Er ist viel agiler in den letzten Tagen und auch deutlich besser gelaunt."
Henry lachte. „Stimmt. Sogar zu mir ist er freundlicher als sonst."
Ich schwieg. Natürlich wusste ich, dass Art Simons mit dem Lebensstil seines Sohnes nicht einverstanden war. Immer wieder drängte er Henry, sich einen Job zu suchen und sein eigenes Geld

zu verdienen. Aber es stimmte: In den letzten zwei Tagen war Henrys Vater ruhiger und liebenswürdiger gewesen als in all den Jahren davor. Auch hatte er das leidige Thema Geld nicht mehr angeschnitten.

„Dieser Tee ist ein Wundermittel", bemerkte Henry zufrieden. „Ich habe ihn von einem alten Schamanen in Mexiko und er war wesentlich kostspieliger, als mein Vater denkt. Sie geben ihm doch täglich davon?"

„Selbstverständlich, Sir, wie Sie gesagt haben. Es freut mich wirklich über alle Maßen, dass es Mr. Simons damit besser geht."

Henry nickte und tupfte sich den lächelnden Mund mit einer Serviette ab. „Was so ein paar sorgfältig ausgesuchte Kräuter nicht alles bewirken können ...", murmelte er.

Ich überlegte, ob ich Henry von dem merkwürdigen Vorfall wenige Nächte zuvor berichten sollte, doch da seitdem nichts Ähnliches geschehen war, unterließ ich es. Warum sollte ich ihn also beunruhigen?

In der folgenden Nacht drang erneut ein markerschütternder Schrei durchs Haus. Ich fuhr hoch wie vom Blitz getroffen und schlug die Decke zur Seite.

„Was zum Teufel ...?"

Eilig schnappte ich mir meinen Morgenmantel und verließ die Kammer.

Art Simons rannte auf seinen mageren Beinen durch das schwach beleuchtete Untergeschoss – vom Arbeitszimmer durch die Halle bis in den Salon und wieder zurück. Sein riesiger zuckender Schatten jagte gespenstisch über die Wände. Es war ein grausiger Anblick.

Als er mich sah, fing er an zu brüllen. „Sie sind überall! Tun Sie etwas, machen Sie sie weg!" Dabei fuchtelte er wild mit den Armen. Dann drehte er sich plötzlich um und steuerte die schwere alte Eingangstür an.

Was hatte er denn vor? Er würde doch nicht etwa … Aufgeschreckt stürzte ich durch die Halle auf ihn zu. „Mr. Simons, bleiben Sie doch! Hier ist doch gar nichts."
Er hörte mir nicht zu. Eilig öffnete er die Tür und flitzte auf nackten Füßen nach draußen.
Im Türrahmen blieb ich stehen. „Mr. Simons!", rief ich halb verärgert und halb besorgt. "Kommen Sie zurück! Sie werden sich noch erkälten."
Henry stand plötzlich im Morgenmantel neben mir und zog den Gürtel fest. „Mathilda? Was ist passiert?"
Ich deutete hinaus auf das parkähnliche Grundstück, das im Dunkeln sehr viel unheimlicher wirkte als bei Tage.
„Ihr Vater", berichtete ich aufgelöst. „Er fühlte sich offenbar bedroht und ist hinaus gelaufen."
Henry zögerte keine Sekunde und rannte sofort hinter seinem Vater her.
Nun war ich allein mit den Dämonen, die hier angeblich spukten.
Ein eisiger Wind pfiff. Die Äste der riesigen Bäume bewegten sich in dem dämmrigen Licht wie knorrige Arme. Der Vollmond blitzte durch sie hindurch, ehe sich graue Wolken vor ihn schoben.
Ein kalter Schauer lief mir den Rücken hinunter. Ich wickelte meinen Morgenmantel enger um mich. Was sollte ich tun?
Vor Angst und Kälte schlotternd sah ich mich immer wieder um und wartete ungeduldig darauf, dass Henry mit seinem Vater zurückkehrte, doch sie waren weder zu sehen noch zu hören.
Etwas polterte und krachte. Erschrocken schrie ich auf und drehte mich um. Es war nichts zu sehen, dennoch rannte ich mit wild klopfendem Herzen in die Küche. Dort angekommen knallte ich die Tür hinter mir zu und lehnte mich aufatmend dagegen. Während ich darauf wartete, dass mein Atem und mein Puls sich wieder beruhigten, schalt ich mich hysterisch. Vermutlich hatte im Durchzug der Wind ein Fenster zugeschlagen, weiter nichts.

Ich schaltete das Licht ein, blinzelte ein paarmal und beschloss, Tee zu kochen. Sicher würden Henry und Mr. Simons es zu schätzen wissen, wenn ich Ihnen bei ihrer Rückkehr welchen servierte. Bis sie kamen, würde ich selbst auch eine Tasse Tee trinken, um die Unruhe in mir zu verscheuchen.
Einige Minuten später ließ ich das köstliche Heißgetränk aus Mexiko meine Kehle hinunterlaufen und verspürte augenblicklich eine wunderbare, tröstende Wärme. Henry Simons hatte zwar gesagt, niemand außer seinem Vater solle davon trinken, dafür wäre er viel zu teuer, doch er würde ja nicht merken, dass ich mir ein wenig davon gegönnt hatte. Meine kalten Finger umschlossen die Tasse. Ah, das tat gut.
„Mathilda!"
Ich hob den Kopf. Offenbar waren sie endlich zurück.
Noch einmal hörte ich Henry nach mir rufen, eindringlicher und lauter. Was war passiert?
Hastig und mit schlechtem Gewissen trank ich noch einen großen Schluck von dem wertvollen Tee, dann stellte ich die Tasse auf die Spüle und eilte in die Halle.
Leicht vorgebeugt, einen Arm in die Seite gestemmt und um Atem ringend stand Henry in der offenen Tür.
„Rufen Sie Dr. Adams an", rief Henry mit entsetztem Gesichtsausdruck. „Aber vorher Fernando. Er soll sofort zum See kommen!"
Henry war völlig außer Atem. Zu seinen Füßen bildete sich eine Pfütze. Sein Morgenmantel war bis zur Taille durchnässt.
„Was ... was ist denn nur passiert?", stotterte ich.
Henry sah mich an. Seine Wangenknochen traten hervor. „Mein Vater – er ist in den See gestürzt. Und ich ..." Verlegen senkte er den Blick. „... ich kann nicht schwimmen."

Erst als der Morgen dämmerte, betrat ich erschöpft, todmüde und unendlich traurig mein Zimmer. Art Simons war tot. Ertrunken. Fernando, der Gärtner, hatte ihn aus dem See gezogen, doch leider zu spät. Mr. Simons Hausarzt Dr. Adams hatte nur noch seinen Tod feststellen können.

Henry war untröstlich gewesen und hatte sich schreckliche Vorwürfe gemacht. „Warum nur habe ich nie zu schwimmen gelernt, Mathilda? Ich hätte meinen Vater retten können! Retten müssen." Ich war bei ihm geblieben, bis die Tränen auf seinem Gesicht getrocknet und er selbst in dem tiefen Ohrensessel vor dem flackernden Kaminfeuer des Salons eingeschlafen war.

Ermattet sank ich auf mein Bett und schloss die Augen, nur um sie im nächsten Moment wieder aufzureißen. Ein noch nie gehörtes Geräusch erfüllte die Luft und ließ mein Herz erneut schneller schlagen.

Was war das nur? Ich setzte mich auf und schaltete meine Nachttischlampe ein, die den Raum in warmes Licht hätte tauchen sollen, doch sie schien nicht heller als eine Kerze. Schatten flackerten an den Wänden und ein Heulen ertönte, das mir einen Schauer nach dem anderen über den Rücken jagte.

Was hatte das alles zu bedeuten?

Augenblicklich fiel mir Art Simons ein und seine Angst vor Dämonen und Ungeheuern. Mein Mund wurde trocken.

Ich musste hier verschwinden. Bei Henry im Salon würde ich mich sicherer fühlen. Entschlossen schob ich ein Bein aus dem Bett.

Am Boden bewegte sich etwas. Ich hielt inne und starrte nach unten. Dort krabbelte ein Wesen von der Größe eines Dackels.

In dem flackernden Licht jedoch sah es aus wie … eine riesige Kakerlake!

Mit einem spitzen Schrei zog ich mein Bein zurück und flüchtete mich in die hinterste Ecke meines Bettes. Zitternd presste ich meinen Rücken gegen die Wand und schlang die Arme um die Knie, während ich angstvoll zu Boden starrte.

Ein Schatten ließ mich aufblicken. Durch die geschlossene Tür trat ein schauriges Wesen. Es ging durch sie hindurch, als wäre sie gar nicht vorhanden. Das Monster war riesig, viereckig wie ein

Kleiderschrank und seine Schritte ließen den Boden erbeben. Blut tropfte von seinen Händen und aus seinem aufgerissenen Maul.
Ich schrie wie am Spieß. Meine eigene Stimme gellte mir schmerzhaft in den Ohren.
In der nächsten Sekunde verspürte einen eisigen Luftzug und etwas Riesiges flatterte über mich hinweg. So schnell ich konnte kroch ich unter die Decke. Dort blieb ich, bebend, zähneklappernd und mit rasendem Herzen. Noch nie hatte ich mich so gefürchtet.
Waren das die Monster, die Art Simons kurz vor seinem Tod gesehen hatte? Wenn ja, war sein Verhalten für mich nun äußerst nachvollziehbar.
Sein dramatisches Ende fiel mir ein. War nun auch ich dem Tode geweiht?
Mit geschlossenen Augen, die Arme schützend um meinen Kopf gelegt lag ich da, entschlossen, mich nicht zu bewegen. Lautlos betete ich, während an meine Ohren das gedämpfte Flattern, Stampfen und Heulen drang. Es schien kein Ende nehmen zu wollen.
„Vater unser im Himmel", formten meine Lippen, „geheiligt werde dein Name. Dein Reich komme, dein Wille geschehe, wie im Himmel …"

Als ich erwachte, war es stockdunkel um mich herum. Dass es deshalb so finster war, weil ich noch immer unter meiner Decke lag, bemerkte ich erst, als mir das Atmen zunehmend schwerfiel.
Sofort erinnerte ich mich an die grässlichen Erscheinungen der vergangenen Nacht. Trotz meiner Angst musste ich irgendwann eingeschlafen sein.
Noch traute ich mich jedoch nicht hervor, spitzte erst einmal die Ohren. Es war nichts zu hören; kein Heulen, keine Schritte und kein Flattern. Vorsichtig lugte ich unter der Decke hervor. Es war heller Tag. Von draußen erklang das liebliche Gezwitscher der Vögel.

Alles war wie immer.

Ich schlug die Decke zurück und korrigierte mich. Nein, es war nicht alles wie immer. Art Simons war tot. Und seine Dämonen waren nach wie vor in diesem Haus.

Nun schienen sie mich heimzusuchen.

In den nächsten Tagen jedoch ließen sie mich in Ruhe, so dass ich sie fast vergaß. Die Vorbereitungen für die Trauerfeier taten ein Übriges, dass ich zumindest tagsüber nicht an sie dachte. Und abends war ich so erschöpft, dass ich rasch einschlief.

Nach der Beerdigung und der Testamentseröffnung, die Henry Simons zum Alleinerben des riesigen Vermögens gemacht hatte, bat er mich, seine Koffer zu packen, da er beabsichtigte, wieder auf Reisen zu gehen.

„Ich muss auf andere Gedanken kommen", begründete er von Trauer gebeugt seine Absicht. „Sind Sie so gut und kümmern Sie sich während meiner Abwesenheit um das Haus?"

„Selbstverständlich, Sir."

Die Zustimmung war heraus, ehe mir einfiel, dass ich dann ganz allein war mit den Dämonen, die hier ihr Unwesen trieben.

Am liebsten hätte ich mein Versprechen wieder zurückgenommen, doch in diesem Moment hob Henry seine Hand und strich sanft über meine Wange.

Ich erstarrte, wagte nicht zu atmen. Ein wehes Lächeln lag auf seinem gutaussehenden Gesicht und seine dunklen Augen ruhten warm und voller Zärtlichkeit auf mir.

„Mathilda, Sie sind ein Engel. Was täte ich nur ohne Sie?"

Ich spürte, dass mein Gesicht von einer leuchtenden Röte überzogen wurde und senkte rasch den Kopf. „Ich ... äh, ich gehe dann jetzt Ihre Sachen packen, Sir."

Verlegen deutete ich einen Knicks an und hastete die Treppe hinauf.

Auf dem obersten Absatz kam mir die rettende Idee. Ich würde tagsüber hier meiner Arbeit nachgehen, aber die Nächte bei meinen Eltern im Dorf verbringen. Froh, dass mir diese Möglichkeit eingefallen war, öffnete ich die Tür zu Henrys Zimmer. Es war groß und elegant, genau wie er selbst. Ein leiser Seufzer entrang sich meiner Brust. Er würde mir fehlen. Hoffentlich blieb er nicht so lange fort.

Ich holte den schweren Koffer unter dem Bett hervor, wuchtete ihn auf die Matratze und öffnete ihn. Dann ging ich zum Kleiderschrank.

Die alten Holztüren knarrten. Als ich einen Stapel von Henrys Kleidung aus dem Schrank nahm, stieß ich versehentlich gegen einen Ordner. Er fiel herunter, sprang auf und ein Haufen Papiere ergoss sich über den Boden.

„Oh, verflixt!" Ich schnalzte verärgert mit der Zunge, legte Henrys Kleidung in den Koffer und bückte mich, um die Unordnung schnell zu beseitigen.

Ein Artikel über Kräuter, die gegen Gicht helfen, fiel mir ins Auge. Ich lächelte gerührt. Henry hatte sich offenbar große Mühe gegeben, um seinem Vater zu helfen. Was für ein fabelhafter, großherziger Mann er doch war.

Dann fiel mein Blick auf einen Brief mit dem äußerst auffälligen Wort 'Mahnung'. Ich stutzte und sah mir ein paar weitere der Papiere an. Es handelte sich fast ausschließlich um scharf formulierte Zahlungsaufforderungen von Hotels, Juwelieren und Yachtvermietungen. Die Unternehmen verlangten eine enorme Menge Geld von Henry.

Ein Blatt Papier war von Falten durchzogen, als wäre es einmal zusammen geknüllt und dann wieder glattgestrichen worden. Es war ein Telegramm von Art Simons.

„*Komm zurück nach Hause*", stand dort. „*Geld gibt es vorerst keines mehr. Dein Vater.*"

Damit ergaben die Zahlungsaufforderungen einen Sinn. Auch Henrys plötzliche Heimkehr und die anfangs schlechte Stimmung zwischen Vater und Sohn.

Neugierig geworden stöberte ich weiter und entdeckte einen Bericht über eine Pilzart aus Mexiko, die gefährliche Halluzinationen hervorrief.
Ich schluckte. Offenbar waren die Pflanzen gegen Gicht nicht die einzigen Zutaten in dem Kräutertee gewesen. Warum wollte Henry, dass sein Vater halluzinierte?
Ich sah wieder die Szene vor mir, als Henry tropfend in der Haustür gestanden und aufgeregt berichtet hatte, dass sein Vater in den See gestürzt war. Art Simons war ein guter Schwimmer gewesen, das wusste ich. Es erschien mir plötzlich unwahrscheinlich, dass er in dem doch recht flachen See ertrunken sein sollte.
Mir brach der Schweiß aus. Hatte Henry womöglich nachgeholfen? Konnte dieser wunderbare Mensch ein Mörder sein? Es war unvorstellbar.
Ich blickte mich um. Sah das Telegramm seines Vaters, die Mahnungen, den Artikel über die Pilze ...
All diese Hinweise sprachen gegen Henry, doch ich weigerte mich, das scheinbar Offensichtliche als gegeben hinzunehmen. Ich kannte Henry nur als höflich, liebenswürdig und fürsorglich.
Unter dem Schrank schaute die Ecke eines weiteren Papiers hervor. Zögernd nahm ich es an mich. Es war ein Briefumschlag. Er war nicht verschlossen. Leises Knistern durchbrach die atemlose Stille, die mich umgab, als ich ihn öffnete.
Nachdem ich das Schriftstück gelesen hatte, wurde mir abwechselnd heiß und kalt. Mein Puls raste schneller als ein durchgegangener Gaul, als ich aufstand, zum Telefon ging und nach kurzem Zögern den Hörer abnahm.

Langsam stieg ich die Gangway des Kreuzfahrtschiffes hinauf.
Das Haus von Art Simons war vor wenigen Wochen verkauft worden. Henry Simons büßte den Mord an seinem Vater im örtlichen Gefängnis ab und ich war reicher als ich es mir je erträumt hätte, denn der Brief, der unter dem Schrank hervor geblitzt hatte, war das Testament von Art Simons gewesen. Er hatte das

Dokument wenige Tage vor seinem Tod aufgesetzt und darin - aus Enttäuschung über seinen missratenen Sohn - all seine Besitztümer mir vermacht, seiner treuen Haushälterin. Somit war das Testament, welches Henry zum Alleinerben gemacht hatte, außer Kraft.

Henry hatte kurz nach seiner Ankunft im Haus seines Vaters auf der Suche nach Geld das Schriftstück gefunden und es an sich genommen. Zu dumm, dass er zu faul gewesen war, seinen Koffer selbst zu packen ...

Ich lehnte mich über die Reling, genoss den Wind im Gesicht und den salzigen Geruch des Meeres, während ich das Treiben am Kai beobachtete. Einer der Matrosen, der neben der Gangway stand, erinnerte mich ein wenig an Henry. Wehmütig erinnerte ich mich daran, wie ihm seine hübschen Gesichtszüge entglitten waren, als statt des Taxifahrers, der ihn zum Bahnhof bringen sollte, die Polizei vor der Tür stand.

Ich seufzte und sah erwartungsvoll in die Ferne.

Auf nach Südamerika!

*****

Zwei Teufelskerle in Taiquania

Meine Hände krallen sich in die Sitzlehnen, bis die Fingerknöchel weiß hervortreten. Wir selbst und alles um uns herum zittert, rüttelt und schaukelt. Wären wir nicht an unseren Sitzen festgeschnallt, würden wir durch unser Cockpit wirbeln wie Würfel in einem Würfelbecher.

Ich sehe zu Jordan, meinem Kumpel und Reisegefährten. Er starrt mich an, die hellblauen Augen hinter dem Schutzhelm aufgerissen und voller Todesangst. Während mir der Schweiß ausbricht, frage ich mich, ob dieser Flug nicht die idiotischste Idee eines Menschen seit Hiroshima ist.

Abrupt hört das Rütteln auf. Nach wie vor sausen wir dem Planeten PQ-5463 entgegen, von dem wir lediglich wissen, dass er in ähnlicher Entfernung zu einer Sonne steht wie die Erde, und von dem wir daher annehmen, dass dort Leben möglich ist.

Ein heftiger Ruck geht durch unser Raumschiff, presst uns die Luft aus den Lungen. Es kracht, knirscht und ächzt, Metall birst, dann herrscht Stille. Bewegungslose, atemlose Stille.

Deutlich spüre ich mein Herz gegen den Brustkorb hämmern. Das hat es gewiss bereits eine ganze Weile getan, doch erst jetzt werde ich mir dessen bewusst.

„Oh Mann, wir haben es geschafft!", seufze ich erleichtert.

Jordan nickt zufrieden. „Wir sind schon ein paar Teufelskerle!"

Er schnallt sich los und ich folge seinem Beispiel.

Wir gehen zum Ausgang. Dort angekommen drücke ich den Knopf, der die Tür nach außen klappt. Gespannt sehen wir nach draußen. Was wir dort erblicken, lässt mein Biologenherz höher schlagen. Dieser Planet ist grüner als der tiefste Dschungel auf der Erde. Pflanzen mit Blättern so groß wie Kleinwagen und leuchtend bunten Früchten wachsen hier neben Blumen mit Köpfen von der Größe einer Satellitenschüssel. Sie sind so farbenfroh wie die schrille Mode der Siebziger und Achtziger Jahre des zwanzigsten Jahrhunderts. Bilder und Filme aus der Jugend meiner Urgroßmutter haben mir als Kind interessante Einblicke in diese Zeit verschafft.

Ich schnuppere. Es duftet verführerisch; frisch wie ein Wald nach einem Frühlingsregen und betäubend wie das Parfüm einer hinreißenden Frau. Sollten wir die Möglichkeit bekommen, irgendwie wieder zur Erde zurückreisen zu können, muss ich unbedingt einige Proben dieser wunderbaren Pflanzen mitnehmen. Unbekannte Geräusche dringen an mein Ohr. Es ist unmöglich zu sagen, ob sie aus menschlichen oder tierischen Kehlen kommen – oder ganz woanders ihren Ursprung haben.

Jordan macht Anstalten, das Raumschiff zu verlassen, doch ich halte ihn zurück.

„Moment mal. Sollten wir vorher nicht diese alberne Verkleidung ausziehen?"

„Das könnte gefährlich sein, Leo", warnt mein Kumpel. „Warte lieber noch. Wir wissen nichts über die Zusammensetzung der Atmosphäre. Sie könnte ätzend sein oder …"

„Blödsinn. In einer ätzenden Atmosphäre sähe es hier völlig anders aus." Ich nicke in Richtung der üppigen grünen Landschaft vor uns und löse entschlossen die Verschlüsse des Helms. Dann ziehe ich ihn mir vom Kopf.

Jordan beobachtet mich mit unruhig flackernden Augen. Sein ganzer Körper wirkt wie auf dem Sprung, bereit, sofort einzugreifen, wenn etwas schiefgeht.

Endlich ohne Helm atme ich tief durch, reiße dann aber voller Panik die Augen auf und öffne den Mund, als wolle ich schreien. Meine Rechte fährt mir an die Kehle, die Linke lässt den Helm los, der über den Boden rollt.

„Verdammt, setz den Helm wieder auf!", brüllt Jordan. Panisch und ungelenk in dem dicken Anzug bückt er sich nach meiner Kopfbedeckung.

Ich lache laut auf. „Alles in Ordnung, Kumpel, komm wieder hoch. Es gibt genug Sauerstoff hier."

Langsam richtet er sich auf. Mit zusammengezogenen Augenbrauen und einem wütenden Zug um den Mund kommt er auf mich zu und rammt mir ohne Vorwarnung seine behandschuhte Faust in den Magen. „Du blöder Drecksack!"

Dem Schlag nach zu urteilen ist er wirklich sauer. Ich stöhne auf und krümme mich.

Jordan winkt gelangweilt ab. „Noch mal falle ich nicht auf dein Theater rein. Der Anzug fängt den Schlag doch fast völlig ab."

Enttäuscht richte ich mich auf. „Spielverderber."

Er nimmt nun ebenfalls den Helm ab und schüttelt befreit seine vollen schwarzen Haare, um die ich ihn schon immer beneidet habe. Meine eigenen sind dunkelblond, zu dünn und beginnen für meinen Geschmack zu weit oben an der Stirn.

Stück für Stück schälen wir uns aus unseren Weltraumanzügen, bis wir in engen blauen Trainingshosen, schwarzen Socken und grauen langärmligen Shirts dastehen. Wir sehen aus wie Rentner zwischen fernsehen und schlafen gehen.

„Wo sind die Schuhe?", frage ich und sehe mich um. Zielsicher tritt Jordan auf eine der Klappen unter unserer Sitzbank zu und öffnet sie. Wenig später haben wir feste, aber bequeme Schuhe mit Klettverschluss an den Füßen.

Ich beginne, Decken, Trink- und Nahrungsdragees, Trockenfrüchte, Messer, Seile, Feuerzeuge und weitere nützliche Dinge in zwei Rucksäcke zu räumen. Wir schnallen sie um und schicken uns an, die Umgebung zu erkunden.

Die Temperatur ist angenehm, liegt vermutlich bei etwa zwanzig Grad Celsius. Ich sehe zum wolkenlosen Himmel hinauf und versuche zu ergründen, wann die Dämmerung einsetzen wird.

Jordans Berechnungen zufolge dauert ein Tag auf PQ-5463 genau 31 Stunden und 17 Minuten. Die Sonne steht hoch, wir haben also noch mindestens zehn Stunden, um ein Nachtlager zu finden.

Nachdem wir uns ungefähr eine Stunde durch die riesigen Pflanzen dieses Urwalds gekämpft haben, hält Jordan plötzlich an und legt einen Finger auf seinen Mund. Ich bleibe ebenfalls stehen und lausche. Ein Rauschen ist zu hören, möglicherweise ein Wasserfall. Überrascht sehen wir uns an. Gibt es hier tatsächlich genießbares Wasser? Am liebsten würde ich laut jubeln.
Auf der Erde ist dieses Gut zu einem teuren Luxusobjekt geworden, weshalb fast alle Menschen gezwungen sind, auf billige Flüssigkeitsdragees zurückzugreifen. Diese gibt es in verschiedenen Geschmacksrichtungen, zum Beispiel Kaffee, Bier, Cola, Rot- oder Weißwein. Zum Waschen gibt es zwar noch Wasser, doch das ist zum Trinken nicht geeignet, es sei denn, man hat einen Magen aus Gusseisen. Da man kaum noch kocht, braucht man reines Wasser nicht unbedingt.
Für den Körper sind die Dragees ausreichend, doch das unbeschreibliche Gefühl, wenn die kühle, frische Flüssigkeit die Kehle hinunterläuft, ist auf der Erde zu einer verschwommenen, sentimentalen Erinnerung verkommen.
„Dieses Geräusch kenne ich nur aus Filmen", flüstere ich andächtig.
Jordan nickt. „Mein letztes Trinkwasser hatte ich vor ungefähr zwei Jahren. Damals wurde mein Urgroßvater hundertzwanzig Jahre alt und spendierte jedem Gratulanten ein Glas davon. Mit Eiswürfeln!" Sein Blick verklärt sich. „Das war ein schöner Tag."
Eiswürfel. Als Kind habe ich mal einen im Mund gehabt, erinnere ich mich und seufze. Das ist verdammt lange her.
Wir gehen weiter, schneller als zuvor. Das Rauschen wird lauter. Dann trennen uns nur noch einige Pflanzenstängel und seltsam geformte Blätter von dem ersehnten Anblick. Wir schieben sie zur Seite, aber das erste, was wir sehen, ist ein riesiges flatterndes Ding, das auf uns zuschießt, im letzten Moment abdreht und verschwindet.
„Was … was war das?", stottere ich perplex.

Jordan ist erschrocken zurückgewichen, kommt nun aber wieder an meine Seite. „Erinnert mich an eine Libelle."

„Die sind eigentlich ein paar Quadratmeter kleiner", murmele ich, doch dann habe ich dieses kleine Ereignis bereits wieder vergessen, denn vor uns ist tatsächlich ein Wasserfall! Wo die Wassermassen auf einen kleinen tiefblauen See treffen, funkeln unzählige Tropfen im Sonnenlicht. Bunte Regenbögen leuchten auf und verschwinden wieder.

Ich habe noch nie etwas Schöneres gesehen.

Jordan zeigt aufgeregt nach links. Dort befinden sich kleine Hütten, aus Pflanzen erbaut und deshalb auf den ersten Blick kaum zu sehen, verschmelzen sie doch fast mit ihrer Umgebung. Wir verständigen uns mit einem Blick und bewegen uns vorsichtig rückwärts. Bevor wir auf die Lichtung treten, wollen wir erst einmal herausfinden, welche Art von Wesen hier lebt.

Wir müssen uns nicht lange gedulden. Zwei von ihnen tauchen plötzlich aus dem See auf, sie prusten und lachen vergnügt. Ihre hellen klaren Stimmen erfüllen die Luft. Sie haben merkwürdig dicke lange Haare, die blaugrün schimmern und an denen das Wasser abperlt wie an Entenfedern. Genau wie wir verfügen sie über zwei Augen, die jedoch größer sind als unsere und weiter auseinanderstehen. Die Nase ist sehr flach und breit, die Hautfarbe braungrün, so wie meine Augen.

Als sie aus dem Wasser steigen, bemerken wir ihre leicht gewölbten Rücken, die mich an einen Käfer erinnern. Kurz darauf weiß ich auch wieso, denn die Rücken der beiden teilen sich und enthüllen zarte Flügel.

Nacheinander schwirren sie den Wasserfall hinauf und sind kurz darauf aus unserem Blickfeld verschwunden.

Ich starre ihnen noch sprachlos hinterher, als ein kräftiger Stoß in den Rücken mich nach vorn stolpern und neben Jordan auf dem Boden landen lässt. Überrumpelt drehen wir uns um und entdecken zwei weitere dieser Wesen, größer und kräftiger als die beiden anderen und deutlich weniger freundlich. Drohend stellen sie

sich vor uns auf. Der größere von beiden sagt etwas, doch ich verstehe kein Wort. Er wiederholt es, lauter und eindringlicher, und tritt einen Schritt näher. Mir fällt auf, dass er keine Lippen hat. Seine Augen funkeln gefährlich.
„Entschuldigung, wir sprechen eure Sprache nicht", sage ich langsam und deutlich.
Jordan nickt heftig. „Wir kommen in friedlicher Absicht", fügt er hinzu. „Freunde."
Die Beiden wechseln ein paar Sätze, dann reißen sie uns an den Armen hoch. Sie sind mindestens zwei Meter groß, vielleicht etwas darüber, und haben Schultern wie die legendären, längst verstorbenen Klitschko-Brüder, was Rebellion von unserer Seite ziemlich aussichtslos macht. Grob führen sie uns um den See herum zu den Pflanzenhütten und steuern die größte von ihnen an. Dort stoßen sie uns durch den Eingang, so dass wir erneut auf allen Vieren landen. Ich hebe den Kopf. Vor uns sitzt ein weiteres von diesen Wesen, nur ist es kleiner und runzliger, das merkwürdige Haar ist bei ihm schneeweiß. Er sitzt auf einer Art Thron aus Pflanzen.
„Ihr von Planet Erde, ja?", fragt er auf Englisch, aber mit einem undefinierbaren starken Akzent. „Welche Land?"
Verblüfft kommen Jordan und ich auf die Füße. Das Wesen kann sich mit uns verständigen!
„Wir kommen aus Deutschland", antworte ich. „Aus Deutschland!"
Der Weißhaarige schlägt die Hände zusammen. Dabei bemerke ich zum ersten Mal, dass diese Wesen Schwimmhäute zwischen den dünnen Fingern haben.
„Ich gehört von Deutschland. Trauriges Land. Viel Elend."
Ich nicke. Ja, es stimmt. In den letzten zwei Jahrzehnten ist die Lage in unserer Heimat immer prekärer geworden. Das ist der Hauptgrund, weshalb Jordan und ich uns auf die Reise hierher gemacht haben. Fehlende Perspektiven, kollektive Gefühlskälte und zunehmende Gleichgültigkeit verpassen Deutschland einen

traurigen Grauschleier. Aber auch andere Länder der Erde sind davon betroffen, wir besitzen wahrlich kein Monopol auf diese Entwicklung.

Unser Gastgeber nickt uns liebenswürdig zu. „Ich freue, dass ihr uns besuchen. Kommen näher, nehmen Platz!" Er deutet auf nestähnliche Sitzgelegenheiten zu seinen Füßen. Gehorsam lassen „Wieso sprechen Sie so gut Englisch?", will ich wissen. „Euer Planet faszinieren. Die Wesen, die Städte und Landschaften."

„Kannst du der Unterhaltung bisher folgen?", frage ich meinen Kumpel, nicht ohne eine gewisse Boshaftigkeit. Sein Englisch ist miserabel.

Jordans Mundwinkel zucken leicht gereizt. „Ob du es glaubst oder nicht, ich verstehe euch ganz gut. Nur das Sprechen fällt mir schwer."

„Super, dann muss ich nicht übersetzen", bemerke ich zufrieden und wende mich wieder dem freundlichen Alten zu. „Erlauben Sie, dass wir uns vorstellen. Mein Name ist Dr. Leonard Kopper, ich bin Biologe. Das ist Dr. Jordan Mayer, Ingenieur für Raumfahrttechnik."

„Willkommen in Taiquania. Ich Ngowin, Dorfältester."

Er sieht zur Seite, wo eine junge Taiquanierin steht, und nickt ihr zu. Sie füllt klares Wasser in Blütenkelche und reicht sie uns. Für einen Augenblick sehe ich ihr in die großen Augen mit der ovalen, grünen Iris. Dafür, dass sie kaum ausgeprägte Lippen, einen gewölbten Rücken und eine Hautfarbe wie ein Fisch aus der Ostsee hat, ist sie wunderschön.

Ngowin hebt feierlich seinen Kelch. „Trinken wir auf dieses Moment. Ich mir schon lange gewünscht, einmal sprechen mit ein Erdling. Und nun gleich zwei meine Gäste. Zum Wohl!"

„Zum Wohl!"

Genüsslich lassen wir die kühle Feuchtigkeit in unsere Münder und die Kehlen hinab laufen. Was für ein prickelndes, großartiges Erlebnis! Viel zu schnell ist der Kelch leer. Ich fahre mir mit der

Zunge über die Lippen. „Wäre es sehr vermessen, ich meine, dürften wir wohl etwas mehr …" Ich hebe schüchtern den Kelch. „Soviel ihr wollt. Migava!" Ngowin nickt der braungrünen Schönheit noch einmal zu und sie schenkt wortlos nach.
„Vielen Dank, Migava", sage ich höflich und lächle sie an, so charmant ich nur kann. Bisher habe ich in der Damenwelt damit Erfolg gehabt, doch Migava scheint resistent zu sein. Sie beachtet mich gar nicht. Jordans blödes Grinsen in meine Richtung wiederum beachte *ich* nicht.
Ngowin berichtet uns, woher er so viel über unseren Planeten weiß. Vor vielen Jahren entdeckten Angehörige seines Volkes eine verunglückte Rakete mitsamt den Leichen von drei Astronauten. Der junge Ngowin war sofort fasziniert von den Möglichkeiten, die dieser Fund barg. Also begann er mit ein paar Freunden, die Rakete wieder instand zu setzen. Bei einem Probestart war ihm klar geworden, dass er nicht würde mitfliegen können.
„Wieso?", fragt Jordan.
Ich werfe ihm einen angenehm überraschten Blick zu, worauf er eine Grimasse schneidet. „Ein paar Wörter beherrsche ich durchaus", giftet er leise in meine Richtung.
„Ich nicht mitgeflogen, weil ich musste – wie man sagen? – kotzen." Ngowin veranschaulicht den Vorgang mit überzeugenden Geräuschen und passender Gestik. „Ich sicher wäre gestorben bei langes Flug zu Erde."
Ich muss mir ein Grinsen verkneifen. Jordan offenbar auch, denn er sieht angestrengt nach unten.
Ngowin erzählt weiter, dass es seinen Freunden und ihm gelungen sei, mit Hilfe der in der Rakete vorhandenen Technik eine Verbindung aufrecht zu erhalten. So erhält er seit mehreren Jahrzehnten täglich Nachrichten von den beiden anderen, die inzwischen auf einer Amish-Farm in Amerika leben und ihre technische Ausrüstung in einem Heuschober verbergen.

Jordan und ich lauschen dem alten Mann fasziniert. Seine Stimme nimmt einen ernsten Ton an. „Erde sich geändert, ihr werdet wissen." Hätte er eine Augenbraue, wäre sie erwartungsvoll hochgezogen, dessen bin ich mir sicher.

„Es stimmt, die Lebensumstände auf unserem Planeten sind hart", stimme ich ihm zu. „Deshalb haben wir – genau wie Sie damals – ein Raumschiff gebaut, das uns an einen besseren Ort führen sollte." Ich mache eine Pause und sehe mich lächelnd um. „Offenbar ist uns das gelungen."

„Ihr wollen bleiben in Taiquania?"

Jordan und ich wechseln einen Blick. „Wenn Sie es erlauben, gern", sage ich höflich.

„Warum nicht? Ich hoffen, ihr euch wohlfühlen. Vando und Älask euch helfen, Hütte bauen."

Er sagt etwas zu den beiden finster blickenden Gesellen, die uns aufgegriffen haben. Sie verbeugen sich knapp und bedeuten uns, mitzukommen.

„Migava euch begleiten", ordnet Ngowin an. „Sie sprechen eure Sprache wie ich, besser noch. Vando und Älask nur sprechen unsere Sprache. Aber gut in bauen Hütten."

Er macht eine wedelnde Handbewegung, mit der er uns offenbar entlässt. Wir verabschieden uns und verlassen hinter den Klitschko-Brüdern die Hütte.

Migava folgt uns hinaus. „Sie sind kräftig, aber furchtbar dumm", flüstert sie mir zu und zeigt auf die beiden Muskelprotze. „Das wollte mein Vater sagen, ohne allzu deutlich zu werden."

„Du sprichst Englisch ja noch viel besser als er", registriere ich erfreut.

„Ja. Es fällt mir leicht und macht Spaß. Und nun kann ich das Gelernte endlich einmal anwenden."

Der Rest des Tages vergeht rasch. Die zwei Muskelprotze zeigen uns wortkarg und ohne die Miene zu verziehen, wie und wofür wir welche Stämme, Äste und Blätter nutzen sollen. Die zwanzig

Grad Temperatur fühlen sich bald wie vierzig an. Längst haben Jordan und ich die Shirts ausgezogen und immer dann, wenn Migava in meine Richtung schaut, ziehe ich den Bauch ein und lasse meine Muskeln spielen, die zwar nicht so imposant sind wie die der Klitschkos, aber immerhin deutlich ausgeprägter als die kleinen Beulen an Jordans Oberarmen. Migavas Gesicht bleibt unbewegt, sie ist offenbar nicht sehr leicht zu beeindrucken.

Als die Dämmerung einsetzt, sind wir so weit fertig, dass wir die Nacht geschützt werden verbringen können. Migava holt weiches Polstermaterial heran, eine Art Kreuzung aus Heu und Baumwolle, das sie mit meiner Hilfe zu zwei bettähnlichen Lagern auftürmt. Wenn sich während dieser Arbeit unsere Hände berühren, zuckt sie zusammen und zieht eilig die Hand zurück. Ich gebe aber nicht auf. Irgendwann wird sie meinem Charme erliegen. Jordan sieht das anders. „Vergiss es, Mann", raunt er mir zu, als er unsere Decken aus den Rucksäcken hervorkramt. „Die steht auf Rücken mit integrierten Flügeln und lippenlose Grüngesichter. Da hat ein blasser Schmollmund wie du keine Chance!"
„Das werden wir ja sehen." Ich breite die Decken auf unseren Nachtlagern aus und sehe mich zufrieden um. Unsere kleine Hütte wirkt direkt gemütlich.
Migava berührt vorsichtig den weichen Stoff der Mikrofaserdecken und sieht mich fragend an. „Was für eine Pflanze ist das?" Ich schüttele den Kopf. „Keine Pflanze. Hier wirst du so etwas nicht finden, fürchte ich. Aber wenn dir kalt sein sollte, darfst du sie dir gern leihen."
„Danke, das ist nicht nötig", erwidert sie schnippisch. „Mir ist nie kalt." Damit verlässt sie unser neues Heim.

Bevor es zu dunkel wird, springen Jordan und ich in den See. Das Wasser ist erfrischend kühl, raubt mir in den ersten Sekunden fast den Atem, doch dann ist es wunderbar. Wir jauchzen vergnügt und spritzen uns nass, als wären wir wieder Kinder.

Ein paar Frauen sitzen in der Nähe, tuscheln und lachen. Migava ist ebenfalls dabei, und ja: plötzlich, im Beisein ihrer Freundinnen, kann auch sie lachen, was sie in meinen Augen noch attraktiver macht.

Später trifft sich das ganze Dorf auf dem Platz vor Ngowins Hütte. Sie essen Wasserpflanzen und Früchte, zu Trinken gibt es Wasser. Die Früchte sind köstlich, doch die Wasserpflanzen kleben am Gaumen und schmecken wie Gummi mit Fischaroma.

Jordan eilt in unsere Hütte und holt zwei Pizzadragees von unserm Vorrat. Mit dem Geschmack von Tomatensauce, Salami und Oregano auf der Zunge werden auch wir schließlich satt.

Nach dem Essen erzählt uns Ngowin von den Barwofin, dem Volk, das auf der anderen Seite des Waldes lebt. Unter allen friedlichen Völkern verbreiten sie Angst und Schrecken, berichtet er.

Immer wieder überfallen sie mitten in der Nacht ein Dorf, entführen junge Männer und Frauen und sperren sie in dunkle Höhlen. Die Männer schlitzen sie auf und trinken ihr Blut, von dem sie glauben, es mache sie stärker und unbesiegbar. Die Frauen müssen ihnen zu Willen sein und ihre Kinder gebären. Diese Kinder werden zur nächsten Terroristengeneration herangezüchtet.

„So sie immer größer und mächtiger", schließt Ngowin. „Hier sie waren lange nicht, darum wir rechnen jede Nacht mit ihnen. Aber passen auf." Er nickt uns beruhigend zu.

Dennoch schockiert mich diese Nachricht und unwillkürlich sehe ich zu Migava hinüber. Sie ist eindeutig eines der schönsten Mädchen hier, ach was, die Schönste von allen! Obendrein ist sie, wie ich inzwischen herausgefunden habe, Ngowins einzige Tochter.

Womöglich schwebt sie daher in größerer Gefahr als die anderen. Jordans Gedanken sind woanders. „Erzähl mir von ihren Waffen und ihrer Taktik", bittet er Ngowin, der ihm bereitwillig Auskunft erteilt. Jordan lauscht mit schmalen Augen. Ich kann sehen, dass er Pläne schmiedete. Nicht zur Verteidigung, sondern zum Gegenangriff.

In dieser und auch in den nächsten Nächten lassen sich die Barwofin nicht blicken. Jordan und ich haben Shirts und Trainingshosen längst abgelegt. Wir tragen wie die anderen große, angenehm weiche Blätter, mit elastischen Gräsern zu Shorts vernäht.
Mein Kumpel nutzt die Zeit, um mit Ngowin, den Klitschko-Brüdern und den anderen Männern einen Schlachtplan zu entwickeln. Aus den Rohstoffen des Urwalds konstruiert er Schleudern sowie Pfeile und Bögen und zeigt den Männern, wie man damit umgeht. Die Klitschko-Brüder stellen sich sehr geschickt an, das muss ich neidlos anerkennen.
Ich beginne derweil, mit den Frauen und den halbwüchsigen Jungen Gruben rund um das Dorf auszuheben, sie mit großen Dornen auszulegen und mit Blättern zu tarnen. Es ist eine schweißtreibende Arbeit, doch die Stimmung ist ausgelassen und fröhlich. Die Aussicht, endlich selbst ihr Schicksal in die Hand zu nehmen und sich gegen die Barwofin zur Wehr zu setzen, gefällt allen.
Wie von einem unsichtbaren Band gezogen, arbeite ich stets an der Seite von Migava, bin nie mehr als zwei, drei Meter von ihr entfernt. Ich kann mich nicht sattsehen an den geschmeidigen Bewegungen ihres Körpers und lausche hingerissen ihrem Lachen, wenn sie mit ihren Freundinnen scherzt. Treffen sich unsere Blicke, werden neben Endorphinen offenbar auch jede Menge Schmetterlinge in mir freigesetzt. So fühlt es sich zumindest an.
Migava dagegen erweckt den Anschein, als sei ihr meine Gegenwart im besten Falle gleichgültig. Doch ich bleibe zuversichtlich, dass sich das ändert, wenn sie mich erst besser kennt.

An dem Tag, an dem wir die letzte Grube ausheben, wird gefeiert. Einige Männer holen bongoähnliche Trommeln hervor oder Stöcke, die sie rhythmisch gegeneinander schlagen, während junge Frauen sich anmutig im Licht des flackernden Lagerfeuers bewegen. Es ist ein schöner Anblick. Meine Augen ruhen fast ausschließlich auf Migava. Ich bilde mir ein, sie tanze nur für mich.

„Dich hat's wohl ganz schön erwischt", flüstert Jordan mir zu. Ich nicke. Sprechen kann ich nicht, mein Mund ist trocken.

Jemand tippt mir von hinten auf die Schulter. Ich sehe mich um und entdecke Bapnoe, einen jungen Mann aus Jordans Soldatentruppe, der mich finster mustert. „Du. Mitkommen."

Sein Englisch ist nur bruchstückhaft, doch seine Gestik und Mimik sind unmissverständlich. Irgendetwas scheint ihn erzürnt zu haben. Zögernd erhebe ich mich und folge ihm hinter Ngowins Hütte.

Bapnoe überragt mich um gut zehn Zentimeter und seine Körperhaltung – vor der Brust verschränkte Arme und breitbeiniger Stand - hat ebenfalls nichts Beruhigendes an sich. Ich bemerke das lästige Augenzucken, das mich nur dann befällt, wenn ich nervös werde.

„Du immer ansehen Migava", grollt der junge Mann. „Du das lassen. Sie für mich!" Er schlägt sich mit der flachen Hand auf den breiten Brustkorb.

Überrascht hebe ich die Hände. „Das wusste ich nicht, Bapnoe. Ehrlich."

„Du aufhören ansehen Migava?"

Ich nicke widerstrebend. Wenn es stimmt, was er sagt, weiß ich zumindest endlich, warum meine galaktische Traumfrau so zurückhaltend ist.

In dieser Nacht schlafe ich schlecht. Niedergeschlagen wälze ich mich auf meinem weichen Lager hin und her und lausche Jordans tiefen Atemzügen und den Geräuschen der Nacht, die durch die offene Tür zu uns hereinkommen. Ist Migava womöglich gerade bei Bapnoe in der Hütte? Der Gedanke bereitet mir Bauchschmerzen.

Ein Geräusch, das nicht zu den anderen passt, lässt mich auf-

schrecken. Möglich, dass ich mich täusche, doch es kommt mir vor, als sei jemand in eine unserer Gruben gefallen.
„Jordan", rufe ich leise. „Wach auf!"
Er rührt sich nicht. Also stehe ich auf, gehe zu seinem Lager hinüber und rüttele unsanft an seiner Schulter. „Jordan! Alarmstufe Rot!"
Im Nu ist er hellwach. Seine Augen leuchten in der Dunkelheit.
„Die Barwofin?"
„Möglich. Ich glaube, unsere Grubenfalle ist zugeschnappt."
Er schiebt die Beine aus dem Bett und setzt sich auf. „Wir müssen Ngowin informieren."
„Das mache ich. Weck du deine Leute."
Er nickt. Leise schleichen wir aus der Hütte und halten uns rechts. Während Jordan gleich durch den nächsten Eingang schlüpft, gehe ich vorsichtig weiter. Es ist verflucht finster. Das Lagerfeuer glimmt nur noch schwach und die drei Monde dieses Planeten sind verdammt weit entfernt und spenden daher nur wenig Licht.
Aufmerksam lausche ich, doch ich kann nichts hören. Ngowin hat erzählt, dass das Volk der Barwofin es versteht, sich geräuschlos zu nähern, um dann umso überraschender loszuschlagen.
Endlich erreiche ich seine Hütte. Ich weiß, dass er auf der linken Seite schläft, also wende ich mich mit ausgestreckten Armen dorthin. Nach einigen Schritten durch die Dunkelheit stoße ich mit den Fußspitzen gegen Ngowins Lager. Bevor ich ihn vor den Angreifern warnen kann, spüre ich plötzlich etwas Spitzes an meinem Hals.
Scharf ausgestoßene Worte zischen etwas Unverständliches. Mit Mühe erkenne ich Ngowins Stimme.
„Ich bin es", wispere ich erschrocken. „Leonard."
Die Waffe, vermutlich einer der großen Dornen, die wir auf dem Boden der Gruben aufgestellt haben, verschwindet von meiner Kehle und ich atme erleichtert auf.
„Was du willst hier mitten in Nacht?"

Ich berichte und informiere ihn zusätzlich darüber, dass Jordan bereits seine Männer weckt.

Ngowin erhebt sich sofort. „Du bleibst hier, bei meiner Tochter. Beschütze sie, Leonard."

Ich nicke, erleichtert, dass sie hier ist und nicht bei Bapnoe. „Natürlich."

Er wirft mir einen beschwörenden Blick zu und verschmilzt dann mit der Dunkelheit. Nun bin ich allein mit Migava. Trage die Verantwortung dafür, dass ihr nichts geschieht. Ich straffe die Schultern. Mit Zähnen und Klauen werde ich sie verteidigen, jawohl!

Ich nähere mich ihrem Bett, knie mich vor die Schlafende und wispere auf Deutsch: „Keine Angst, schöne Migava, ich werde auf dich aufpassen."

„Leo? Bist du das?", haucht sie. Ihre Stimme klingt nervös.

„Ja. Dein Vater bat mich, bei dir zu bleiben. Tut mir leid, wenn ich dich geweckt habe."

„Schon gut, ich war bereits wach."

Allmählich gewöhnen sich meine Augen an die Dunkelheit. Ich kann Migavas Umrisse erkennen. Blut rauscht in meinen Ohren, mein Herz hämmert. Migava so nah zu sein, allein und im Dunkeln ...

„Greifen die Barwofin an?", flüstert Migava und setzt sich auf. Ich räuspere mich. „Möglich. Wir sind nicht sicher."

Stille. Nur ihren angstvollen Atem kann ich hören.

„Ich fürchte mich, Leo", gibt sie zu und fügt mit erstickter Stimme hinzu: „Letztes Mal holten sie meine Schwester."

„Das wusste ich nicht." Erschüttert stehe ich auf. „Wenn es so ist, sollten wir besser in meine Hütte gehen. Dort vermuten sie dich nicht."

Nach kurzem Zögern schlägt sie ihre Decke zurück, die aus denselben Blättern besteht wie unsere Kleidung, und erhebt sich.

„Gut. Gehen wir."

Wenig später huschen wir durch unseren Eingang und setzen uns schweigend auf mein Lager. Migava zittert. Ob vor Angst oder vor Kälte kann ich nicht erkennen, es ist auch nicht wichtig. Fürsorglich hänge ich ihr die Mikrofaserdecke um die Schultern.
„Danke. Du bist sehr freundlich." Sie sitzt dicht neben mir, so dass ich ihre Körperwärme spüre. Wie gern würde ich den Arm um sie legen, sie an mich ziehen, sie womöglich sogar küssen. Doch ich wage es nicht, weil ich nicht weiß, wie sie reagieren würde. Schon wegen Bapnoe, dem sie versprochen ist.
Von draußen ist noch immer nichts zu hören. Migava wirkt angespannt. Ich lege meine Hand auf ihre und drücke sie, um ihr Mut zu machen. Sie sieht zu mir auf und lächelt. Endlich lächelt sie mich an! Mein Herz schlägt schneller und irgendwie ... fröhlicher als vorher.
In diesem Augenblick durchbricht lautes Gebrüll die Stille der Nacht.
„Die Barwofin", haucht Migava entsetzt.
Ich springe auf. „Leg dich flach hin, schnell!"
Sie gehorcht und ich breite die Decke über sie. Aufmerksam lausche ich nach draußen, höre Schreie, Körper, die in den See stürzen und wütendes Gejohle.
Angst um Jordan erfüllt mich. Am liebsten würde ich mich teilen, so dass eine Hälfte weiterhin Migava beschützen und die andere meinem Freund zu Hilfe kommen könnte. Doch das geht leider nicht.
Oder doch? Ich überlege. Migava ist gut versteckt und in meiner Hütte so sicher wie nur möglich. Ich muss mich ja nicht weit entfernen, kann in der Nähe bleiben, um im Notfall zur Stelle zu sein. Im Dunkeln ergreife ich den Rucksack, der neben meiner Schlafstätte steht, und wühle darin, bis ich das vertraute Metall meines Taschenmessers ertaste. Hastig ziehe ich es hervor und klappe es auf.
Der Tumult draußen nimmt zu. Jordan braucht mich.

„Migava, bleib wo du bist, beweg dich nicht! Ich bin gleich zurück."

Ich warte keine Antwort ab und renne zur Tür. Eine Hütte, nicht weit von meiner, geht in Flammen auf, als ich nach draußen trete. Erschrocken weiche ich zurück. Das plötzliche Licht zeigt mir die Szenerie, einen im Feuerschein zuckenden Kampf zwischen den Barwofin und den Taiquaniern. Pfeile surren durch die Dunkelheit und den Schreien nach zu urteilen finden sie immer häufiger ihr Ziel.

Dennoch ist die Lage dramatisch. Die Angreifer sind zwar klein, aber wendig. Ihre im Feuerschein gespenstisch wirkende helle Haut ist schauerlich bemalt, die dunklen Haare stehen vom Kopf ab, wohl, um sie größer erscheinen zu lassen. Bemerkenswert finde ich den langen und kräftigen Schwanz, der es den Barwofin ermöglicht, besser das Gleichgewicht zu halten und ihn notfalls als drittes Bein zu benutzen. Für mich als Biologe sind diese Wesen mindestens so interessant wie die Taiquanier.

Doch nun gilt es, Migava und die anderen zu beschützen. Plötzlich hagelt es. Verwirrt hebe ich den Kopf. Einige Taiquanier fliegen mit den unter Jordans Anleitung gebauten Schleudern über das Schlachtfeld und schießen die kleinen harten Früchte, die mich optisch immer an Walnüsse erinnern, auf die Barwofin. Dennoch kommen die Angreifer immer näher.

Unsicher starre ich auf das Messer in meiner Hand, dessen Schneide im Licht der Flammen glitzert. Noch nie habe ich ein anderes Wesen absichtlich verletzt oder gar getötet, bin mir nicht einmal sicher, ob ich es kann.

Ich habe den Gedanken kaum zu Ende gedacht, als ein Barwofin auf mich zustürmt, brüllend, das bemalte Gesicht zu einer grausigen Grimasse verzerrt. Ich denke an Migava, an ihre Angst vor diesen Gestalten. Mechanisch hebe ich die Hand mit dem Messer und als der Barwofin so nah vor mir ist, dass ich das Gelbe in seinen Augen sehen kann, stoße ich zu, so kraftvoll ich nur kann.

Mir wird übel, als die Schneide oberhalb des Brustkorbs in seinen Körper eindringt. Er schreit auf und schwankt, doch er fällt nicht. Mit einem Ruck ziehe ich die Waffe zurück und stoße noch einmal zu, treffe diesmal den langen, dünnen Hals. Flüssigkeit schießt aus der Wunde und der Barwofin bricht stöhnend zusammen. Keuchend und von einer seltsamer Befriedigung erfüllt sehe ich auf ihn hinab. Er kann Migava nichts mehr antun.
Erneut werde ich angegriffen. Wie im Rausch stoße ich mein Messer in die Leiber, die sich auf mich stürzen, bis sie reglos vor mir auf dem Boden liegen. Fassungslos starre ich sie an, noch wie gelähmt vor Entsetzen über meine Tat.
Ein Jubelschrei weckt mich aus meiner Trance. „Sie ziehen sich zurück!"
Es ist Jordan. Sein stolzes „Wir haben sie besiegt!" wird von einem Triumphgeheul aus vielen Kehlen übertönt. Erleichterung durchflutet mich. Wir haben die Gegner in die Flucht geschlagen. Migava ist in Sicherheit.
Der Gedanke an Ngowins Tochter sorgt dafür, dass ich aufspringe und in meine Hütte eile. „Migava, sie sind fort!" Überglücklich renne ich auf mein Bett zu. Im dämmrigen Licht erkenne ich, dass mein Lager verwaist ist und die Decke am Boden liegt. Ungläubig und verwirrt sehe ich mich um. Die Hütte ist leer. „Migava? Wo bist du?"
Keine Antwort. Erschüttert lasse ich mich auf mein Bett fallen und schlage die Hände vor das Gesicht. Während ich wie ein Berserker gemordet habe, ist offenbar mindestens einer der Barwofin in meine Hütte eingedrungen und hat Migava verschleppt. Sie ist in den Händen dieser Wilden und es ist meine Schuld.
„Leo!" Jordan stürmt herein. Ich nehme die Hände wieder herunter und schaue ihn an. Er ist außer Atem aber seine Augen leuchten. „Leo, wir haben es geschafft! Sie sind weg!"
„Ja, ich weiß", erwidere ich tonlos. „Und sie haben Migava mitgenommen."
Er sagt nichts, aber kurz darauf stürmt mein Freund mit seinen

Männern bereits hinter den Barwofin her. Ich bin unfähig, mich ihnen anzuschließen. Tiefe Verzweiflung und die Angst um Migava halten mich in ihren Klauen, lähmen mich.

Plötzlich steht Ngowin vor mir. „Sie ist fort? Ist das wahr?"

Ich nicke, wage kaum, ihn anzusehen. Er bat mich, seine Tochter zu beschützen und ich habe jämmerlich versagt. Wegen mir hat er nun beide Kinder verloren.

„Du wolltest auf sie achtgeben, Leonard", flüstert er.

„Es tut mir so leid, Ngowin! Sie kamen immer näher. Ich musste etwas tun! Da nahm ich mein Messer und ..."

Mit versteinertem Gesicht hebt er eine Hand, will nichts mehr hören. Ich schäme mich entsetzlich. Er dreht sich um und geht. Lässt mich in meinem Elend allein.

Nachdem ich mich eine Weile in Schuldgefühlen und Selbstmitleid gewälzt habe, wird mir klar, dass es nur eine Möglichkeit gibt, diese Schuld wiedergutzumachen.

Ich stehe auf, mache einen Schritt auf den Hütteneingang zu und halte inne. Mein nackter Fuß ist auf etwas getreten, etwas Kühles, Feuchtes. Ich bücke mich und hebe es auf. Es ist mein Messer, besudelt mit dem Blut der Barwofin. Grimmig packe ich es und eile hinaus. Noch klebt nicht genug Blut daran. Wer auch immer Migava aus meiner Hütte entführt hat, es wird ihm bitter leid tun.

Bebend vor Wut laufe ich durch den Dschungel. Am Horizont geht bereits die Sonne auf, so dass ich besser sehen kann. Vor mir glitzert etwas. Ich steuere darauf zu und erkenne unser Raumschiff. Als ich davor trete, durchfährt mich ein stechender Schmerz. Ich bin in eine Glasscherbe getreten. Mit einem Ruck ziehe ich sie aus meinem Fuß.

Ein Sonnenstrahl geht durch die Scherbe, konzentriert sich auf ein Blatt und beginnt, ein Loch hinein zu brennen. Eine dünne Rauchsäule windet sich nach oben. Ich lächle zufrieden und marschiere leicht humpelnd weiter. Die Scherbe behalte ich in der Hand.

Die Sonne wandert höher. Durst quält mich, doch ich halte nicht

an. In Gedanken bin ich bei Migava. Durch welche Hölle muss sie wohl gerade gehen? Die Angst um sie treibt mich weiter, wenn die Erschöpfung mich zum Aufgeben zwingen will.
Als ich Stimmen vernehme, bleibe ich stehen. Die Barwofin!
Offenbar habe ich sie gefunden. Durst und Müdigkeit sind vergessen. Vorsichtig schleiche ich näher. Durch einige riesige Blütenblätter sehe ich auf eine Lichtung. Etwa drei Dutzend der Barwofin stehen oder sitzen dort, reden halblaut miteinander und begutachten gegenseitig ihre Verwundungen. Nicht weit von mir entfernt entdecke ich einen Haufen handgefertigter, mit dem grünen Blut der Taiquaina verschmierte Speere. Doch wo ist Migava?
Einer der Barwofin erhebt sich und tritt auf eine Person zu, die an einen Stamm gebunden ist.
Ich erstarre. Migava! Aus der Entfernung wirkt sie zwar schwach und erschöpft, aber unversehrt. Der Mann tritt auf sie zu, hebt ihr Kinn an und sagt etwas. Meine Finger umklammern die Scherbe und das Messer, als ich sehe, dass seine krallenartige Hand auf anzügliche Art über ihre Arme und Schultern streicht.
Migava zuckt unter der Berührung zusammen, doch ihr Blick ist von eisigem Stolz. Er lacht, tritt noch näher an sie heran und flüstert etwas in ihr kleines, leicht spitz zulaufendes Ohr. Am liebsten würde ich ihn von ihr fortreißen. Stattdessen halte ich Ausschau nach der Sonne und hebe langsam die Hand.
Wenig später beginnt der Haufen mit den Speeren zu qualmen, dann schlagen die ersten Flammen hoch. Das Material brennt noch besser als trockenes Holz. Zufrieden lasse ich die Scherbe wieder sinken und mache mich daran, möglichst geräuschlos die Lichtung zu umrunden. Als ich Migava und den aufdringlichen Kerl fast erreicht habe, höre ich die erwarteten Rufe. Ihr Peiniger dreht sich alarmiert um und rennt mit den anderen auf die brennenden Waffen zu. Rasch eile ich zu Migava und schneide die Fesseln durch.

Sie dreht überrascht den Kopf, erkennt mich und strahlt vor Erleichterung. „Leo!"

„Psst!" Ich reiche ihr meine Hand und so schnell wir können verschwinden wir zwischen den Pflanzen des Urwalds. Als ich sicher bin, dass sie uns nicht verfolgen, verlangsamen wir unseren Schritt.

„Haben sie dir etwas angetan?", erkundige ich mich besorgt. Sie schüttelt den Kopf. „Nein. Aber viel fehlte nicht, glaube ich."
Ein Schaudern durchläuft ihren Körper.

Voller Schuldgefühle senke ich den Kopf. „Es tut mir so leid, dass ich dich im Stich gelassen habe. Das war ein schrecklicher Fehler."

Sie bleibt stehen und sieht mich ernst an. „Ist schon gut, Leo. Du hast getan, was du tun musstest. Und nun hast du mich aus den Fängen der Barwofin befreit. Mein Vater wird dir ewig dankbar sein."

Sie sieht mir offenbar meine Zweifel an. „Glaub mir. Er wird dir nicht böse sein. Und ich bin es auch nicht."

Erleichtert will ich etwas sagen, als ich hinter ihr eine Bewegung erahne. Unwillkürlich versteife ich mich.

„Leo? Was ist?"

„Bleib ganz ruhig", wispere ich.

„Da ist noch einer von ihnen, oder?", fragt sie mit dünner Stimme.

Ich nicke knapp. „Wenn ich dir ein Zeichen gebe, flieg los. Nach Hause."

„Und du?"

„Ich komme so schnell wie möglich nach", sage ich zuversichtlicher als ich mich fühle und klappe hinter meinem Rücken das Taschenmesser aus. „Jetzt!"

Sie breitet ihre Flügel aus und schwingt sich erstaunlich schnell in die Luft. Ich stürze, das Messer in der erhobenen Rechten, auf den Mann zu, der uns durch die Blätter einer Pflanze beobachtet hat.

Er reagiert besonnener, als es mir lieb ist. Mit festem Griff packt er meinen rechten Unterarm und entreißt mir das Messer. Dann gibt er mir einen kräftigen Stoß. Ich lande hart auf dem Rücken und stöhne vor Schmerz laut auf.

Bevor ich mich wieder aufrappeln kann, ist er über mir. Jetzt erkenne ich in ihm Migavas Peiniger von der Lichtung. Sein krallenbewehrter Fuß drückt mich zu Boden, während er mich mordlüstern anfunkelt. Die Spitze des Messers schwebt drohend über meinem Gesicht. Ich spüre, dass mir der Schweiß ausbricht und mein nervöses Auge zu zucken beginnt.

Krampfhaft überlege ich, wie ich mich aus dieser Situation befreien kann.

Ein leises Surren erklingt und der Barwofin hebt den Kopf. Im nächsten Moment fahren seine Hände hektisch zu seinem dürren langen Hals. Das Messer fällt zu Boden. Ich stoße den Fuß von meinem Leib, angele mir das Messer und springe auf.

Migava schwirrt über dem Mann. Sie zieht an einer dünnen, aber offenbar reißfesten Pflanzenfaser, die sie ihm um den Hals geschlungen hat. Er schwankt, ächzt und läuft rosarot an.

„Leo!", ruft Migava. An ihrem Gesichtsausdruck kann ich sehen, dass ihre Kräfte schwinden. „Töte ihn! Schnell!"

Rasch gehe ich auf ihn zu und jage ihm kurzerhand die Spitze meines Messers dorthin, wo beim Menschen das Herz sitzt. Einige Spritzer seines hellen Blutes landen auf meinem Arm. Migava lässt schwer atmend das Seil los. Der Barwofin gurgelt, rollt mit den Augen und stürzt zu Boden wie ein gefällter Baum.

Sacht landet meine Retterin neben mir, die Augen auf den leblosen Körper gerichtet. Ich nicke ihr dankbar und voller Anerkennung zu. „Das war beeindruckend. Du hast mir das Leben gerettet."

Sie lächelt keck. „Ich konnte dich mit diesem Kerl doch nicht allein lassen."

„Ja, sieht ganz so aus. Danke."

Seite an Seite gehen wir weiter. Irgendwann sieht sie mich prüfend an. „Leo?"

„Ja?"

„Ich muss mich auch bei dir bedanken. Weil du mich von dort weggeholt hast." Sie zeigt über ihre Schulter in die Richtung, in der die Waldlichtung liegt. „Ich mag gar nicht daran denken, was geschehen wäre, wenn du nicht gekommen wärst."

Auch ich will mir das lieber nicht vorstellen. „Ich hätte mir nie verziehen, wenn dir etwas passiert wäre", sage ich ehrlich.

Ein paar Schritte lang schweigen wir.

„Findest du mich eigentlich hübsch?", fragt sie unvermittelt. „Ich meine, obwohl ich anders aussehe, als die Frauen auf deinem Heimatplaneten."

Überrascht zögere ich mit der Antwort. „Ja, Migava", antworte ich schließlich. „Ich finde dich wunderschön und sehr begehrenswert. Wusstest du das nicht?"

Sie schüttelt den Kopf. „Ich habe es nur geahnt, nicht gewusst."

„Nun, jetzt weißt du es."

Ihre Hand tastet nach meiner und hält sie fest. „Warum bist du dann so ... distanziert?"

Ich glaube zu träumen. Wie oft habe ich mir eine Szene wie diese ausgemalt?

„Na ja", sage ich verlegen. „Ich hatte den Eindruck, du magst mich nicht besonders."

Sie bleibt stehen, dreht sich zu mir um und schlingt ihre Arme um meinen Hals. „Da hast du dich geirrt", flüstert sie dicht an meinem Ohr. Ihr Atem streift meine Wange.

Mein Puls beginnt zu rasen. „Das freut mich", bringe ich heiser hervor.

„Es stimmt, anfangs hielt ich dich für jemanden, der ... wie sagt ihr? Ja, ich hielt dich für ein Großmaul. Aber jetzt ..."

Gekränkt schiebe ich sie von mir. „Jetzt hältst du mich nicht mehr für ein Großmaul, ja?"

„Nein. Du hast Mut bewiesen, hast dich allein auf den Weg gemacht, nur um mich zu retten. Offenbar habe ich mich in dir geirrt."

Besänftigt ziehe ich sie wieder an mich. „Früher war ich vielleicht wirklich ein Großmaul", räume ich ein.

Sie sieht mir tief in die Augen, ein bezauberndes Lächeln auf den kaum vorhandenen Lippen. „Und warum küsst du mich nicht endlich?"

„Das würde ich ja gern", versichere ich ihr, „aber ich habe gehört, dass … Bapnoe Ansprüche auf dich erhebt."

Sie schnaubt empört. „Wer sagt das?"

„Bapnoe. Und er war sehr überzeugend."

„Pah! Er ist ein Idiot. Ihm liegt daran, der Sohn meines Vaters zu werden, sich in seinem Ansehen zu sonnen und später seinen Platz einzunehmen. An mir liegt ihm nichts."

„Bist du sicher?"

„Natürlich. Er hat es mir selbst gesagt."

Ich bin baff. „Und was sagt Ngowin dazu?"

„Er würde mich nie zwingen, mit jemandem zusammen zu sein, den ich nicht will."

„Und … wen willst du?"

Als Antwort nimmt sie meine Hand und führt sie zu ihrer Brust, legt sie auf die sanfte Erhebung. „Du bist in meinem Herzen, Leo. Spürst du es nicht?"

Wie eine heiße Flutwelle strömt mir das Blut durch die Adern. „Na ja, ich war mir nicht *ganz* sicher", flüstere ich lächelnd. Dann beuge ich mich zu ihr und berühre behutsam mit meinem Mund ihre schmalen, leicht geöffneten Lippen. Sie gibt einen kleinen weichen Ton von sich und schmiegt sich an mich.

Ihre Zunge ist schmaler und fester als die der Frauen auf der Erde. Ein aufregendes Gefühl. Ihre kühlen Finger gleiten zärtlich über meine Haut, sie presst sich an mich und ich bin sicher, noch nie in meinem Leben so glücklich gewesen zu sein.

Erst gegen Abend erreichen wir das Dorf, beide ein seliges Lächeln im Gesicht. Leise nähern wir uns den anderen, die rund um das Feuer vor Ngowins Hütte hocken. Noch haben sie uns nicht bemerkt. Die Stimmung ist gedrückt, niemand sagt etwas. Nur das Knistern des Feuers ist zu hören. Einige Männer sind verwundet, ihre Arme, Beine oder Köpfe mit Blättern verbunden.
Ich erkenne Jordan und bin unbeschreiblich froh, dass er und seine Männer zurückgefunden haben. Geräuschlos drehe ich mich zu Migava um, nehme sie fest in die Arme und gebe ihr einen langen leidenschaftlichen Kuss. Dann wenden wir uns dem Feuer zu.
„He, Kumpel!", rufe ich.
Jordan sieht auf. Ungläubiges Staunen breitet sich auf seinem Gesicht aus, als er mich und Migava erkennt. Während die anderen uns überrascht anstarren und einer nach dem anderen sich erhebt, springt er auf, rennt auf uns zu und umarmt mich stürmisch.
„Du verfluchter Teufelskerl", lacht er erleichtert. „Du hast es tatsächlich geschafft."
Ich boxe ihm gegen den Arm. „Hast du was anderes erwartet?"
Über seine Schulter hinweg sehe ich, dass Ngowin auf uns zukommt und halte den Atem an.
Fragend sieht er zu seiner Tochter. Sie strahlt. Damit scheinen all seine Fragen beantwortet zu sein. Seine Mundwinkel zucken, als er vor ihr stehen bleibt und sie fest in die Arme nimmt. Dabei sieht er zu mir. „Danke, dass du gebracht hast gesund zurück meine Tochter."
Ich senke den Kopf und deute eine Verbeugung an. „Ich verspreche dir, dass ich von nun an immer auf sie achten und sie mit meinem Leben vor Gefahr beschützen werde."
Ngowin nickt zufrieden, löst sich von seiner Tochter und legt mit einer feierlichen Miene ihre Hand in meine. „Nun ich glaube dir. Werden glücklich, ihr zwei."

Hinter ihm springt Bapnoe auf, doch Jordan fährt ihn scharf an und hält ihn am Arm zurück. Unwillig aber gehorsam setzt sich der junge Mann wieder hin. Ich werde damit rechnen müssen, dass er noch eine Zeitlang wütend auf mich ist
„Mach dir wegen ihm keine Gedanken", flüstert Migava mir ins Ohr und zeigt unauffällig auf eines der Mädchen, die Jordan und ich an unserem ersten Tag hier gesehen haben. Es lächelt Bapnoe zu und senkt schüchtern den Blick, als er ihr Lächeln zögernd erwidert.
„Ich weiß, dass sie ihn sehr mag", wispert Migava und zwinkert mir zu. „Nun ist ihre Chance gekommen und sie wird sie nicht ungenutzt lassen."
„Was meinst du?", frage ich und lege glücklich einen Arm um ihre Taille. „Suchen wir uns einen Ort für eine gemeinsame Hütte?"

*****

Dramatisches

Hoffnung ist der Vogel, der singt, wenn die Nacht noch dunkel ist.

Rabindrahnath Tagore

Der erste Schritt

Paprika und Zucchini landen im Einkaufswagen. Wie üblich versuche ich, die Blicke der Stammkunden und Verkäufer zu ignorieren, die meinen Rücken zu durchbohren scheinen. Mitleidige, neugierige, wissende Blicke.
Hähnchenfleisch brauche ich noch. Und Milch. Ich beuge mich über das Kühlregal.
Eine ältere Dame sieht rasch in eine andere Richtung, als ich hochblicke.
Die Kassiererin ist neu, sie kennt mich noch nicht.
„Nur ma so zur Info: Draußen jießt et wie aus Eimern, sie könn' die Brille ruhich abnehmen", sagt sie freundlich, den Mund voller Kaugummi.
Ich murmele etwas von einem Migräneanfall.
„Ach so! Ja klar, det ist fies. Meine Schwägerin hat det ooch andauernd. Denn verbarrikadiert se sich im Schlafzimmer und alle müssen uff Zehenspitzen rumloofen."
Ich ziehe einen Schein aus meinem Portemonnaie und reiche ihn ihr. Sie lächelt mir zu, doch dann gefriert ihr Lächeln. Ihre Augen weiten sich fast unmerklich, sie räuspert sich unbehaglich und senkt den Kopf.
Ich schlucke. Sie hat meine Lüge durchschaut. Meine Wangen brennen.
Ein kurzer mitleidiger Blick trifft mich. „Nischt für unjut", nuschelt sie, als sie mir mein Wechselgeld reicht. „Und jute Besserung."
Ich bedanke mich, raffe meine Einkäufe in den Korb und fliehe aus dem Supermarkt.

„Wieso ist das Essen noch nicht fertig? Es ist nach sieben."
Ich senke den Blick, richte ihn auf den Tisch, den ich gerade decke und merke, dass meine Hände zittern.
„Bitte entschuldige. Der Herd, es lag am Herd. Er hat nicht funktioniert, irgendwas war kaputt, er wurde einfach nicht warm ..."
Ich rede zu viel und zu schnell, doch ich kann nicht aufhören und plappere weiter. „Herr Kayser von gegenüber war aber so nett, ihn zu repa ..."
Ich breche ab, als ich die Wut sehe, die aus seinen Augen quillt. Schon kracht seine Faust in meinen Magen. Ein Glas fällt mir aus der kraftlosen Hand und zerschellt auf dem Fliesenboden.
Ich krümme mich zusammen, klammere mich an die Stuhllehne und versuche verzweifelt, Luft in meine Lungen zu bekommen.
Sein nächster Schlag befördert mich auf den Boden. Die Glasscherben bohren sich durch den dünnen Stoff meines Shirts. Während er mich tritt, höre ich sein Gebrüll wie durch eine dichte Nebelwand.
„Du treibst es mit dem Nachbarn?! Du dreckige Schlampe!! Du willst mich wohl zum Gespött machen?? Na warte ...!"
Sein nächster Tritt trifft meinen unteren Rücken. Der Schmerz lässt mich keuchen. Ich kneife die Augen zusammen und wappne mich für seine nächste Attacke. Oh Gott, warum nur habe ich Herrn Kayser erwähnt? Werde ich denn nie klüger?

Das Knallen der Haustür dringt bis in mein Hirn und holt mich aus der leichten Bewusstlosigkeit, die mich irgendwann überfallen hat.
Eine Weile bleibe ich noch zwischen den Scherben liegen, dann rappele ich mich vorsichtig auf und schleppe mich ins Schlafzimmer. Als ich mich auf dem Bett ausstrecke, stöhne ich leise auf. Jeder Knochen tut mir weh.
Wie hat sich unsere Ehe nur so katastrophal entwickeln können? Als wir uns kennen lernten, war er so liebevoll. Nur, wenn er zu viel trank, war er grob und verletzend.

Als ihm das erste Mal die Hand ausrutschte, war er untröstlich und hat sich unzählige Male entschuldigt.
Das hat er schon lange nicht mehr getan. In seinen Augen bin ich selbst schuld, wenn er mich schlägt. Warum provoziere ich ihn auch ständig?
Seufzend kämpfe ich mich wieder hoch, stehe auf und gehe in die Küche. Auf dem Boden glitzert es. Ich hole den Handfeger und die Schaufel aus dem Besenschrank und kehre die Scherben auf.
Nicht auszudenken, was er mit mir macht, wenn sie bei seiner Rückkehr noch herumliegen.

Am nächsten Abend sitze ich gebannt vor dem Fernseher und schüttele fassungslos immer wieder den Kopf. Das kann nicht sein – diese Parallelen sind unheimlich.
Fasziniert beobachte ich die Frau auf dem Bildschirm, die wochenlang in aller Stille Vorbereitungen trifft und sich verzweifelt bemüht, sich nichts anmerken zu lassen. Die sich so benimmt wie immer, obwohl ich spüre, dass sie am liebsten vor Wut schreien würde, wenn ER ihr wieder und wieder eintrichtert, sie sei nichts wert, sie sei schuld daran, wenn er die Beherrschung verliert.
Wie gut ich das kenne.
Ich ahne, was er als Nächstes tun wird, weiß, wie sie reagiert. Diese Szenen sind mir so vertraut, als hätte ich in dem Film mitgespielt.
Irgendwo im Haus ertönt ein Knall, kurz aber prägnant. Erschrocken zucke ich zusammen, lausche, warte atemlos auf das Geräusch des sich drehenden Schlüssels in der Wohnungstür, auf kräftige Schritte im Flur, auf das laute, alkoholgeschwängerte Dröhnen seiner Stimme.
Nichts geschieht. Nach einem Blick auf die Uhr beruhigt sich mein Puls wieder. Es ist unwahrscheinlich, dass er schon jetzt von der Kneipe nach Hause kommt. So früh zieht es ihn glücklicherweise noch nicht heim.

Die Frau auf dem Bildschirm packt in fieberhafter Eile die wenigen Sachen, die sie noch nicht beiseite geschafft hat. Dann öffnet sie die Wohnungstür einen Spaltbreit, vergewissert sich, dass niemand in der Nähe ist und tritt mit ihrer Tasche in den Hausflur hinaus. Ihre Mundwinkel zucken, als sie mit einer Bewegung, die Endgültigkeit ausdrückt, die Tür ins Schloss zieht.
Das Geräusch der sich schließenden Tür hallt nach, wird dann von klappernden Schritten abgelöst, die eine Treppe hintereilen.
Gebannt beobachte ich die Geschehnisse auf dem Bildschirm. Meine Wangen glühen und ich merke, dass meine Handflächen feucht sind. Hastig wische ich sie an der Couch ab, ohne die Augen vom Fernsehgerät zu lösen.
Die Frau im Fernsehen ist bei einer Freundin untergekommen. Natürlich steht wenig später der verlassene Ehemann vor der Tür und verlangt seine Frau zu sprechen. Die Freundin behauptet standhaft, sie wäre allein, während die Frau im Badezimmer steht und ihr Ohr an die Tür drückt, um das Gespräch mitzuverfolgen. Tatsächlich lässt der Mann sich überzeugen und verabschiedet sich.
Ich atme schon auf, doch ich hab mich zu früh gefreut. Als seine Frau sich umdreht, sieht er sie durch das Badezimmerfenster an, mit einem Ausdruck in den Augen, der mir das Blut in den Adern gefrieren lässt.
Sie schreit und flieht aus dem Bad in die Arme ihrer Freundin, während seine Faust die Scheibe zertrümmert.
Ich hätte gar keine Freundin, die mich bei sich aufnehmen könnte. Außerdem würde ich eine Szene wie die im Fernsehen auch niemandem zumuten wollen. Ja, genau dasselbe könnte auch mir passieren, ich kenne meinen Mann. Er würde genauso reagieren wie der Mann in diesem Film.
Wir wohnen erst seit einem halben Jahr in dieser Stadt, haben hier keine Verwandten und keine Freunde. Meine Arbeit in einer

Reinigung und das tägliche Einkaufen sind die einzigen Gelegenheiten, zu denen ich die Wohnung verlasse.
Wohin könnte ich schon gehen, wenn ich tatsächlich meinen Mut zusammen nehme und dieses Leben hinter mir lasse? Ich habe keine Bekannten und kein Geld. Mit meinen Kollegen verstehe ich mich ganz gut, doch wir sprechen selten über Privates und stehen uns nicht so nah, dass ich einen von ihnen um Hilfe bitten könnte. Und meine Mutter lebt zu weit entfernt. Außerdem haben wir nie ein gutes Verhältnis gehabt. Vermutlich wird sie mir nicht einmal glauben. Im Gegenteil: Sie würde einen Weg finden, um mir die Schuld zu geben.
Ich seufze. Meine Lage scheint ausweglos.

Der Mann klettert durch das Badezimmerfenster in die Wohnung und jagt seine Frau durch mehrere Zimmer, bevor es ihr gelingt, sich in einem fensterlosen Ankleideraum einzuschließen. Er tritt immer wieder von außen gegen die nicht sehr stabil wirkende Tür. Seine Frau schreit und weint. Es kracht unheilverkündend, wenn sein Stiefel voller Wucht auf das Holz trifft.
Bebend vor Angst verkriecht sie sich hinter einigen Mänteln, die auf Bügeln an einer Stange hängen.
Noch zwei, drei Tritte, mehr wird er nicht brauchen, bis die Tür nachgibt. Und dann ist seine Frau ihm und seinem unbändigen Zorn hilflos ausgeliefert.
In ihren Augen flackert Todesangst.
Ich weiß, dass auch meine Augen schon auf diese Art geflackert haben. Mehr als einmal habe ich geglaubt, er würde mich totschlagen. In diesen kurzen Momenten empfand ich seltsamerweise mehr Erleichterung als Angst.
Die Tür kracht auf und die kräftige Gestalt des Mannes erscheint im Türrahmen. Er wirkt riesig. Mit vor Wut verzerrtem Gesicht tritt er langsam auf die Mäntel zu, hinter denen sich seine Frau verbirgt.

Ein Schuss fällt. Er reißt verblüfft die Augen auf. Dann stürzt er wie ein gefällter Baum zu Boden, zuckt noch einmal kurz und bleibt schließlich liegen, für immer unfähig, jemandem Angst einzujagen oder ihm wehzutun.
Ich atme erleichtert aus.
 Seine Frau lässt langsam die Arme sinken. Ihre Augen sind blutunterlaufen, dunkelgraue Mascaraspuren ziehen sich über ihre vom Weinen verquollenen Wangen.
Wie in Zeitlupe gleitet die Waffe aus ihren zitternden Händen und poltert auf den Boden.
Sie ist frei.
Ich wäre auch so gern frei. Liebend gern würde ich ein Leben führen ohne Angst, Schmerzen und Scham. Aber meinen Mann umbringen? Das kann ich nicht. Mir fehlt der Mut und vermutlich würde ich es auch gar nicht schaffen. Ich würde versagen. In einer ähnlichen Situation wie eben im Fernsehen hätte ich wahrscheinlich daneben geschossen. Oder die Pistole wäre gar nicht geladen gewesen.
Mein Film hätte kein Happy-End gehabt.
Ich schalte den Apparat aus und starre nachdenklich vor mich hin. Bemerke die schäbigen, alten Möbel, den verschmutzten Teppichboden, die altmodischen Vorhänge.
Was für ein Leben.
Ich sehe auf die Uhr. Mir bleibt noch etwas Zeit, um zu verschwinden.
Aber wohin?
Vielleicht sollte ich doch noch bleiben, mich wie meine Leidensgenossin in dem Film in aller Ruhe vorbereiten, alles genau planen und ...
Der letzte Abend fällt mir ein, die Glassplitter, die meine Haut aufritzen, während mein Mann mich wild und unbeherrscht mit Tritten und Schlägen traktiert.
Wieder spüre ich seinen harten Handrücken auf meiner Wange, schmecke das Blut auf meiner Zungenspitze, nachdem ich mir

über die Lippen fuhr. Höre sein Brüllen, sehe verschwommen die flackernde Wildheit in seinen einstmals so schönen Augen.
Ich will ihn nicht mehr brüllen hören. Kann nicht mehr in diese Augen sehen, die so gefährlich funkeln und grenzenlosen Hass aussenden.
Ich muss fort. Wenn ich leben will, muss ich hier weg.
Ich will leben. Ja, ich will wissen, ob es ein Leben gibt ohne Furcht und Schmerz. Ein Leben, in dem es Fröhlichkeit gibt.
Lachen.
Geborgenheit.
Glück.
Vielleicht gibt es doch irgendjemanden, der mir helfen kann. Der mir beisteht.
Ich stehe auf und hole das Telefonbuch aus der wackeligen Kommode im Flur. Suche die Nummer des Frauenhauses heraus und hebe den Hörer ab.
Den ersten Schritt habe ich gewagt und schon wird mein Herz ein wenig leichter. Den nächsten Schritt werde ich auch schaffen.
Ich höre Schritte im Treppenhaus und halte den Atem an. Langsam lasse ich den Hörer wieder auf die Gabel sinken.
Ein Schlüssel bohrt sich ins Schlüsselloch, dreht sich.
Hastig verstaue ich das Telefonbuch wieder in der Kommode und schiebe die Schublade zu. Morgen.
Morgen werde ich dort anrufen.
Bestimmt.

*****

Das Tattoo

Schwester Stefanie löste die Manschette von dem schmalen Oberarm der Rentnerin. „Ihr Blutdruck ist etwas niedrig, doch das ist ganz normal nach einer OP."
Katharina Mey lächelte schwach. „Danke, mein Kind. Sagen Sie, haben Sie nicht längst Feierabend? Es ist spät und Sie sind seit dem Vormittag hier."
Steffi schmunzelte. Frau Mey war zwar gebrechlich, doch aufmerksamer als manch junger Patient.
„Sie haben Recht, ich werde auch gleich gehen." Sie legte das Blutdruck-Messgerät auf die Decke am Fußende. „Darf ich Sie vorher noch etwas fragen?"
„Natürlich."
„Als ich Ihnen heute geholfen habe, ein frisches Nachthemd anzuziehen, fiel mir ein Tattoo auf Ihrer Schulter auf."
Die Lachfältchen um ihre Augen vertieften sich. „Und Sie finden das reichlich ungewöhnlich für eine Frau meines Alters, nicht wahr?"
„Das ist es eigentlich nicht. Es interessiert mich, was es damit auf sich hat. Würden Sie es mir erzählen?"
Es war nicht nur Neugier, die die junge Krankenschwester trieb. Es war ihr einfach wichtig, die Geschichte hinter den Patienten zu kennen. So konnte sie besser auf sie eingehen, das hatte sie während der letzten Jahre in der Klinik gelernt.
Mit der linken Hand zog Frau Mey den Ausschnitt ihres Nachthemdes zur Seite, so dass der Schriftzug hervor blitzte. Es war nur ein Wort.
Ein Name, in geschwungenen Buchstaben: *Joachim*.
„Er war meine große Liebe", begann Frau Mey und Steffi setzte sich erwartungsvoll auf den Stuhl neben dem Bett.

„Wir lernten uns 1939 kennen, im Frühling. Er war ein Freund meines älteren Bruders und kam eines Nachmittags mit ihm auf unseren Hof. Damals war ich siebzehn. Wir verliebten uns sehr ineinander, verbrachten in jenem Sommer so viel Zeit wie möglich zusammen. Natürlich alles sehr gesittet und unter Aufsicht. Ein Abschiedskuss im Dunkeln wurde gerade noch geduldet, mehr jedoch nicht. Wir wollten uns verloben, sobald ich achtzehn war, doch dann kam der Krieg."
Ihr Gesicht wurde ernst, sie wandte den Kopf und sah Steffi an. „Joachim war einundzwanzig, kerngesund und kräftig. Er wurde sofort eingezogen. Der Abschied fiel uns unsagbar schwer. Ich hörte monatelang nichts von ihm, wusste nicht, wo er sich aufhielt, an welcher Front er kämpfte. Zu der Zeit war ich noch nicht sehr beunruhigt, wir siegten ja in einem fort."
Sie hielt inne. Steffi hätte gern gewusst, woran sie gerade dachte, doch sie wartete schweigend ab. Die Stimme der alten Frau klang dünn, als sie weitersprach. Als hätte sie ein schlechtes Gewissen.
„In den folgenden Jahren wurden meine sehnsüchtigen Gedanken an Joachim seltener. Wissen Sie, der ständig nagende Hunger, die nächtlichen Fliegeralarme und die Angst, die Gestapo könnte die jüdische Familie auf unserem Heuschober entdecken, waren allgegenwärtig und ließen nur wenig Raum für romantische Schwärmereien."
Schwester Stefanie nickte. „Das kann ich verstehen." Vergeblich versuchte sie sich vorzustellen, wie schlimm das alles gewesen sein musste. Ihr Respekt vor dieser Frau wuchs.
„Als der Krieg endlich aus war, mussten wir uns an die Besatzer gewöhnen und lernen, Besiegte zu sein. Das war eine harte Zeit. Von Joachim hörte ich nach wie vor nichts, obwohl ich täglich darauf wartete, dass er sich meldete. Mein Bruder hatte herausgefunden, dass er bei dem Russlandfeldzug dabei gewesen war. Da er nicht nach Hause kam, musste ich damit rechnen, dass er in Gefangenschaft war – oder einer der vielen namenlosen Toten in der russischen Eiswüste."

„Eine grauenhafte Vorstellung", sagte Steffi mitfühlend.
„Ja, doch die Ungewissheit war eigentlich noch schlimmer. Zwei Jahre nach Kriegsende fand ich mich schweren Herzens damit ab, dass Joachim den Feldzug wohl nicht überlebt hatte. Ich war mittlerweile fünfundzwanzig und lernte Dietmar kennen. Er war Redakteur bei der örtlichen Tageszeitung, fünf Jahre älter als ich und nahezu unversehrt aus dem Krieg heimgekehrt. Wir heirateten, bekamen drei Kinder und waren zufrieden mit unserem Leben. Joachim aber habe ich nie vergessen können."

Sie senkte ein wenig die Stimme, als würde sie Steffi ein wichtiges Geheimnis anvertrauen. „All die Jahre hindurch führte ich Tagebuch. Heimlich, mein Mann ahnte nichts davon. Die Einträge darin waren Briefe an Joachim. Ich schrieb ihm von meinem Leben, meinen Kindern, meinen Sorgen, Ängsten und Glücksmomenten. Von der Anschaffung unseres ersten Wagens, von der ersten Urlaubsreise nach Italien, von der Trauer über den Tod meiner Tochter."

Steffi musste sie fragend angesehen haben, denn sie fügte ruhig hinzu: „Helena starb mit nur sechs Jahren an einer Lungenentzündung."

Die junge Krankenschwester fröstelte plötzlich. „Wie schrecklich. Das muss furchtbar für Sie gewesen sein."

„Das war es in der Tat", bestätigte Frau Mey und in ihren Augenwinkeln glitzerten Tränen. Dann blinzelte sie und ihre blassen Lippen verzogen sich zu einem wehmütigen Lächeln. „Aber dadurch, dass ich Joachim in meinem Tagebuch davon berichten konnte, kam ich mit dem Schmerz etwas besser zurecht. Zumindest bildete ich mir ein, dass es mir Kraft gab. Ich hatte ja noch zwei andere Kinder, die mich brauchten. Das Leben musste weitergehen. Und das tat es auch. Doch Mitte der Siebziger Jahre starb mein Mann an Krebs. Meine Söhne waren da bereits erwachsen, führten ihr eigenes Leben. Mit einem Schlag war ich ganz allein."

Schweigend legte Steffi ihre Hand auf die der alten Dame. Das war sicher nicht leicht für sie gewesen.

„Eines Tages, etwa ein Jahr darauf, bat mich mein Sohn Peter, zu einer Ausstellung zu kommen. Peter ist Kunstmaler, sehr begabt."

Schwester Stefanie konnte den Stolz in ihrer Stimme hören. „War es seine Ausstellung?", fragte sie.

Frau Mey nickte. „Ja, in einer namhaften Galerie. Presse war da, Geschäftsleute, Künstler, Kritiker und natürlich Kunstinteressierte. Ich beobachtete sie, wie sie von Bild zu Bild gingen und sich über die Farben und Motive unterhielten. Ich selbst verstehe nichts davon, doch es klang so schön. Ein Mann unter all den Gästen kam mir bekannt vor. Sein Gang, seine Mimik erinnerten mich an jemanden.

Als ich nah genug war, um seine Augen zu sehen, fiel ich beinahe in Ohnmacht."

Steffi setzte sich aufrecht hin, gespannt wie ein Flitzebogen. „Joachim?", fragte sie atemlos.

Frau Mey lächelte. „Ja, er war es tatsächlich. Mein Herz schlug mir bis zum Hals, ich hatte weiche Knie und musste mich unbedingt hinsetzen."

„Was geschah dann?", fragte Steffi und beugte sich neugierig weiter vor.

„Nun, ich hockte auf einem Klappstuhl und starrte ihn ungläubig an. Es kam mir vor, als wäre er von den Toten auferstanden. Niemals hatte ich damit gerechnet, ihm noch einmal zu begegnen. Ich musterte ihn ganz genau, wollte sichergehen, dass er es wirklich war, dass ich mich nicht vielleicht doch irrte. Obwohl er fast sechzig sein musste, war er noch immer ein attraktiver Mann. Groß, volles Haar, gerade Haltung. Ich konnte mich gar nicht sattsehen. Er merkte es irgendwann und schien verunsichert.

Immer wieder verirrte sich sein Blick zu mir. Dann - ganz plötzlich - lächelte er. Ich hielt die Luft an. Ob vor Schreck oder vor Freude weiß ich nicht mehr. Aber es war offensichtlich, dass er erkannt hatte, wer die fremde Frau war, die ihn nicht aus den Augen ließ."

Gebannt lauschte die junge Schwester. Das war ja so romantisch!

„In dem Moment verschwamm alles andere", fuhr Frau Mey fort. „Die Menschen, die Bilder, die Stimmen, das Gelächter; alles um mich herum wurde zu einem bunten, unverständlichen Durcheinander. Nur Joachim hatte Konturen, nur er war real für mich. Er kam auf mich zu, blieb vor mir stehen und sah mich aufmerksam an. Meine Hände zitterten wie Espenlaub. ‚Kathrinchen', sagte er. Mehr nicht. Ich brach in Tränen aus, konnte es nicht verhindern. Da nahm er meine Hände, zog mich von dem Stuhl und in seine Arme."

Steffi ahnte, dass Frau Mey die Gefühle von damals gerade wieder durchlebte. Vermutlich spürte sie den rauen Stoff seines Jacketts an ihrer Wange, roch sein Rasierwasser, fühlte seine Hände auf ihrem Rücken.

Bei der Vorstellung kroch eine Gänsehaut Steffis Arme hinauf.

„Das war der schönste Augenblick meines Lebens", flüsterte Katharina Mey. „Vielleicht abgesehen von der Geburt meiner Kinder. Joachim und ich verließen die Ausstellung und gingen in eine kleine Bar, wo wir uns weit hinten an einen Tisch setzten und uns bei einem Glas Wein unterhielten. Wir hatten uns ja so viel zu erzählen. Er war auch allein, hatte zwei Jahre zuvor seine Frau verloren. Ich berichtete ihm von dem Tagebuch und als er fragte, ob ich ihn eines Tages die Einträge lesen lassen würde, sagte ich ja."

„Warum hat er nie Kontakt zu Ihnen gesucht?", wollte Steffi wissen.

„Als er aus der Gefangenschaft kam, war ich bereits verheiratet und Mutter", antwortete Frau Mey. „Nachdem er das gehört hatte, hielt er es für besser, sich nicht zu melden. Er zog in den Nachbarort und heiratete bald darauf." Sie seufzte. „All die verlorenen Jahre. Aber ich will nicht undankbar sein, wir hatten noch eine schöne Zeit zusammen, wunderbare Jahre, in denen wir

zumindest einiges nachholen konnten. Als er vor drei Jahren verstarb, habe ich mir dieses Tattoo stechen lassen. So ist er immer noch bei mir. Überall und für den Rest meines Lebens."
Draußen war es inzwischen stockdunkel. Stefanie sah auf die Uhr und stand zögernd auf. Es war Zeit, nach Hause zu gehen.
„Danke, dass Sie mir davon erzählt haben", sagte sie mit belegter Stimme. Die Geschichte dieser Frau hatte sie richtig aufgewühlt. Sie wusste, sie würde sie nie vergessen.
Katharina Mey lächelte. „Ich danke Ihnen, dass Sie mir zugehört haben. Wenn ich über meinen Joachim rede, ist er wieder lebendig. Jedenfalls für mich."
Sie machte eine kleine Pause, schloss die Augen und fügte leise hinzu: „Und bald werde ich bei ihm sein. Für immer."
Schwester Stefanie wusste nicht, was sie darauf erwidern sollte. Deshalb beugte sie sich über die alte Dame, hauchte einen Kuss auf die pergamentdünne Haut ihrer Wange und wünschte ihr eine gute Nacht.
Als sie das Zimmer verließ, hatte Frau Mey die Augen geschlossen und auf ihrem Gesicht lag ein Ausdruck von Frieden und Ruhe.

*****

Die Sterne lügen nicht

Die Kutsche wurde langsamer und hielt schließlich an. Evangeline Adams stieg die zwei Stufen hinunter auf die Straße und sah sich ehrfürchtig um. Die Häuser waren höher als in Boston, die Straßen breiter. Elegant gekleidete Damen und distinguiert wirkende Herren gingen vorüber, ohne Evangeline einen Blick zu schenken. Hufe klapperten auf den Pflastersteinen und über all dem hing eine übel riechende Dunstglocke. Das lag an den Abfällen am Straßenrand und an den dampfenden Pferdeäpfeln, die auf der Straße lagen. Halbwüchsige Jungen sammelten sie auf und trugen sie in Eimern nach Hause, wo sie zum Düngen und Heizen genutzt wurden.
Evangelines Blick blieb an der Fassade des Hotels hängen. Hier würde sie also in der nächsten Zeit wohnen. Das Gebäude wirkte riesig. Es war schlicht, mit einer unaufdringlichen Eleganz.
Ein Träger nahm ihren Koffer und begleitete sie ins Innere bis zur Rezeption. Dort reichte man ihr ein Anmeldeformular. Der untersetzte Herr hinter dem Tresen überflog es, nachdem sie es ausgefüllt hatte.
„Miss Adams", sagte er und lächelte. „Ich bin Warren Leland, der Hoteldirektor. Willkommen im Windsor-Hotel." Sein Blick fiel auf die von Evangeline eingetragene Berufsbezeichnung. „Sie sind Astrologin?"
„Ja. Meine Ausbildung absolvierte ich in Boston."
„Interessant. Ich weiß nicht sehr viel darüber, ehrlich gesagt. Sie sehen also in die Sterne und können daran erkennen, was die Zukunft bringt? Ist das richtig?"
„So ungefähr. Ich erstelle Horoskope." Evangeline unterdrückte ein Gähnen. Sie sehnte sich danach, sich nach der langen Reise auszuruhen und war nicht in der Stimmung, sich ausfragen zu lassen.

Der Direktor lehnte sich ein wenig nach vorn und senkte die Stimme. „Darf ich fragen, ob Sie so ein - *Horoskop* auch für mich machen würden?"

Geschickt verbarg sie ihre mangelnde Freude über dieses Ansinnen. „Dafür brauche ich Ihr genaues Geburtsdatum", sagte sie nur, „mit Uhrzeit und Ort."

„Wunderbar! Ich werde Ihnen die Angaben zukommen lassen. Aber nun wollen Sie sicher Ihr Zimmer sehen."

„Das wäre schön, ja."

„Hier ist der Schlüssel. Zimmer 303 im dritten Stock. Das Gepäck wird Ihnen hinaufgebracht. Ich wünsche Ihnen einen angenehmen Aufenthalt, Miss Adams."

Am nächsten Abend trat Evangeline auf die Rezeption zu, hinter der Warren Leland stand und mit barscher Stimme die Angestellten maßregelte.

„Guten Abend, Mr. Leland."

Er wandte den Kopf, erkannte sie und sofort erschien ein Lächeln auf seinem Gesicht.

„Miss Adams, wie schön." Eifrig trat er näher und fragte: „Sind Sie bereits fertig mit dem, worum ich Sie gebeten hatte?"

Sie nickte knapp. Es waren keine guten Nachrichten, die sie für den Hoteldirektor hatte. Sie würde froh sein, wenn sie ihre Hiobsbotschaft los war. Inständig hoffte sie, er würde ihre Warnung ernst nehmen.

Leland kam hinter dem Empfangstresen hervor. „Kommen Sie, gehen wir in mein Büro."

Sie folgte ihm durch die Lobby. Ihr langes, schwarzes Kleid bauschte sich um ihre Beine und die Perlen ihrer Kette klimperten leise.

In seinem Büro, einem Raum mit dunklen, schweren Möbeln und wertvollen Teppichen, wies der Hoteldirektor ihr einen Stuhl vor seinem imposanten Schreibtisch zu, bevor er sich selbst auf der anderen Seite niederließ.

Evangeline nahm einige Bögen aus einer großen Mappe und breitete sie auf der Tischplatte aus.

„Ich fange mit den schlechten Nachrichten an, Mr. Leland, wenn es Ihnen Recht ist", begann sie vorsichtig. „Sehen Sie, hier: Sonne und Merkur stehen im 8. Haus. Diese Konstellation steht für schwere persönliche Krisen, möglicherweise für einen Todesfall, Zerstörung oder großen finanziellen Verlust. Mars und Saturn stehen im 4. Haus, was ebenfalls für das Ende von etwas stehen könnte. Zusammengefasst würde ich sagen: Es besteht Gefahr, für Sie oder eventuell für Mitglieder Ihrer Familie. Und zwar in naher Zukunft."

Mr. Lelands Augen wurden schmal. Er lehnte sich zurück und verschränkte die Hände. „Eventuell, es könnte sein, möglicherweise …", wiederholte er spöttisch. „Das klingt alles sehr an den Haaren herbeigezogen, Miss Adams."

„Genauere Prognosen kann nur Gott Ihnen liefern, Mr. Leland", antwortete Evangeline kühl. „In ihrem Fall stehen die Sterne jedoch eindeutig."

Der Hoteldirektor schnalzte mit der Zunge. Dann erhob er sich und stützte die Hände auf die Schreibtischplatte. „Verzeihen Sie mir, Miss Adams, doch ich bin ein sehr beschäftigter Mann. Ich habe keine Zeit, mir noch mehr Ihrer merkwürdiger Prophezeiungen anzuhören."

Sie schob die Papierbögen zusammen und verstaute sie wieder in ihrer Mappe. „Wie Sie wünschen. Ich rate Ihnen jedoch, sich auf den in Ihren Augen so unwahrscheinlichen Fall eines Unglücks vorzubereiten."

Warren Leland lachte hart auf. „Das ist lächerlich! Dieses Hotel ist so sicher, wie es nur sein kann. Und meine Familie ebenfalls."

„Ich meine es gut mit Ihnen, Mr. Leland", versuchte sie es noch einmal. „Ich beschäftige mich seit zwölf Jahren mit Astrologie und habe viele Kenntnisse erworben, die …"

„Ich denke, das reicht." Der Hoteldirektor trat auf die Tür zu und öffnete sie weit. Evangeline hob missbilligend eine Augenbraue und stand auf. Mit hoch erhobenem Haupt ging sie an ihm vorbei. „Ich hoffe für Sie, dass ich mich getäuscht habe. Sie sollten jedoch wissen, dass ich mich nur sehr selten irre. Alles Gute, Mr. Leland."

Die Parade am St. Patricks Day, der jährlich am 17. März gefeiert wurde, begann auch im Jahr 1899 in der 44. Straße an der Ecke der Fifth Avenue, und führte somit am Windsor Hotel vorbei. Evangeline stand inmitten vieler anderer Zaungäste an der Straße und bestaunte die Wagen, die Musiker und die hauptsächlich in grün gehaltenen Kostüme der Menschen, deren Vorfahren aus Irland nach Amerika gekommen waren. Sie verspürte eine gewisse nervöse Anspannung, die sie sich nicht so recht erklären konnte. Unwillkürlich sah sie an der Fassade des Hotels hoch.
Viele Menschen lehnten sich aus den offenen Fenstern, um sich die Parade anzusehen. Im zweiten Stock sah sie einen Mann, der sich eine Zigarette anzündete und das brennende Streichholz auf die Straße warf. Ihre Augen weiteten sich entsetzt, als kurz darauf am Vorhang des Fensters Flammen auflodenten. Das Streichholz war offenbar vom Wind wieder ins Zimmer zurück geweht worden! Ohne weiter nachzudenken drängte sie sich durch die Menschenmassen, um ins Hotel zu gelangen.
Als sie endlich die Lobby erreicht hatte, eilte sie zur Rezeption. „Feuer!", rief sie mit schriller Stimme. „Geben Sie Feueralarm und holen Sie Mr. Leland! Schnell!"
Die junge Dame sah sie verwirrt an. „Mr. Leland ist draußen, wegen der Parade."
Evangelines Hände ballten sich zu Fäusten. „Wo ist seine Familie?!"
„Na, oben. Im sechsten Stock."
Schreie und aufgeregte Rufe erklangen. Die Tanzlehrerin Mrs. Duncan führte ihre Schüler eilig durch die Lobby zum Hoteleingang. Die Mädchen wirkten ängstlich und aufgeregt. Einige weinten. Mrs. Duncan sah Evangeline an der Rezeption stehen.

„Es brennt!", rief sie panisch. „Das Hotel brennt. Bringen Sie sich in Sicherheit, Miss Adams!"

Ein lauter Knall ließ Evangeline zusammenfahren. Die Tanzschülerinnen kreischten und flohen kopflos hinaus. Die Rezeptionistin zögerte kurz, dann rannte sie hinterher.

Evangeline sah sich um. Irgendetwas schien explodiert zu sein. Sie hätte Mr. Lelands Familie alarmieren müssen, doch nun wurde es zu gefährlich, um in den sechsten Stock hinaufzulaufen. Sie fluchte leise und kämpfte sich durch die vielen aufgelösten Hotelgäste, die genau wie sie nach draußen drängten.

Die Menschen vor dem Hotel waren in heller Aufregung. Von überall ertönten Schreie, Rufe und lautes Weinen. In der Parade waren auch Feuerwehrmänner gewesen, die nun versuchten, sich durch die Menge einen Weg zum Eingang zu bahnen.

Direkt neben Evangeline kreischte jemand entsetzt auf und zeigte nach oben. Dort stand ein Mann am Fenster. Hinter ihm loderten Flammen. Er zögerte noch kurz, dann nahm er all seinen Mut zusammen und sprang in die Menschenmenge. Gellende Schreie begleiteten seinen Flug in den Tod. Die Menschen stoben auseinander, aus Angst, von dem herabfallenden Körper getroffen zu werden. Mit einem dumpfen Laut schlug er auf dem Kopfsteinpflaster auf.

Das Feuer benötigte nicht einmal zwei Stunden, um das Windsor-Hotel in Schutt und Asche zu legen. Evangeline beobachtete, wie aus der Ruine letzte Rauchsäulen aufstiegen; die erschöpften Veteranen eines glühenden Infernos. Fast 90 Tote habe man geborgen, erzählte ihr ein Feuerwehrmann, während er sich Schweiß und Ruß vom Gesicht wischte. Seine Mundwinkel zuckten, als er ihr zunickte und sich dann abwandte, um nach weiteren Opfern zu suchen.

Wenige Meter weiter entdeckte sie Warren Leland. Mit gesenktem Kopf kniete er neben einer verkohlten Leiche. Seine Schultern bebten. Als er ihre Schritte hörte, sah er auf. Sein Kinn zitterte und die Augen schwammen in Tränen. Mit einer Hand ergriff er zaghaft ein Stück hellgrünen Stoff, das einmal zu einem Kleid gehört hatte.

„Das ist meine Tochter", flüsterte er. „Ich habe sie nur an dem Kleid erkannt."

„Es tut mir so unendlich leid, Mr. Leland." Evangeline ging in die Knie und ergriff seine Hand, die zögernd den Stoff losließ.

„Ich hätte auf Sie hören sollen, Miss Adams." Warren Leland zog mit zitternden Fingern ein Taschentuch hervor und schnäuzte sich. „Dann würde mein Kind vielleicht noch leben."

Sie sagte nichts und sah zum Himmel hinauf. Die helle Sonne machte die Sterne unsichtbar, doch sie waren da. Eine Gänsehaut überzog ihre Arme und ließ sie frösteln. Dann stand sie auf und sah sich noch ein letztes Mal an diesem Ort des Schreckens um, bevor sie Warren Leland mit seiner toten Tochter allein ließ.

Der heutige Tag hatte ihr eindrücklich die Schattenseiten ihres Berufes aufgezeigt. Dennoch liebte sie ihn und würde an ihm festhalten.

Die Sterne wollten es so.

*****

Der Kampf des Tigers

Auf einer Tribüne am Rande des bunten und lärmenden Marktes von Rom stehen mehrere Männer. Einer tritt vor und zeigt stolz seine Muskeln. Er hat sich den Körper offenbar mit einem Öl eingerieben, denn seine Haut glänzt in der Sonne.

Außer Livia, der jungen Gattin des greisen Senators Lucius Megalus, und ihrer Sklavin Nadia stehen noch viele andere Frauen im Publikum. Sie jubeln dem Mann zu, winken und schreien, als wäre er ein Gott, dem sie huldigen.

Livia lebt erst seit ihrer Hochzeit vor acht Wochen in Rom. Szenerien wie diese sind ihr fremd, faszinieren sie aber auf verwirrende Weise.

Der Blick des schönen Mannes fällt auf sie, er lächelt ihr zu und spannt die Muskeln seiner Oberarme an, wohl um ihr zu imponieren. Livia sieht verlegen zur Seite.

„Wer ist er?", ruft sie gegen den Lärm in Nadias Ohr.

„Das ist Aurelius Faustus, der bekannteste Gladiator der Ludus Magnus, der Gladiatorenschule am Kolosseum", antwortet Nadia. „Heute werden die Kämpfer für die nächsten Spiele vorgestellt."

Nun wird Aurelius' Gegner aufgerufen. Livia schnappt entsetzt nach Luft als der Gladiator die Tribüne betritt. Der Mann überragt Aurelius Faustus um Hauptesläne und wirkt doppelt so breit wie dieser. Aus bösartigen Augen blickt der Riese in die Menge und brüllt vor Wut, als Aurelius' Anhängerinnen ihn ungnädig begrüßen und mit dem Daumen zum Boden weisen.

Livia sieht zu Aurelius hinüber. Bei der Vorstellung, gegen diesen Koloss antreten zu müssen, muss er doch gewaltige Furcht verspüren. Doch er verschränkt gelassen die glänzenden Arme vor der Brust.

Am nächsten Abend begleitet Livia ihren Gatten Lucius zum Festbankett vor dem großen Kampf. Kaiser Vespasian hat alle einflussreichen Bürger Roms eingeladen und auch die Kämpfer werden an dem Bankett teilnehmen.
Livia macht es nervös, dass sie Aurelius Faustus wiedersehen wird. Seit dem Besuch des Marktes denkt sie immer wieder an ihn und jedes Mal pocht ihr Herz schneller.
Es dauert nicht lange, bis sie ihn in der Menge entdeckt. Er ist umringt von einer ihn bewundernd anblickenden Menschentraube und genießt sichtlich die Aufmerksamkeit.
Gerade will er seinen Trinkpokal an den Mund führen, als er Livia erblickt. Sein schöner Mund verzieht sich zu einem Lächeln. Fast unmerklich nickt er ihr zu.
Ihre Knie werden weich und ohne den Blick von ihm zu lösen folgt sie ihrem Gatten zu Kaiser Vespasian, der sie jovial begrüßt. Während die Männer sich unterhalten, irrt Livias Blick suchend umher, bis sie Aurelius entdeckt hat, der nun woanders Bewunderer um sich geschart hat. Auch er sieht sich immer wieder um. Als ihre Augen sich treffen, wird Livias Atem mühsam. Die Haare an ihren Armen richten sich auf und ihre Wangen werden heiß und beginnen zu glühen.
Lucius spricht mit ihr. Livia hat Mühe, sich auf ihn und seine Worte zu konzentrieren. Jemand reicht ihr einen kunstvoll gearbeiteten Kelch mit Wein. Als sie wieder zu Aurelius sieht, ist auch er in ein Gespräch vertieft, doch seine Augen wandern immer wieder zu ihr und jedes Mal, wenn sie sich mit den ihren treffen, geht ein Schaudern durch Livias Körper.
„Würdet Ihr mich bitte entschuldigen", sagt sie schließlich zu Lucius. „Ich brauche etwas frische Luft. Mir ist entsetzlich warm."

Er nickt ihr kurz zu und vertieft sich erneut in das Gespräch mit Kaiser Vespasian und einigen anderen Senatoren.

Mit rasendem Herzen betritt sie wenig später das leere Atrium und setzt sich auf eine Steinbank. Es dauert nicht lange, bis Aurelius erscheint. Sie wusste, dass er kommen würde. Ihre stumme, leidenschaftliche Zwiesprache im Inneren des Palastes ließ keinen anderen Schluss zu.

Livia zittert, als er näher kommt. Ob vor Angst, Ungeduld oder Verlangen kann sie nicht sagen. Er nimmt ihre Hand und zieht sie von der Bank. „Komm", sagt er.

Sie zögert nicht. Folgt ihm in einen Vorratsraum, der gefüllt ist mit Kisten, Truhen, Fellstapeln und Säcken.

Aurelius schließt die Tür und dreht sich zu ihr herum. Livias Unterleib zieht sich schmerzhaft zusammen, als er ihre Hände ergreift. Schon sinkt sie in seine kräftigen Arme. Er küsst sie voller Leidenschaft und wenig später findet sie sich auf einem der Fellstapel wieder, Haut an Haut mit dem schönen Gladiator.

Nach einem kurzen hitzigen Liebesakt liegt sie neben ihm, den Kopf auf seine breite Brust gebettet

„Du darfst nicht gegen diesen Koloss kämpfen", flüstert sie voller Angst. „Er wird dich töten."

„Das wird er nicht. Ich kenne seine Schwächen." Aurelius küsst Livias Haar. „Mach dir keine Sorgen. Ich bin wie ein Tiger. Schnell und wendig, mit dem Blick für den richtigen Moment. Hab keine Furcht, wir werden uns schon bald wiedersehen. Wenn du es willst."

Sie überlegt nicht lange. „Ja, das will ich. Pass auf dich auf, ich flehe dich an."

Der große Tag ist da. Heute wird Aurelius gegen den riesenhaften Gladiatoren kämpfen. Livia ist vor Angst wie gelähmt. Reglos sitzt sie neben ihrem Gatten in der Loge des Kaisers und wartet ungeduldig darauf, dass die Tierkämpfe enden. Gerade versucht ein Tiger, einen Elefanten von der Seite anzugreifen.

Gebannt verfolgt sie das Geschehen. Die Raubkatze schleicht um den viel größeren Elefanten herum, wartet auf den richtigen Augenblick – und greift an. Doch der Dickhäuter weicht aus und bohrt dem Tiger einen Stoßzahn in die Rippen.

Livia schließt erschüttert die Augen.

Endlich ist es soweit. Die Menge jubelt, als Aurelius die Arena betritt. Er begrüßt den Kaiser mit einer tiefen Verbeugung.

Als er sich aufrichtet, sieht er zu Livia und schenkt ihr ein verschwörerisches und zuversichtliches Lächeln. Livias Herz schlägt so laut, dass sie glaubt, es hören zu können.

„Warum sieht er dich an?", verlangt Lucius plötzlich zu wissen.

Livia wird heiß. „Ich bin sicher, sein Blick galt einer anderen", erwidert sie nervös. „Hier sind so viele Menschen."

Lucius knurrt etwas, doch er lässt das Thema fallen.

Als der Koloss erscheint, geht ein Raunen durch die Menge. Auch er begrüßt den Kaiser. Dann stellen sich die Kontrahenten einander gegenüber auf. Beide erhalten ein Schwert als Waffe. Der Größenunterschied ist beträchtlich. Livia beugt sich vor und knetet ein Seidentuch in den Fingern. Wird Aurelius überleben? Wird es ihr gegeben sein, noch einmal in seinen starken Armen Erfüllung zu finden?

Der Kampf beginnt und bleibt lange ausgeglichen. Aurelius behält Recht, sein Gegner ist zwar stark, aber schwerfällig. Wie eine Raubkatze tänzelt Aurelius um den Koloss herum, weicht dessen Angriffen aus und trifft plötzlich mit dem Schwert dessen Arm. Stille.

Mit einem Wutschrei greift der Riese an und stößt sein Schwert in Aurelius' Richtung. Livia schreit entsetzt auf. Zu spät wird ihr klar, dass das ein Fehler war, denn der misstrauische Blick von Lucius Megalus fällt auf sie. Sie lächelt ihm gequält zu.

„Ich habe mich erschreckt", versucht sie ihren Gatten zu besänftigen. Er erwidert nichts, mustert sie prüfend und sieht dann mit schmalen Augen wieder nach vorn in die Arena.

Dort springt Aurelius zur Seite und weicht so den tödlichen Hieben seines Gegners aus. Wieder und wieder stößt der Koloss zu, doch Aurelius' Wendigkeit hat er nichts entgegenzusetzen. Er ist zu langsam für den Tiger.

Nun greift Aurelius wieder an. Seine Waffe landet in die Flanke seines Gegners.

Der dreht sich um. Aus der Wunde an seiner Seite fließt Blut.

Livia atmet auf. Der Riese ist verletzt, möglicherweise tödlich getroffen. Ist das die Rettung für Aurelius?

In diesem Augenblick springt Lucius auf und weist mit dem Daumen nach unten. „Töte Aurelius!", ruft er.

Entsetzt sieht Livia zu ihm auf.

Andere Zuschauer fallen ein. „Töte Aurelius! Töte Aurelius!"

Der Koloss brüllt und hebt noch einmal sein Schwert. Aurelius will ausweichen, doch er hat den Angriff zu spät bemerkt. Livia springt auf. „Nein! Aurelius!"

Jemand greift nach ihrem Arm und reißt sie zurück auf die steinerne Bank. „Beherrscht Euch!", zischt Lucius. „Ihr macht mich zum Gespött, und das vor dem Kaiser."

Livia ahnt, dass ihr Gefühlsausbruch schreckliche Konsequenzen haben wird, doch daran kann sie jetzt nicht denken. Ihr Blick ist auf die Arena gerichtet, wo der Koloss in diesem Augenblick mit einem scharfen Hieb Arelius' Kopf von seinem Hals trennt.

Die Menge tobt, ist außer Rand und Band.

Der Schädel fällt zu Boden, rollt ein kleines Stück durch den heißen, staubigen Sand und bleibt dann liegen. Ein Ausdruck des Erstaunens liegt in Aurelius' versteinerten Zügen.

Der Koloss reißt triumphierend die Arme nach oben.

Livia starrt ungläubig nach vorn. In ihr ist nur noch eine große Leere.

Der Tiger ist tot.

*****

Amüsantes

Echter Humor trifft, ohne eine Narbe zu hinterlassen.

Thomas Clayton Wolfe

Eine Minute zuviel

„Guten Tag, Herr ... äh ... Dings! Ich bin in *einer* Minute bei Ihnen."
Die Bankangestellte mit den federartigen Haaren schenkte Thomas ein flüchtiges Lächeln, während sie an ihm vorbei auf einen Schreibtisch zueilte und mit rot lackierten Krallen den Hörer des Telefons abhob. Augenblicklich war sie in ein Gespräch vertieft, gackerte hin und wieder albern und schien ihn längt vergessen zu haben.
Thomas musterte die schnabelähnliche Nase dieses Bankenhuhns und brodelte innerlich, wie eine Champagnerflasche, die minutenlang geschüttelt worden war. Den ganzen Tag schon war er vertröstet worden. Ach, eigentlich war sein ganzes Leben eine einzige Warteschleife.
Seine Mutter: „Noch drei Tage, Tommilein, dann kommt der Weihnachtsmann!"
Sein Vater: „Komm erstmal in mein Alter, mein Junge, dann darfst du machen, was du willst. Bis dahin geschieht das, was ich sage."
Seine erste Freundin: „Gib mir noch ein bisschen Zeit, ja? Ich bin noch nicht soweit."
Eine Woche später hatte sie ihn abserviert.
Sein Chef: „Eine Gehaltserhöhung? Vielleicht im nächsten Jahr."
Die Dumpfbacke in der Computer-Hotline: „Da kann ick jrade nischt machen, wa. Rufense morjen nochma an."
Der Typ beim DVD-Verleih: „Terminator 2? Der ist ausgeliehen, bis Freitag. Teil 1 übrigens auch."
Und nun ließ ihn dieses dürre Hühnchen aus der Kreditabteilung schmoren. Eine Minute, ha! Thomas hatte endgültig die Schnauze

voll. Er wollte keine Minute mehr warten, oh nein. Aber was konnte er tun?
In diesem Moment fiel ihm die Waffe ein, die unter dem doppelten Boden in seinem Kofferraum lag.
Ein diabolisches Lächeln huschte über sein Gesicht ...

Das Kredithühnchen kam auf ihn zugeflattert. „Ah, Herr – äh, Dings. Tut mir leid, dass Sie warten mussten."
Thomas zog die Pistole so lässig wie James Bond und richtete die Mündung direkt auf ihr Gesicht. „Ich heiße nicht Dings!", brüllte er. „Mein Name ist Bork, Thomas Bork! Merken Sie sich das gefälligst!"
Das Gesicht des Hühnchens war plötzlich ganz blass um die Schnabelnase. Thomas genoss den Anblick einen Moment lang, dann sah er sich um. Alle anderen in der Bank, Angestellte und Kunden, waren mitten in der Bewegung erstarrt und schauten nervös und entsetzt zu ihnen hinüber.
„Alle auf den Boden!", brüllte James-Thomas. „Gesicht nach unten, Hände hinter den Kopf. Sofort!"
Eilig bemühten sich alle, ihm zu gehorchen. Und das ohne jede Verzögerung! Keiner sagte: „Sofort, ich muss nur nochmal kurz aufs Klo", oder: „In einer Minute, ja? Das Telefonat ist gerade sehr wichtig."
Entzückt betrachtete Thomas die auf dem Boden liegenden Menschen, die ihm verstohlen ängstliche Blicke zuwarfen und nur darauf zu warten schienen, dass er ihnen sagte, was sie tun sollten.
Thomas lächelte in sich hinein. Das konnten sie haben!
„So. Ihr holt jetzt alle eure Handys raus und schiebt sie zu mir rüber. Ruhige Bewegungen, keine krummen Tricks. Kapiert?"
Niemand antwortete, doch ein Handy nach dem anderen schlitterte über den glatten Boden und landete zu Thomas Füßen, hin und wieder begleitet von leisen Flüchen.
„Schnauze!" Er sah wieder zu dem Bankenhuhn. „Wie heißt du?"

„Te - Te - Teresa Meyer-Bodenhoff."

„Also, Te-te-teresa, schließ die Tür ab und lass die Jalousien runter. Schließlich wollen wir ja nicht, dass jemand was mitkriegt und die Bullen ruft, nicht wahr?"

Teresa Meyer-Bodenhoff schwieg, holte jedoch einen Schlüssel aus einer Schublade und eilte zur Eingangstür. Kurz darauf ratterte der Sichtschutz herunter.

Thomas atmete befriedigt durch. „Ich könnte jetzt gut was trinken. Was kannst du mir anbieten, Teresa, mein Flatterhühnchen? Ich hätte gern einen Martini. Gemixt, nicht geschüttelt."

Sie starrte ihn an, als hätte er sie geblitzdingst oder sich in Darth Vader verwandelt. Thomas unterdrückte ein Lachen. Heute war die Macht mit ihm!

„Wir - wir haben Kaffee", flüsterte sie. „O - Oder Mineralwasser."

„Die Plörre kannst du behalten." Thomas winkte ab und zog eine Aldi-Tüte aus seiner Jackentasche.

„Hier kommt das Geld rein, wenn du die Handys eingesammelt hast. Und komm ja nicht auf blöde Ideen oder fang an, die Heldin zu spielen. Meine Geduld wurde heute schon genug strapaziert, daher kann ich für nichts garantieren."

Er ließ die Waffe provozierend um seinen Zeigefinger rotieren und warf Teresa einen warnenden Blick zu.

Sie verstand, nickte kleinlaut und nahm zitternd die Tüte entgegen. Das Rot ihrer Fingernägel leuchtete blutig auf dem weißen Plastik. Mit der anderen Hand hob sie ein Handy nach dem anderen auf.

Als alle in der Tüte waren, ging sie hinüber zum Kassenbereich, der hinter Sicherheitsglas lag und durch eine verschlossene Tür erreichbar war. Mit bebenden Fingern steckte sie einen Schlüssel ins Schloss.

Thomas blieb dicht hinter ihr.

„Ich hab dich ganz genau im Auge, Süße. Komm also nicht auf die Idee, irgendeinen Knopf zu drücken."

„Na - Natürlich nicht." Sie stieß die Tür auf und ging in eine der beiden Kassiererkabinen.

„Kleines Stotterproblem, was?", amüsierte sich Thomas.

„Ei - ei - eigentlich nicht."

„Da - da - das freut mich für dich. Und jetzt pack die Kohle ein."

Während Teresa brav die Geldbündel zu den Handys in die Tüte stopfte, ließ Thomas den Blick über seine anderen Geiseln schweifen. Alle lagen bewegungslos da, niemand wagte es, sich zu rühren.

Sie hatten Angst vor ihm. Vor ihm, Thomas Bork! Dieses Gefühl der totalen Macht war völlig neu für ihn. Und es gefiel ihm sehr. Er fühlte sich wie Al Capone.

Von nun an würde er sich nicht mehr vertrösten lassen. Nie mehr! Er würde bekommen, was er wollte, und zwar dann, wenn er es verlangte, nicht eine verdammte Minute später.

Teresa trat schüchtern an ihm vorbei in die andere Kabine und räumte auch hier die Banknoten aus ihren Fächern.

„Damit hast du nicht gerechnet, was?", erkundigte er sich in Plauderlaune. „Tja, das Leben ist wie eine Pralinenschachtel. Voller Überraschungen."

Sie hielt kurz inne und öffnete den Mund, als wolle sie etwas erwidern, doch dann schlossen sich die roten Lippen wieder und Teresa packte die letzten Geldschein-Bündel ein.

Nachdem die Aldi-Tüte den Besitzer gewechselt hatte, befahl Thomas den noch immer auf dem Boden liegenden Geiseln, ihre Wertsachen herauszurücken. Einer nach dem anderen sollte nach vorn kommen und seine Sachen in die Tüte legen.

Etwa zehn Personen kamen nacheinander zu ihm und lieferten ihre Uhren, Geldbörsen und ihren Schmuck ab. Die meisten sahen ihn gar nicht an. Einige warfen ihm einen eingeschüchterten Blick zu und nur der Filialleiter, der aussah wie Mr. Burns von den Simpsons, wagte es, Thomas zu zeigen, wie stinksauer er auf ihn war.

„Damit kommen Sie niemals durch!", zischte er und sein dürrer Zeigefinger wies auf Thomas' Nase. „Diese Aktion wird Ihnen noch bitter leid tun."
Thomas Capone sah ihn mit schmalen Augen an und richtete die Pistole auf die hohe Stirn von Filialleiter Burns.
„He, du Kanalratte, redest du mit mir? *Redest du mit mir!!?*"
Mr. Burns schluckte, dann senkte er erst die Hand, dann den haarlosen Kopf und ging rückwärts zurück zu den anderen.
Nachdem die letzte Geisel ihre Habseligkeiten abgeliefert und sich wieder auf den Boden gelegt hatte, wandte Thomas sich Teresa zu.
„Gibt es hier einen Hinterausgang?"
Sie nickte und zeigte auf eine Tür hinter den Schreibtischen.
Thomas schnappte sich die prall gefüllte Tüte.
„Gut. Dann komm jetzt. Und ihr bleibt da liegen und zählt bis hundert", befahl er den anderen. „Wenn ich Polizeisirenen höre, knalle ich meine neue Freundin ab."
Er zielte auf Teresa und imitierte verblüffend echt einen Schuss. Sie zuckte zusammen, eine Hand glitt zu ihrem dürren Hals. Sie blinzelte ein paar Mal und ihr flacher Brustkorb hob sich im Nanosekundentakt.
Thomas lachte. „Hab ich dich erschreckt?"
Er beugte sich näher zu ihr. „Guck mir in die Augen, Kleine. Glaubst du wirklich, ich würde dich abknallen wie einen räudigen Straßenköter?"
Sie biss sich schweigend auf die blutleere Unterlippe.
Thomas ruckte sein Kinn Richtung Hinterausgang. „Gehen wir."
An der Tür drehte er sich noch einmal zu den anderen um und grinste. „Hasta la vista, ihr Schweinebacken. Ich komme wieder."

„So, Herr, äh, Dings, da bin ich wieder. Tut mir leid, dass Sie warten mussten. Womit kann ich Ihnen helfen?"

Thomas kehrte langsam in die Wirklichkeit zurück. Vor ihm stand Teresa Meyer-Flatterhuhn und sah ihn abwartend an. Eine Augenbraue war an ihren Federhaar-Ansatz gerutscht.
„Ich bräuchte einen Kleinkredit", murmelte er.
„Ich verstehe. Gehen Sie doch bitte schon mal in mein Büro", bat sie und zeigte auf eine Milchglastür. „Ich komme in einer Minute nach."
An Thomas' Schläfe begann eine Ader unheilvoll zu pochen. Seine Augen flackerten, als er das Büro ansteuerte.
Vielleicht sollte er die Spielzeugpistole, die er für seinen Neffen besorgt hatte, doch aus dem Auto holen ...

*****

Wie du mir ...

Heute blockiert Jonas wieder elend lange das Bad und mich reitet eine kleine Teufelin. Ich werde ihm sein Frühstück versalzen, jawohl!
Da ist mein großer Bruder schon. Ahnungslos füllt er eine Schüssel mit Cornflakes und Milch. Dann greift er zum Zuckertopf. Ich senke den Kopf, damit mein Grinsen mich nicht verrät. Sekunden später prustet er die salzigen Flakes über den Tisch.
Während Mama schimpfend Küchentücher holt, lache ich mich schlapp.
Jonas funkelt mich wütend an. „Das bedeutet Krieg!"
„Den du verlierst."
Wir erdolchen uns mit Blicken. In einem Film hätte die Pauke nun ihren dramatischen Einsatz.
Da-da-daaaaam!!

Heute Abend hab ich ein Date mit Paul, einem echt süßen Typen. Ich will gerade gehen, da sehe ich Jonas in der Küche sitzen. Er rollt eine Münze von seiner Stirn bis zum Kinn. Bei dieser albernen Art, die Zeit totzuschlagen, stellt er sich äußerst dämlich an.
Ich schüttle den Kopf. „Nicht einmal sowas kannst du, du bedauernswerter Tropf."
Wieder setzt er die schmale Münzkante an seiner Stirn an. „Ich kann das sicher besser als du."
Ich lächle amüsiert. „In welchem Universum?"
Die Münze hat sein Kinn erreicht. Jonas sieht mich provozierend an.

„Gut. Beweis mir, dass du schneller bist als ich", sagte er und hält mir eine zweite Münze hin, die auf dem Tisch gelegen hat.
„Nein, danke. Das ist mir zu doof." Ich nehme meine Handtasche und wende mich ab.
„Ahnte ich doch, dass du dich nicht traust."
Ich kann sein Grinsen regelrecht hören. Der Mistkerl weiß genau, wie er meinen Ehrgeiz weckt.
Ich drehe mich zu ihm um, sehe sein siegessicheres Gesicht und spüre, wie es in mir zu brodeln beginn. Na warte, Brüderchen …

Dem habe ich es gezeigt! Zähneknirschend hat mein Bruderherz zugeben müssen, dass ich besser bin im Münze-das-Gesicht-runterrollen-lassen. Gut gelaunt treffe ich wenig später Paul im Billard-Café. Seine Begrüßung ist reserviert und er mustert mich, als hätte ich lauter Warzen im Gesicht. Ähnliche Blicke habe ich auf dem Weg hierher auch schon bemerkt.
„Ist was?", frage ich, nun doch leicht beunruhigt.
„Ist das ein neuer Schmink-Stil oder so?"
„Wovon redest du?"
„Na, davon." Er fährt sich mit dem Zeigefinger von der Stirn bis zum Kinn.
Mir schwant Übles. „Entschuldige mich bitte für einen Moment", sage ich höflich.
Mit gesenktem Kopf eile ich zu den Waschräumen und sehe in den Spiegel. Quer durch mein schamrotes Gesicht zieht sich eine gut sichtbare Bleistiftspur.
„Ich verfluche dich, Jonas Köster", murmele ich hasserfüllt, drehe den Wasserhahn auf und mache mich daran, den hellgrauen Strich aus meinem Gesicht zu entfernen. „Das wirst du noch bereuen."

Am nächsten Morgen werde ich von einem spitzen Schrei geweckt. Mit einem zufriedenen Lächeln drehe ich mich auf die andere Seite.

Sekunden später kracht meine Tür auf.

„Pia, du blöde Kuh! Du hast Klarsichtfolie über den Toilettensitz gespannt!"

Gelassen setze ich mich auf. „Ich hab dich gewarnt. Du sollst doch nicht im Stehen ..."

„Ich bin total vollgepinkelt!!"

So wütend habe ich ihn noch nie erlebt. Mein schallendes Gelächter begleitet ihn bis unter die Dusche. So fängt ein Tag gut an.

Als ich am frühen Abend nach Hause komme, sitzt mein Bruder im Wohnzimmer, das Telefon am Ohr.

„Ja, das stimmt. Wir haben uns wirklich lange nicht mehr gesehen", sagt er. Dabei klingt er leicht gequält.

Auf meinen fragenden Blick formen seine Lippen ‚Tante Gertie'.

Ich erstarre. Tante Gertie ist schrill, anstrengend und aufdringlich, sie intrigiert, manipuliert und redet wie ein Wasserfall. Die Tatsache, dass sie ein paar hundert Kilometer entfernt lebt, hat den Vorteil, dass wir sie nicht sehr häufig sehen. Es bedeutet aber auch, dass sie, wenn sie uns besucht, gleich für mehrere Tage bleibt. Der Haussegen hängt während dieser Besuche noch um einiges schiefer als sonst. Gerties Anwesenheit macht jeden von uns reizbar und hochgradig aggressiv. Es ist ein kleines Wunder, dass noch niemand ermordet wurde.

„Natürlich freuen wir uns, wenn du mal wieder herkommst", lügt Jonas und wirft mir einen ratlosen Blick zu.

Ich schüttele heftig den Kopf. ‚*Wimmle sie ab!!',* soll das heißen. ‚*Wimmle sie um Himmels Willen ab!'*

„Schon morgen?" Jonas hebt die Schultern, als wisse er nicht, wie er das Gertie-Grauen abwenden soll. „Klar kannst du wieder bei Pia im Zimmer schlafen. Sie hat sicher nichts dagegen."

„Doch", wimmere ich, den Tränen nahe. „Sie hat was dagegen. Allerhand sogar."

„Ja, Hühneraugen sind furchtbar", nickt er. „Du musst deine Füße abends mit Salbe einreiben? Na klar kann Pia dir dabei helfen, sowas kann sie sehr gut." Er grinst in meine Richtung und in mir wächst der Wunsch, seinen leblosen Körper mit Hühneraugensalbe einzuschmieren. Stattdessen raufe ich mir aber nur die Haare. „Bist du wahnsinnig?!"
„Und du bleibst eine Woche?"
Entsetzt schnappe ich nach Luft. Dann springe ich wie Rumpelstilzchen um Jonas herum und wedele abwehrend mit den Händen. Eine Woche? Das überstehe ich nicht. Niemals!
„Ach, diesmal sogar *drei* Wochen!"
Mein Herz setzt aus. Bestimmt ist mein Gesicht so weiß wie Büffelmozzarella. Völlig kraftlos lasse ich mich auf einen Stuhl fallen.
„Bis morgen, Tante Gertie", verabschiedet sich Jonas. „Tschüs."
Ich stehe auf und wanke zur Tür.
„Wo willst du hin?", fragt Jonas.
„Ich ziehe zu Kati."
Lieber ertrage ich ein Jahr lang meine quirlige Frühaufsteher-Morgenmensch-Freundin als drei Gertie-Horrorwochen mit Hühneraugen.
Für die Fluchtvorbereitung verpasse ich sogar meine Lieblingsserie. Mit hängenden Schultern schleppe ich meine Tasche zur Tür.
„Übrigens", feixt Jonas, bevor er die Tür zu seinem Zimmer abschließt. „Heute ist der erste April."

*****

Einfach kann doch jeder

Herbert seufzte. „Nu mach schon, Inge! Was tüdelst du denn so lange rum? Wir sind spät dran!"
Inge schnappte sich ihre Handtasche. „Hetz mich nicht, ich bin schon fertig."
Endlich fiel die Haustür hinter ihnen ins Schloss.
Auf dem Weg zum Flugplatz giftete Inge: „So eine Schnapsidee! Zu nachtschlafender Zeit müssen wir uns Flensburg von oben angucken. Wie kam Jochen bloß auf diesen tumpigen Gedanken?"
Herbert schaltete höher. „Ich hab ihm mal erzählt, dass ich das noch nie gemacht hab. Er wollte mir eine Freude machen."
„Und Barbara und ich müssen auch noch mit! Dabei leide ich doch unter Höhenangst."
„Du hast keine Höhenangst."
„Hab ich wohl! Als wir auf dem Eiffelturm waren, ist mir ganz kodderig geworden."
„Was musstest du auch vorher zwei Crepès essen? Kein Wunder, dass dir schlecht war."
Inge schwieg.

Barbara strahlte. „Ich freue mich schon so! Das wird bestimmt toll."
„Ja, sicher." Jochen war abgelenkt. Er ärgerte sich über den angeborenen oder anerzogenen deutschen Gehorsam, der ihn dazu brachte, an der roten Ampel stehen zu bleiben, obwohl weit und breit kein Auto zu sehen war. Wer war auch schon an einem Samstagmorgen um halb fünf unterwegs?
Sollte er vielleicht doch …

Die Ampel sprang auf gelb und entließ ihn damit aus seinem Gewissenskonflikt.
Kurz darauf erreichten sie den Flugplatz Schäferhaus.
„Sie sind noch nicht da", stellte Barbara beim Aussteigen fest.
„Da kommen sie schon." Jochen schloss den Wagen ab und winkte den Freunden zu.
Kurz darauf umrundeten sie das Flughafengebäude. Ein paar Männer waren mit den Vorbereitungen beschäftigt. Der Älteste von ihnen, ein Hüne mit breitem Kreuz und wettergegerbtem Gesicht, kam ihnen entgegen. Auf dem grauen Haar trug er eine Helmut-Schmidt-Gedächtnis-Mütze.
„Moin, ich bin Fiete." Er streckte eine schwielige Pranke aus und ließ als erstes Inges zarte Finger darin verschwinden. Sie lächelte gequält. Fiete hatte einen recht kräftigen Händedruck. Auch Barbara zuckte zusammen, als er sie begrüßte.
„Ich hoff ma, da is keen Drönbüdel und keene Bangbüx unter euch."
Alle vier schüttelten den Kopf.
„Tscha, denn kann dat glicks losgehen. Man gut, wir ham kein Schietwetter. Die Jungs richten das gute Stück noch auf. Das is ne figgeliensche Sache. Ihr könnt schon ma reinkrabbeln."
„Das hat er anscheinend wörtlich gemeint", flüsterte Inge ihrem Mann zu. „Ich sehe gar keine Tür."
„Da steht ein Hocker", grinste Herbert. „Na, denn man los."
Inge schnappte nach Luft. „Das ist doch wohl ein Scherz!"
Es war keiner. Und obendrein hielt Jochen ihre ungeschickten Kletterversuche mit seiner Videokamera fest. Inge kochte.

Vom Korb aus beobachteten sie, wie sich der bunt gestreifte, dünne Stoff zu wölben begann. Erstaunlich behände gesellte sich Fiete zu ihnen.
„Na, denn woll'n wir mal. So in ein, zwei Stunden landen wir wieder. Wo genau, entscheiden wir spontan. Mein Kollege fährt uns mit'm Auto hinterher und sammelt euch denn ein."

Fiete zwinkerte Inge zu. „Zum Schluss wird jeder getauft und kriegt ne Urkunde und einen schicken Ballonfahrernamen. Ich heiße übrigens Luftgraf Fiete von der Förde, Herrscher über den Wolken. Na, is dat wat?"
Fiete betätigte den Brenner, woraufhin eine Flamme die Luft im Ballon weiter erwärmte. Inge hielt sich die Ohren zu und Herbert warf ihr einen vorwurfsvollen Blick zu.
„Das ist so laut!", rief sie entschuldigend.
Als sich der Korbboden vom Rasen löste, quiekte Barbara vergnügt und Inges Kehle entschlüpfte ein leiser Schreckensschrei.
Fiete schloss das Ventil, der Lärm verstummte abrupt und langsam stiegen sie in den blauen Himmel hinauf. Barbara, Jochen und Herbert sahen nach unten. Nur Inge traute sich nicht so recht.
Fiete trat zu ihr. „Ganz ruhig, mien Deern. Ich versprech dir, ich bring dich heil wieder runter. Noch is keiner oben geblieben."
„Ist das nicht schön?", schwärmte Barbara. „Da vorn ist schon Harrislee."
„Ich sehe den Marktplatz", bestätigte Jochen eifrig. „Und da unten, da rechts, in dem weißen Haus, da wohnte meine erste Freundin."
Barbara lächelte säuerlich. „Etwa die, die wir neulich getroffen haben? Die mit dem dunklen Haaransatz und den drei Scheidungen?"
„Nein, eine andere", erwiderte Jochen knapp. „Kennst du nicht."
In den nächsten Minuten herrschte atemlose Stille. Die Sonne stieg höher und tauchte den Horizont in leuchtende Farben.
„Herrlich!" Herbert konnte sich gar nicht sattsehen.
Fiete zog Inge am Ärmel. „Ist das nich ne tolle Aussicht? Nu guck doch ma!"
„Lieber nicht. Ich leide nämlich unter Höhenangst."
Herbert drehte sich zu Fiete um. „Tut sie nicht. Keine Bange."
„Da! Das Meer!" Jochen hob seine Videokamera hoch.

Sie schwebten langsam auf die Ostsee zu. „Da hinten is Dänemark", erklärte Fiete.
Barbara nickte begeistert. „Und da - die Ochseninseln!"
Wenig später sahen sie ein kleines Spiegelbild von sich und dem Ballon auf der Wasseroberfläche.

Sie waren bereits über eine Stunde unterwegs, als Fiete das Ventil öffnete und der Lärm ausblieb. Besorgt brummelte er vor sich hin und versuchte es erneut. Jochen ließ seine Kamera sinken und drehte sich zu ihm um.
„Was ist los?"
Fiete lüftete seine Mütze und kratzte sich den Scheitel. „Tscha, ich sach ma so: Der Wind will nich so wie ich will und die Gasflaschen sind leer."
„Was soll das heißen?" Inge musterte Fiete misstrauisch.
„Das soll heißen, die Natur is unberechenbar. Manchmal macht der Wind einfach so 'n Schlenker, mit dem kein Schwein gerechnet hat."
„Nu ma Butter bei die Fische", forderte Jochen. „Was bedeutet das?"
„Das bedeutet, wir könnten in der Ostsee landen, wenn der Wind nicht bald aus der richtigen Ecke pustet."
Inge sah nervös zu Herbert, der wiederum mit Jochen einen Blick tauschte.
Fiete besprach sich per Handy mit seinem Kollegen, der ihnen im Auto gefolgt war. Er klang ernst.
„Guckt mal!" Barbaras Stimme klang dünn. Sie hatte sich über die Kante des Korbs gebeugt und sah nach unten. Die anderen folgten ihrem Beispiel, sogar Inge wagte nach kurzem Zögern, einen Blick über den Rand zu werfen. Das Spiegelbild des Ballons war deutlich größer als vorher.
Inge wich zurück. „Herbert, ich hab Angst", presste sie hervor.
Barbaras Kinn zitterte. „OGottogott!! Jochen, tu doch was!"

Jochen wandte sich an Fiete. „Ich sag Ihnen mal was: Wenn uns was passiert, dann sollten Sie sich warm anziehen. Mein Nachbar ist Anwalt. Eine gesalzene Schadensersatzklage ist Ihnen sowas von sicher, wenn …!"

„Jochen, hör auf!" Herbert zog seinen Freund am Ärmel zurück.

Fiete blieb gelassen. „Lass man, mien Jung! Is doch klar, dass dein Kollege nich begeistert ist. Wenn die Berechnungen nich stimmen, dafür kann ich nix. Kann schon sein, dass wir nasse Füße kriegen."

„Nasse Füße?!" Herbert schüttelte zweifelnd den Kopf. „Hier ist das Wasser ein paar Meter tief. Und bis zum Ufer sind es gut und gerne zweihundert Meter. Bei einer Wassertemperatur von höchstens 14 Grad …"

„Jochen!" Barbara schrie nun fast. „Ich kann nicht so gut schwimmen, das weißt du. In kaltem Wasser schon gar nicht. Und meine neuen Lederschuhe …"

„Scheiß auf deine Schuhe!", brüllte Jochen. „Denk lieber an die Kamera. Die hat fast tausend Euro gekostet!" Er drehte sich zornig zu Fiete um. „Ihre Firma wird sich dumm und dusselig zahlen, das verspreche ich Ihnen."

Barbara sah wieder über die Kante auf die stille Oberfläche, die im Licht der aufgehenden Sonne glitzerte. Das Spiegelbild war noch größer geworden.

„Wir werden gleich alle ertrinken", hauchte sie.

Inge schlug sich die Hände vors Gesicht.

„Seid ihr nu fertich mit lamentieren?" Fiete verschränkte die Arme. „Hätt ich gewusst, dass ich es mit vier Bangbüxen zu tun krieg, wär ich gar nich losgefahr'n. Nu reißt euch ma 'n büschen am Riemen!"

Die Frauen sahen eingeschüchtert aus, die Männer wirkten beschämt und gleichzeitig entrüstet. Was sich dieser Kerl herausnahm …

„Tatsache is", fuhr Fiete fort, „wir können nich viel machen. Mein Kumpel weiß, wo wir sind, aber bis er ein Boot hat, dauert es noch ne Ecke. Also: Ruhe bewahr'n. Panik bringt uns nich weiter, klar?"

Vier betretene Köpfe nickten stumm.

Jochen ließ die Kamera schweifen und plötzlich erhellte sich sein Gesicht.

„Da hinten ist eine kleine Jolle!", rief er.

„Oh, Gott sei Dank!" Barbara schloss erleichtert die Augen.

Fiete schirmte seine Augen mit der flachen Hand ab. „Die ist aber noch bannig weit weg."

Jochen begann dennoch zu winken. „HAL-LO! HIER-HER!"

Nichts geschah.

„Sie hören mich nicht", kapierte Jochen. „Wir sind zu weit weg."

„Wir müssen alle zusammen rufen", schlug Herbert vor. „Luftgraf Fiete von der Förde, Sie auch."

Alle fünf schrien und winkten, so laut und heftig sie konnten. Ihre Bemühungen waren erfolgreich, die zwei Männer auf der Jolle winkten freundlich zurück.

„Na klasse!" Jochen verzog das Gesicht. „Sie sind zwar höflich, aber nicht sehr hilfreich."

Schließlich schienen die Segler zu kapieren, dass es doch um mehr ging als um den Austausch von Höflichkeiten. Sie steuerten auf den Ballon zu, allerdings im Schneckentempo.

Es ruckte und Inge schrie auf. „Oh Gott! Wir gehen unter!"

Jochen verstaute eilig seine Kamera.

Herbert sah zu Boden. Wasser sickerte herein, anfangs wenig, doch es wurde schnell mehr. Die Feuchtigkeit drang durch Sohlen und Socken.

„Verdammt kalt, die Brühe", murmelte er.

„Meine Schuhe sind schon ganz nass", jammerte Barbara. „Die kann ich nur noch wegschmeißen."

Fiete stellte sich neben die bleich gewordene Inge. „Mach dir man nich ins Hemd, mien Deern. Ich sorg schon dafür, dass du nich untergehst. Meine Rettungsschwimmer-Ausbildung is zwar

dreißig Jahre her, aber sowas verlernt man nich. Is wie Fahrradfahren."
Inge rang sich ein Mini-Lächeln ab.
Der Ballon neigte sich zur Seite. Er sah aus, als hätte er eine Blitzdiät gemacht. Schlaff und dünn sank er immer weiter, bis er sich auf der Wasseroberfläche ausbreitete wie ein großer bunter Teppich.
Inge schloss die Augen. Das Wasser stand nun kniehoch. Sie zitterte vor Furcht und vor Kälte. Ihre Hände krallten sich an die Bordwand.
Als die Ostsee um ihre Hüften schwappte, war die Jolle so nah, dass sie die Segler erkennen konnten.
„Siehste." Fiete lächelte in Inges Richtung. „Nu wird alles gut. Wasser hat manchmal eben doch Balken."
Endlich war die Jolle da.
„Was macht ihr denn für Sachen?" Einer der beiden Segler, ein blondgelockter Mittzwanziger, grinste frech.
Jochen sah aus, als wolle er ihm ins Gesicht springen, doch Fiete stellte sich rasch vor ihn.
„Moin! Seid ma so nett und bringt die Landratten ans Ufer."
„Das wird nix", beschied der Lockenkopf. „Die Jolle ist zu klein für so viele."
„Dann eben in zwei Etappen. Die Frauen zuerst", bestimmte Herbert.

Inge und Barbara standen am Strand und beobachteten, wie die Jolle mit ihren frierenden Männern näher kam.
„Wie spät ist es?", fragte Barbara und rieb die Gänsehaut an ihren Armen glatt.
„Gleich halb acht. Wieso?"
Barbara fing an zu kichern.
„Was ist denn daran so witzig?", fragte Inge gereizt. „Wir sind völlig durchnässt, kriegen eine Erkältung, deine Schuhe sind ruiniert - und du lachst!"

„Überleg doch mal", gluckste Barbara. „Es ist Samstagmorgen, halb acht. Alle schlafen noch, aber wir haben schon das Abenteuer unseres Lebens hinter uns."
Nun musste auch Inge grinsen. „Stimmt. Das glaubt uns kein Mensch."
Mit leisem Rauschen schlugen kleine Wellen an den Strand, die Luft roch würzig nach Salz und Seetang.
„Ist ja glücklicherweise alles gut gegangen", resümierte Barbara, während die Männer aus der Jolle krabbelten. „Sogar Jochens Kamera hat alles heil überstanden."
Inge nickte nachdenklich. „Eine Ballontaufe habe ich mir aber anders vorgestellt."
„Ach Inge, lass man." Barbara winkte ab. „Einfach kann doch jeder."

*****

Die Verhöhnung des Königs von Böhmen

Es gab vor vielen hundert Jahren
im wunderschönen Böhmerland
'nen Spielmann mit recht schütt'ren Haaren,
als Jan vom Böhmerland bekannt.

Mit seiner Laute sang er Lieder
auf Plätzen oder in Spelunken.
Er sang sie laut und immer wieder,
selbst wenn die Zuhörer betrunken.

Jans Lieder waren zwar sehr ehrlich,
doch ohne jeglichen Respekt.
Sie waren somit auch gefährlich,
da Hohn und Spott nicht gut versteckt.

Zumeist sang er von Ottokar,
der Böhmens hart regier'nder König.
Was zwar fürs Volk erheiternd war,
für Ottokar wohl aber wenig.

Heut nun klopft Jan in kalter Nacht
an ein bewachtes Burgentor.
Den Tag hat er im Schnee verbracht,
fleht zitternd um ein off'nes Ohr.

„Kommt nur herein, hier könnt Ihr spielen",
lädt eine Wache fromm ihn ein.
„Ihr müsst nun nicht noch länger frieren,
bekommt gar Brot und heißen Wein."

An langen Tafeln in der Halle
sitzen die Höflinge und schlemmen.
prächtig gelaunt, so wirken alle,
Jan muss sich nur dazwischen klemmen.

Er trinkt von dem gewürzten Wein,
isst Fleisch und Brot und fühlt sich wohl.
So könnte es gern immer sein,
denkt er und nimmt sich etwas Kohl.

Wie gerne würde er hier singen,
vor Rittern, Knappen, hübschen Bräuten.
Das könnte ihm Bekanntheit bringen
im Kreis von reichen Edelleuten.

Er spült grad einen Bissen runter,
als jäh ein Raunen ihn erreicht.
Waren die Leute grad noch munter,
so wirken ernst sie nun und bleich.

Ein großer Mann tritt an die Tafel,
worauf sich alle rasch erheben.
Abrupt verstummt jedes Geschwafel.
Nur Jan scheint auf der Bank zu kleben.

Ein Ritter zischt: „Erhebt Euch, Narr!
Erweist dem König den Respekt."
Jan springt rasch auf, steht still und starr.
Hofft, dass der Ritter ihn verdeckt.

Sein schlimmster Alptraum holt ihn ein,
dass nämlich Ottokar erfährt,
dass jemand ihn besingt als Schwein
das nicht auf einen Thron gehört.

Nachdem der Herrscher sich gesetzt,
fahr'n alle mit dem Essen fort.
Jan sieht sich um. Nervös, gehetzt.
Wünscht sich weit weg von diesem Ort.

Ein Bote tritt zum König hin
und Ottokar scheint gleich ganz Ohr.
„Mach, dass ich nicht das Thema bin",
fleht Jan, doch – „Spielmann, tretet vor!"

Ottokar, der Böhmen-König,
winkt Spielmann Jan zu sich herauf.
Dieser fürchtet sich nicht wenig,
steht aber dennoch zögernd auf.

„Kommt, spielt für uns", spricht Ottokar,
„lasst laut erklingen Eure Lieder.
Vielleicht seid Ihr ganz wunderbar.
Dann dürft Ihr kommen immer wieder."

Mit heißen Wangen fängt Jan an,
auf seiner Laute nun zu spielen.
Zu dumm, dass er nichts and'res kann,
als böse auf den Herrscher zielen.

.

So singt Jan eins der Schmähgedichte,
doch vorsichtig und viel zu leise,
denn diese boshafte Geschichte
verspricht ihm seine letzte Reise.

Der König wird vor Wut erbeben,
ihn hängen oder foltern lassen.
Verwirkt hat er sein bisschen Leben.
Jan kann den Schicksalsschlag nicht fassen.

„Spielt lauter, ich kann Euch nicht hören!",
ruft Ottokar mit bösem Blick.
„Ihr sollt mit Eurem Lied betören.
Wenn nicht, erwartet Euch der Strick."

Verzweifelt fängt Jan an zu singen,
von Ottokars viel ältr'em Weib
und von den unsagbaren Dingen
die er wohl tut mit ihrem Leib.

Er singt von jeder Peinlichkeit,
verhöhnt ganz frech des Königs Rute,
bezeichnet sie als ‚Kleinigkeit'
und nennt die Königin 'ne Stute.

Jan singt und spielt nun um sein Leben,
gehässig, boshaft, ohne Scham.
Nun möchte er auch alles geben,
es kommt ja nicht mehr darauf an.

Schließlich verklingt der letzte Ton,
Jans Spottgedicht, es ist beendet.
Stumm sitzt der König auf dem Thron.
Jan ahnt, dass nun sein Dasein endet.

Die Menge atemlos verharrt,
Entsetzen wogt quer durch den Raum.
Der König auf den Spielmann starrt,
der betet, dies sei nur ein Traum.

Des Königs Miene ändert sich,
um seine Augen sieht man Falten,
Erst kichert er noch zögerlich,
dann kann er nicht mehr an sich halten.

Fängt an zu prusten, lacht vergnügt,
krümmt sich sogar vor Heiterkeit.
Jans Todesangst nun schnell verfliegt,
er fühlt sich wunderbar befreit.

Gelächter dröhnt bald von den Wänden,
ein jeder Mann lacht schallend mit.
Jan hält die Laute in den Händen
als Böhmens König zu ihm tritt.

„Ich schätze Ehrlichkeit und Mut,
und beides habt Ihr heut gezeigt.
Habt Wasser ausgeschwitzt und Blut,
doch keinesfalls den Kopf geneigt.

Dies Lied besticht mit Bissigkeit
und amüsant ist's obendrein.
Jedoch, das mit der ‚Kleinigkeit',
das lasst Ihr künftig besser sein."

Jans fühlt erleichtert sich und schwach,
auch etwas Stolz ist wohl dabei.
Hat er doch schon voll Angst gedacht,
sein Leben wäre nun vorbei.

Doch Ottokar bewies Humor,
und davon gar nicht mal so wenig.
Und das, so sagt sich Jan jetzt vor,
beweist, er ist ein guter König.

ENDE

Danksagung und Anmerkungen

Ich danke in erster Linie meiner Familie, die mich – meist geduldig und voller Verständnis – unterstützt hat und dies hoffentlich auch weiterhin tut.

Auch Ronny Rindler und all meinen schreibenden Freunden, die sich im Rindlerwahn-Autorenforum tummeln, möchte ich danken. Für Anregungen, Hilfestellung, konstruktive Kritik und tolle Ideen. Ohne euch wären meine Texte nicht das, was sie sind.

Die Geschichte „*Die Sterne lügen nicht*" basiert auf tatsächlichen Ereignissen. Evangeline Adams kam 1899 von Boston nach New York und erstellte für den Hoteldirektor Mr. Leland ein Horoskop, das er nicht ernst nahm. Mit den bekannten Folgen.

Auch „*Das Tattoo*", ist an tatsächliche Geschehnisse angelehnt, die mir meine liebe Freundin und Nichte, die Krankenschwester Stefanie Sievertsen erzählt hat. Danke, Steff, für die wundervolle Inspiration!

Die Idee für meine Ballade verdanke ich – wie sich die meisten bereits gedacht haben dürften - Jan Böhmermanns berüchtigtem Schmähgedicht. Lieber Jan, für den Fall, dass Du dies hier lesen solltest: Herzlichen Dank!

Ich hoffe, die Lektüre von *Patch Words* Reloaded hat Ihnen gefallen. Wenn ja, sagen Sie es gern weiter – oder verschenken Sie ein Exemplar an einen lieben Mitmenschen.

Vielen Dank für Ihr Interesse an meinen Geschichten.

Herzlichst
Britta Bendixen

Handewitt, im August 2016

Meine weiteren Bücher:

- ✓ *„Puppenspiel mit Dame"*
  Roman (2013, E-Book)

- ✓ *„Höllisch heiß"*
  Ostseekrimi (2014, Boyens Buchverlag)

- ✓ *„PatchWords"*
  25 Kurzgeschichten (2015, E-Book)

- ✓ *„Um drei bei Tchibo"*
  Geschichten & Anekdoten über Flensburg
  (ab September 2016, Wartberg-Verlag)